苍烟

何冠雄 著

陕西新华出版

太白文艺出版社 · 西安

图书在版编目（CIP）数据

苍烟 / 何冠雄著 . -- 西安 : 太白文艺出版社，2024.1

ISBN 978-7-5513-2527-1

Ⅰ．①苍… Ⅱ．①何… Ⅲ．①长篇小说－中国－当代 Ⅳ．① I247.5

中国国家版本馆 CIP 数据核字（2023）第 256161 号

苍烟
CANGYAN

作　　者	何冠雄
责任编辑	葛晓帅
封面设计	王　正
版式设计	杨　桃
出版发行	太白文艺出版社
经　　销	新华书店
印　　刷	四川科德彩色数码科技有限公司
开　　本	880mm×1230mm 1/32
字　　数	215 千字
印　　张	10.75
版　　次	2024 年 1 月第 1 版
印　　次	2024 年 1 月第 1 次印刷
书　　号	ISBN 978-7-5513-2527-1
定　　价	89.00 元

出版社地址：西安市曲江新区登高路 1388 号（邮编：710061）

营销中心电话：029-87277748 029-87217872

序

常智奇

《苍烟》，是作者蘸着生命的"血丝"，生活的"泥水"，生存的"憋屈"，生长的"疼痛"，写成的一部书。作品表达的思想感情，在道德评判的基座上闪烁着"好人有好报"的审美之光，映衬出传统农耕文明在向现代工业文明转型时期，情感阵痛、悲悯剧增、人心裂变、理性坚守的律动。

作品以第五健和林洁二人的情感纠葛为线索，跨越三代，集纳几个家庭的矛盾冲突，形象地描绘了 20 世纪末至 21 世纪初叶，中国城乡面貌发生翻天覆地巨变的生活图景。作品中登上夏州省副省长高位的第五健，是一个从云中市北山县岳家桥镇山庄村走出的寒门子弟。他的人生经历和成长道路寄托着作者的审美理想和价值取向。第五健在人生的道路上，历经艰苦，饱受磨难，几起几落，为人的善良不变，为人正直，品行端方，始终坚守中华民族"天行健，君子以自强不息；地势坤，君子以厚德载物"的精神底线。贫苦出身的他，在职期间始终牢记父亲"为官一任，造福一方"的嘱咐，恪守"忠厚传家，诗书继世"的家训。在任何时候、任何情况下都不怕困难、不畏艰险、积极进取，匡扶正义、造福百姓的理想不灭。他是整个作品中的灵魂人物。

第五健的前妻林洁，在社会变革的浪潮中，未能守住做人的道德底线，被钱欲、权欲、情欲所诱惑。最终，毁掉了自己幸福的家庭，跌入了犯罪的深渊，遭受牢狱之灾。

第五健的第二任妻子罗一楠，是一个正直、善良、明智，有理想、有才华、有抱负的现代知识女性。她与第五健志同道合，互敬互爱。在她的身上，中国传统女性的"温柔善良，贤能淑惠"与现代知识女性的"知书达理，文明大方"完美结合。

第五健的父亲，是一个饱经沧桑、洞达人情世故、爱子之心重于山的人。他话不多，但往往三言两语便道出父辈对儿女们的殷切希望，一个眼神便表达出对儿子生活态度的赞同。

第五健与林洁的儿子第五远，是在父母感情破裂、黑白两道分离、贫富相差悬殊的生活背景下成长起来的年轻一代。他尊老爱幼、为人善良，始终坚持做人的原则，待人接物均显示出新一代的精神风貌。

家庭是一个社会的组成单元，中国社会的改革变化，影响着家庭伦理道德观念。家庭的伦理道德的变化，关涉着一个国家和一个民族的前途和命运。

表现家庭伦理道德的小说，其价值投向必然指向家国情怀。何冠雄的长处在于他具有较长时期的官场经历，这对他塑造官场的人物形象，描写官场的矛盾冲突，有一定帮助。

作品中的李清明、沈崇光等领导人物形象的成功塑造，展现了执政党"为人民谋幸福"的精神风貌。这种正面书写政权领导人"勤政爱民"的内容，不仅表达历史进化论的自然主义的社会观，也是历史唯物主义"人民，只有人民，才是创造历史的动力"的思想观点的最好诠释。这种历史唯物主义的思想观点是这部作品能够立起来的重要原因。

第五健的成长，也得力于李清明、沈崇光他们的培养和提携。正是这一故事线的存在，使这部带着生活的血泪、汗渍、泥水、腥膻、铜臭的五味杂陈的小说，冲破了"烟雾的遮罩"，获得了"晨曦的光照"。

我们正处在村社文化向都市文化急剧转型的历史时期。土地荒芜，空巢老人增多，建筑垃圾遍地，环境污染严重，食品卫生问题突出，人们的心头笼罩着忧郁、迷茫和困惑：我们该到哪里去？中国社会该如何发展？我们民族精神的家园在哪里？对这些问题，《苍烟》不可能有明确的答案，但它已经在做积极的探索。

惠英妹和她的父亲惠子耕开办了一家"惠氏书画院"，这是对中国农耕文明"耕读传家"的一种生存状态和生活方式的坚守、传承与发展。惠子耕的为人处世风格和生活智慧给了第五健很大启迪。

第五健、李清明、沈崇光、罗一楠，是这部作品中的阳光、春风、雨露、鲜花、朝霞、彩虹，他们描绘着人类未来生活的美好愿景。他们也积极建设着人类的幸福家园。

范宏图、陈君梅、林洁，他们也在绞尽脑汁、千方百计地摆脱旧的思想观念、旧的生产方式和生活方式，寻找新的生产生活方式。但是，由于他们没有正确的人生观和价值观，处处从自我利益出发，任性放纵，最后，只能落得"折戟沉沙"，深陷入金钱拜物主义、物质享乐主义的泥淖之中。

呼唤人与人、人与自然、人与社会和谐相处，是一切文学作品永恒的主题。无数的作家在数以亿计的作品中，以各自不同的表现方式诠释着这个永恒的主题。何冠雄也以他的方式诠释着这个主题。

第五健和罗一楠处于热恋之中，他们俩在大野荒山中"露宿"一夜的情节设置，使这部作品在表现时代精神方面，具有了一种更为广阔的象征意义，也体现出这部作品在展现生活厚度和揭示思想深度方面的非凡表现。

表现中国当代的社会生活，不可能回避国人对社会发展的思索。从这个角度出发，我欣赏作品中的主人公第五健，他认真阅读美国心理学家、伦理学家亚伯拉罕·哈罗德·马斯洛的《动机与人格》，美国心理学家、思想家乔纳森·海特的《象与骑象人》，日本文学大师、国民作家渡边淳一的《瞬间》等书，对中国《易经》《了凡四训》《浮生小记》《增广贤文》等传统经典深入研究，联系实际，写出了《云中市经济社会发展方略探究》的改革方案。这把该作品的价值取向坚不可摧、牢不可破、毫不动摇地置于民族文化重构、民族精神重建的高度。

作品中第五健、惠子耕、李清明、沈崇光等人，代表着高大、坚毅、质朴、纯洁、善良、端正，而范宏图、林洁、陈君梅等人，代表着腐败、没落、虚伪、狭隘、丑恶、污秽、肮脏。作品站在社会批判的角度，呼唤美好理想的到来。在这个思想多元的时代，我们需要正义战胜邪恶，真理战胜谬误，健康代替病态，让思想穿透迷雾，从而走向精神澄明、感情纯真的美好境地。

作品的语言叙述风格是抒情的：在古典诗韵的情致中，寻找表达生活在社会底层的审美经验的时代节律；在自然季节、气候及生命轮回的秩序中，寻找表达思想情感、精神气质在"天人合一"上的同频共振；在生命成长、断尾蜕变、除旧布新、去腐生肌、凤凰涅槃、浴火重生中，眺望未来世界人类社会生活的远景。

总之，这是一部有生活感悟，有家国情怀，有时代焦虑，有理想期盼的文学作品。

（序文作者系著名作家、著名文艺评论家，曾任陕西作协创联部主任、《延河》执行主编、陕西文学院院长）

自序

　　我生活在神奇而朴实的关中大地。这里，南山巍巍，北山绵延，我的母亲河——渭河，浩浩汤汤，蜿蜒东去。这里，文明以止，蔚为大观，苍烟袅袅，风光无限。这里，小麦青青大麦黄，谷米稻粱四季香。在我的记忆里，饥饿的惨剧似乎发生在历史上那些水荒、旱灾、蝗灾、瘟疫等自然灾害频仍的年代，发生在战火连天、社会大变革的年代。不管白面还是黑面，总不至于饿肚子吧？这是多少普通人家的梦想。从古到今，这里曾有"天府之地""关中菜心"之誉，也曾受"民国十八年年馑"那样的苦难。我不敢妄言这里是风水宝地，但过去的数千年岁月里，有那么多的达官贵人、平民百姓，他们拖家带口迁徙到这里，聚集在这里，这是否也能说明点问题呢？

　　一方水土养一方人，关中人憨厚耿直，陕南人委婉细腻，陕北人粗犷豪爽，不同地域的人性格差异往往很大。在我们这个地方，有两个成语似乎道尽了千古风流，说出了人生况味：

在泾河汇入渭河的地方，在西安高陵的陈家滩，因两条河流时而彼清此浊，时而彼浊此清的自然景观，而有了"泾渭分明"的说法。惜乎，人生能够做到是非恩怨泾渭分明那是多么不容易呀！很多时候，人们也许会是一种亦清亦浊、清浊兼有的状态吧。无独有偶，在高大威严的帝陵下，在遗址遍布、文物扎堆的黄土地上，在埋藏着文明密码的地方，在泾河岸边的望夷宫，冷酷无情的宦官赵高"指鹿为马"，令一片绿色高原转眼失色，令人喟然长叹！泾渭分明，抑或指鹿为马，如同天空与大地的镜子一样，给"烟笼寒水月笼沙"的河谷，给风情万种的芸芸众生，给自在独行漂泊天涯的旅人以猎人般的警觉和启示。

朋友们曾与我聊起过小说，我也说不通透，似乎各种形式的文体背后总隐藏着什么神秘的东西，就像一种浮尘落入大地的动人声息。在熹微的晨光中，我只知道烟村古巷，草木葳蕤，小城春色，秋雨绵绵，河湾回环，溪流潺潺。有朋友进一步问我，你在这部小说里到底写了什么？我说写的是青色的烟尘。朋友表示不理解，他说你的上本书叫《天地悠悠》，据说受唐代诗人陈子昂"念天地之悠悠，独怆然而涕下"诗句的启迪。那么这回又是受了什么刺激呢？我苦笑着说，刺激？谈不上什么刺激，我也搞不清楚，反正就是那种"只在此山中，云深不知处"的感觉吧。大概这是一种思维定式，我就喜欢什么天空、大地、烟雾、云朵之类的东西，因为人与自然息息相通，不可分割。朋友说起我的这种偏爱时，我总会情不自禁地摇头。是呀,这毛病由来已久,我也无可奈何了。青色的烟尘,轻飘飘的,在一条河谷晃悠;青色的记忆,软绵绵的,在一场如梦似幻的风里穿行。在藏青色的穹顶之下,那里的牛羊亲吻着草地,花儿也会偷偷流泪,灰尘的微粒拂过肌肤的毛囊,肚皮贴着脊背的光影与大腹便便的步态相映成趣,热乎乎的烟火迷离不定,恍若残阳如血的土地,熙熙攘攘的人群,物产繁阜的街市……一时间,饮食男女的是是非非、意想不到的阴差阳错、求而不得的心心念念,按下葫芦浮起瓢,使至近至远、至深至浅、至亲至疏的世人啼笑皆非。朋友,你一定会笑话我,你都说的什么话呀,哪一个写小说的人不是写的这些内容?在这里,我想说,正如一百个人看《红楼梦》便有一百种看法一样,我的小说《苍烟》自然不同于别人的《苍烟》,我的《苍烟》里有黄土高原的泥土味儿,有关中扯面的油辣浓香,有润物无声的春风细雨,有纷纷扬扬的碎玉雪花,有追梦者的滴滴汗水、可怜人的凄楚哭声和不幸者的淋漓鲜血。当然,我也有许多疑虑,甚至有时候会禁不住惊呼:性灵的土地呀,你可要做证,为何倾心之爱是那么脆弱无比,为何殷殷之情是那么易于迷惑失道,为何寒门之子是那么难以如愿以偿!阴差阳错呀,爱恨情仇,一切的一切,仿佛一个若即若离的影子,而人们孜孜以求的财富、地位、权力、欲望,只不过是一抹炊烟……

赤橙黄绿青蓝紫,谁持彩练当空舞?在光影的世界里,其实每一种色彩都是一个传奇,对它的感悟也是不尽相同的。我钟情于形影多变、色感参差的苍烟世界,并以此作为自己的写作意象，这似乎是一种令人不可思议的选择。但人生如梦，往事如烟，这难道不是一种有意无意的象征性吗？正如宋代诗人陆游在他的词里写道："家住苍烟落照间，丝毫尘事不相关。斟残玉瀣行穿竹，卷罢《黄庭》卧看山。贪啸傲，任衰残，不妨随处一开颜。元知造物心肠别，老却英雄似等闲！"依我看，诗人陆游是：貌似苍烟落照间，漫卷诗书非等闲，英雄久有凌云志，此心何处不波澜。

"天行健，君子以自强不息。"作为一个写作者，我不知道自己距离"成熟"这两个字还有多远，但是我一直不敢停止追寻的脚步。也许我的人生历程，不足以承载有如彩虹一样的存在，但过往烟云，却勾起了我无限的情思。在我的世界里，青苍苍的人生，湿漉漉的梦境，如影随形地跟随着我，从20世纪80年代一直到今天，这种情结曾长久地折磨着我。面对光怪陆离的大千世界、林林总总的万事万物，面对盛衰起落的人生、传统与现代的各种冲突，面对物质与人性的疏离、渐行渐远的同伴，我的世界犹如寒风中的树枝一样，在黯然神伤中颤抖，在默然坚守中渴盼报春花的盛开。

我的新书即将与读者朋友见面，心里有些忐忑不安。作为人生的匆匆过客，我只是想给后来者留下几行真实的文字。

第一章

1992年8月的一天，天气很不错，天空像蓝宝石一样透明、纯净、一尘不染。这一天也许要载入史册，至少对于第五健等人来说是这样的。一场关于毕业十年同学聚会的策划正在省城南郊"大香港鲍翅酒楼"的豪华包间里酝酿。就是在那次饭局上，班里的几个骨干敲定了全班聚会的日子，他们还要编辑《岁月随想》纪念文集。

那一夜，第五健失眠了。他爬起来写了一些聚会感想之类的文字，写着写着，他的思绪就飞回了大学时代。他清晰地记得那场迎新晚会的情景，那天作为刚刚迈进大学校门的新生，他破天荒地在那么多生人面前清唱了一首陕北民歌《走西口》。同学们的掌声不断，他的脸红通通的，像秦腔戏里的关公。

在那次晚会上，泼辣大方的罗一新、幽默绅士李清明、恬静少女于小叶等人给第五健留下了很深的印象。罗一新是主持人，她很会调动大家的积极性，整个晚会场面异常热烈。

在彩灯摇曳的教室里，于小叶翩翩起舞，一会儿是憨态可掬的小天鹅，一会儿则是仪态端庄的白雪公主，她精彩的芭蕾独舞让人感受到了遥远而深邃的意境。李清明表演了绕口令《八个弟子都有名》，他模仿丑角演员时的滑稽腔调，令人忍俊不禁。

整个 8 月份第五健都沉浸在一种幸福的梦幻之中，以至于他的妻子林洁都开玩笑说他像变了个人似的，仿佛青春和爱情又重新回到了他的身上。同事们也感觉他们的办公室主任变了，他的脸上一扫往日的重重阴霾，整个人都变得阳光和善。

鲜花总是向阳而开，热情总是为梦想而奔波。收集同学信息、联系久违了的学友的那些日子，第五健感觉心里像吃了蜜糖一样甜蜜和温馨，他不可思议地看着互联网把一根根看不见的丝线重新连接起来，把一个个鲜活的生命"激活"了。他们为了寻找一名隐居偏僻地区的同学，不惜网上发帖求助，素昧平生的人也伸出了热情的双手，帮助他们联系那名同学，越洋过海的同学们也一个个被唤醒并召回。

嘿嘿！他们厉害呀，三十几个男女，除了"西天取经"的、无情无义的，几乎无一例外地都被找到啦！这时候第五健的心情很爽，但也很悲伤很难过，他甚至想大哭一场。不光是他，平时大大咧咧的罗一新都失声痛哭。这种情形与唐代诗人李商隐写的"相见时难别亦难"的情境几乎一模一样。

　　盼望中的同学聚会终于在 9 月的一天实现了。天气似乎也很"热情"，时值 9 月，但夏意仍然很浓烈，天气异常炎热，火辣辣的太阳炙烤着大地，感受不到一丝一毫的秋意。树上的叶子不见有半片发黄，丰茂的枝叶遮天蔽日，天空依然碧蓝如洗。向南方瞭望，远处终南山上挺拔苍劲的松树，生机勃勃，让人对未来生活充满了向往；朝北方看去，绵延不绝的北山与子午岭纵横交错，子午岭更像一名娴静的女子，在一片绿海里孕育着生机。从高处俯瞰关中平原，大地最美的戎装已经褪去，平原的秋收已经结束，地里泥土的气息、累累果实的甜味儿、各种树木的清香弥漫在空气之中，这些又让人感觉到秋天的气息是那么雄浑而浓厚。这时的天空是湛蓝的，草是绿的，鸟儿流连于树木的枝枝杈杈之间，树叶显得异常平静。它们似乎已经发过誓，要坚守着自己最后的阵地。但自然界的规律是不可阻挡的，一场秋雨一场寒，十场秋雨穿上棉。到时候只要寒风一吹，一切都将发生变化，天气会骤然间转凉，树叶会纷纷飘落，草木会枯黄一片，大地会顷刻间变得凄凉。黄土高原上大陆性季风气候变化的迅速是出了名的，或许用不了几天的时间，持续了没几天时间的金秋就要让位于凝重持久的冬季了。

　　这天早晨，第五健像叫鸣鸡一样比太阳起得还要早。他早早地就收拾好了，随后的时间他只是在耐心地等待尚在梳妆打扮的妻子林洁。女人出门前总要精心打扮一番，这是面子工程，也是天性使然。天下谁人不爱美？况且这种行为也是对别人的尊重和重视。

　　在林洁打扮的间隙，第五健想起了昨天晚上的事情。他仔细翻看了自己珍藏的信札，那上面有自己的初恋、自己的过往、自己未握住的梦幻。他与于小叶、罗一新等人的信函，他一直在一个木盒子里收着。那是他的私人空间，那里有春天的生机和夏天的热烈，有属于丰收季节的喜悦，仿佛泾水河谷的水蜜桃一样香甜可口，那浓烈的、香甜的汁液顺着嘴角一直流到了下巴。

　　第五健正在和内心之中的另一个第五健对话——只需重温一下青年时代的书信，重温一下情人间的誓言，就会发现自己错啦，自己说的每一句话都是纸面背后的事情，几乎都跑题了，自己的想法几乎都与荒诞不经相联系。信的字里行间洋溢着青春的勃勃生机和不可抵挡的朝气，与今天所呼吸的灰蒙蒙的、含有大量 PM2.5 的空气完全不同。直到那时，第五健仿佛才发现自己度过的每一天时光都赋予了自己生命不同的色彩、质感和形态。每日每日朝霞变幻、风吹雨打，改变着他的心性和容颜；时光流逝、人情冷暖又重塑了他的思想和情感。乾坤扭转，阴阳变幻，有所剥夺必有所增添，有所失落也必有所安闲。生活是如此公平，如此不可思议，第五健感觉自己已经不像以前的自己了，自己也在变化着。但他知道实现"梦想和希望"的不易，在激情澎湃、朝气蓬勃、意气风发的青春过后，接下来的就是审慎的思虑和从容不迫的气度，以及有节制、有规律、有目标的生活，是丰富的经验战胜盲目的感性，是理性的自律试图在自己的内心构建一座神圣的信仰大厦，是倾尽所能竭尽全力地证明自己的客观存在。然而不幸的是，匍匐于大地的怦怦心跳，人间六月天的浪漫馨香，春和景明的自然舒心，这一切都已经不复存在了，男子汉有时候也爽朗不起来，豪放不起来。

女人就是女人，林洁换了三身衣裳还不满意。

这是一个天气晴朗的日子，空气中弥漫着秋天的气息。早晨7点刚过，罗一新就打电话提醒，9点前所有人到省军区招待所2号楼先统一安排住宿，然后去西京师范大学3号楼会议室召开师生联谊会。

时间已经8点一刻了，林洁还在照镜子打扮。

"快点啊，要不然来不及了。"第五健对妻子说，"有点时间观念，行不？"

"时间有那么紧吗？看把你猴急的。"林洁白了第五健一眼，嘲弄他。

当第五健夫妇火急火燎地赶到夏州省军区招待所时很多同学已经到了，他们热情地主动接待后续来的同学。第五健和大家打了招呼之后就赶紧去找罗一新，因为他还有其他任务。林洁在招待所的房间里暂作休息，她与第五健的很多同学不熟悉，她熟悉的几个同学都是这次聚会的组织人员，现在都正忙着，所以她很识趣地猫在房间里。

同学聚会也是一场交际会，罗一新忙得恨不得分出八个身子。这时候李清明两口子来了，李清明的妻子是省电视台著名节目主持人白丽，她负责主持《新闻在线》栏目，省内大型活动一般都少不了她，她可是大家难得一见的省台一姐呀！听说白丽来了，林洁赶紧跑出了门。她们俩熟悉着哩。

"哎呀，林洁早到啦？你看看林洁这身材，真是干模特的料，干别的太屈才了。"

"白丽，说什么呢。你家李清明呢？"

"忙他的去了，我们这些陪客就等着吃饭吧。"

"说得轻巧！我说白丽，你今天可是嘉宾主持人，今天上午你还有节目，你得唱一曲。"罗一新笑着走过来对白丽说，"你家清明没跟你提说？哦，我差点忘了，林洁的歌曲也一定要上的。"

"同学那么多，我就免了吧。"

"大家是一道的，都是哥们儿姐们儿，不能失面子，是不是？"

罗一新她们正叽叽喳喳大声说话的当儿，一个身材高挑、长相白净秀气的少女走了过来。

"一新姐，大哥在6号楼，他让你过去。"

"哦，知道了。一会儿大家乘大巴车走。"罗一新边朝外走边向众人说，"这是我妹妹罗一楠，咱们今天的服务生，大家有事情可以找她。"

大忙人罗一新走了，又来了一拨人。9点35分，凡是答应要来的同学都到了，同学及家属总共62人。大巴车临发车时，林洁一直不见第五健的影子，她心里有些发慌。听罗一楠说罗一新、李清明他们几个已经提前到现场了，或许第五健也走了。林洁在心里抱怨着第五健：谁稀罕参加你们这个聚会，不声不响地走了也不打个招呼，你心里还有没有我？这样想着，林洁心里顿时笼罩了一层阴影，她感觉浑身不自在，似乎连走几步路的力气都没有了。

军区招待所距离师范大学很近，坐车几分钟就到了。在宽敞明亮的会议室，但见一位位银发恩师精神矍铄，他们已经在主席台上就座了，此刻正谈笑风生，兴味盎然。这个台子很大，由于这次参加活动的人数不多，所以开会的桌子便呈椭圆形摆放于舞台前方，舞台上方挂着"'师恩浩荡，教泽流芳'八二级政教系师生座谈会"的大幅标语。当年的老领导、班主任，现任的校长、副书记都被邀请来了。同学们故地重游，心情都格外激动。会场里播放着萨克斯独奏曲《回家》，这首悠扬缠绵的萨克斯音乐，把同学们带回到温暖的春天。会场四周绚丽的鲜花此刻似乎也自豪地昂起了头。

一场学生聚会这么大的阵势，学校这么重视，还有在校学生代表参加，这种事情在西京师范大学历史上恐怕只此一回吧。林洁在心里暗暗思忖着这次聚会的细节。她不知道第五健在这场聚会中扮演什么角色。她正左顾右盼寻找第五健的时候，罗一新来了。这位罗女士在她身旁坐下，平静地对她说："第五健有事，可能一会儿才能来。你先不要声张。"听罗一新这么一说，林洁心里有些不爽，心想：第五健搞什么鬼？神神秘秘的，早知这样我就不来了，眼不见心不烦。但转念一想，在这种场合自己心里不管如何想，绝对不能显露出来，她现在似乎只有坚守一个"忍"字了。

按照既定程序，罗一新汇报了这次聚会的组织工作情况，对来自各个方面的支持和帮助表达了谢意。李清明补充了联络工作的情况，并在会上宣读了北美那边不能参会的同学的贺信。刘刚元、张向前、陈军健、王晓强代表全体同学为政教系献上一对精美的景德镇花瓶，女同学为老师们献上了象征美好祝愿的鲜花。接下来是领导讲话、老师讲话。到同学发言时，大家的泪水再也无法控制了，同学们哽咽着讲述自己的故事，表达着对老师的敬爱，对友谊的珍重，对美好生活的向往！当初跨进校门时大家是同一起跑线，但走向社会之后，大浪淘沙，一遍遍地淘洗、打磨，一次次地淘汰、选择，社会与个人之间展开了多次双向选择，你炒我的鱿鱼，我也炒你的鱿鱼，你对我说不，我对你较真。如此折腾的结果是让一些同学达到了自己的目标，一些同学遭遇了暂时的挫折，但更多的同学则是沿着稳稳当当的计划分配的路子向前走着。一切都挺好的，大家都在为美好生活奋斗着。

第五健到底干什么去了呢？原来就在一个小时前，故城县发生了一起矿山重大安全事故。一场准备充分的同学聚会，作为组织者之一的第五健竟然缺席，还上了省电视台。这家伙选择这样一种方式进行"自我介绍"也太夸张了吧。别开国际玩笑啦，毕竟人命关天。林洁替第五健感到担心，她推说身体不舒服就早早退场了，白丽开车把她送回了故城县。

送走林洁，白丽又接到了于小叶的电话。于小叶去外地出差了，刚到机场，白丽又去接于小叶。她们俩回到军区招待所时其他同学都各忙各的事情去了，白丽便和于小叶一起聊天。

"我只怕赶不上咱们的聚会，紧赶慢赶还是晚了。可恼的是飞机晚点，你急也没法子。"

"不着急，你大老远赶来，说明还挂念着大家。不像西京那几个人，就在跟前却连个脸都不露露，让人不可思议。"

"第五健咋样？他来了吗？这个骗子的电话就像催命似的，一个接一个地打。"

"哈哈，咱们在这里聚会，他去干他的公事去了。"

"哦？"

"他们那个县又嘭的响了一声，发生矿难啦！"

"哎呀，要紧不？伤了多少人？你看，多么不幸！唉，都是些可怜人。"

"谁说不是。"

聚会还在有条不紊地进行着，中午师生们兴致勃勃地在校门口合影留念，在新世纪乐园就了餐，下午又乘车去秦岭生态园游玩了一个小时。晚上组织者安排大家7点准时观赏临潼华清池的《长恨歌》，这是一部大型历史歌舞剧，它以骊山山体为背景，以华清池九龙湖作舞台，气势恢宏，美轮美奂。音乐渐渐远去，但唐代大诗人白居易"在天愿作比翼鸟，在地愿为

连理枝。天长地久有时尽，此恨绵绵无绝期"的悠远之声似乎
还在空中回荡……

不看歌舞的同学可以自由活动，有的打麻将，有的跳舞，
有的喝酒。李清明他们几个就组织了一帮子人在"欢乐天地酒
吧"喝酒、跳舞，直到晚上 11 点钟还不散场。

到了翌日凌晨两三点钟，罗一新作为此次活动的总负责
人，正在组织人力寻找夜不归宿者。白丽送林洁回来，又接了
于小叶，她与于小叶谈了会儿话，感觉身体已经很累了，就去
宾馆休息。白丽的头刚挨着枕头还未入睡，就听见罗一新在外
边楼道里大呼小叫地说："李清明至今未归，不见人影子，还
有四五个人没回来！"白丽的睡意全消，她和罗一新等人商议，
将第二天的活动全部取消。

第二天早点过后，大家就打道回府，各奔东西。

早晨 6 点，李清明的司机就到军区招待所了，但他到处找
不到李清明。罗一新、白丽她们一晚上动用了很多人力四处寻
找，直到 8 点左右才找到了李清明。

"你个挨刀子的，死哪里去了？！"

"害得大家一晚上找你，啥人啊！"

"好你个李清明，你……你看看自己的'大砖头'，我们
都能打爆它！"

"唉——该死！"李清明一摸，"大哥大"关机了。

"我们不说了，看白丽怎么调教你！"罗一新气冲冲地说

着，转身就要走，"今天不玩了，散伙儿！"

"李副区长，今天市委组织部考查你。"李清明的司机急切地说。

"大家都散了，有正事儿。"罗一新转怒为喜，说，"你小子早就知道了？"

"刚才，"李清明讷讷地说，"司机说时我才知道的。"

这时一直沉默不语的白丽才说话了："好了，放松了一晚上，也潇洒够了，该干自己的事情了，回吧。一新，大家伙儿辛苦了，回头我们请客！"

"好的，有事你们去忙吧，一路平安！"

"再见！"

"拜拜！"

李清明夫妇一同乘车离开了，大家也都纷纷离去了。罗一新怅然若失，禁不住泪水盈盈。这时她才想起了第五健，便给他拨了电话，想了解一下他那边的情况。站在罗一新身旁的是她的堂妹罗一楠。罗一楠正在林东市实习，很快就要毕业了，似乎离别之际的这些感伤气氛也深深地影响了她，不知什么时候，泪水也打湿了她的脸颊。

第二章

"可怜虫，一个破县委办主任就知道擦屁股，你就是这个命！你不信？认命吧，哈哈哈！"李清明在电话里对第五健说。

第五健在荆山矿场度过了十几天的恓惶日子。事故现场，凡是有书记、县长及其他上级领导出现的地方就少不了他的身影。故城县北部的矿山就如同一个定时炸弹一样，随时都有爆炸的危险，但这里又是这个县的钱袋子——故城县 GDP 的主要来源，所以就把问题积攒下来了。发生矿难的这家企业属于"偷采"，该企业早就在政府的"必须强令关闭企业"名单之列。然而 9 月 8 日这家企业却在深夜违法开采山石，爆破时致三死五伤，其中一人重伤。

惨剧发生后，省市领导及有关部门很重视，公安部门已经介入，犯罪嫌疑人——该企业老板毛维岗已经被控制，事故正在妥善处理。情绪激动的群众上访、个别人员的推波助澜、死伤人员家属的不理解，让事态发展难以把控。但随着安抚工作的细致推进、各种矛盾的成功化解、新闻发布的及时跟进，事态逐渐平息了下来。死者已经安葬，赔付工作已全部到位，伤员正在进行住院治疗。

教训呀！"九·八"矿难事故让人震惊。这家企业法人代表本来是女企业家陈君梅，后来神不知鬼不觉地变成了外号叫"大毛"的小青年毛维岗。据说两年前就变更了法人代表，但其实故城县的明眼人早就知道"大毛"是陈君梅的部下。当然，作为企业法人代表，"大毛"是要负法律责任的，他最后进了监狱，受到了应有的制裁。这一突发事件，让故城县的当政者也受到了一定影响，县委书记刘玉周被市委约谈，县长马建海受到行政记过处分，玩忽职守的县安监局局长被免职，救援行动推三阻四不及时的乡长被停职反省。

矿难事故处理完后，在高强度的昼夜工作压力下，第五健的身体撑不住了。他头晕眼花，四肢无力，而且多汗多梦，血压升高。医生多次检查也搞不清楚是什么原因，只说他也许是太累，大脑的哪根弦绷得太紧，导致神经衰弱，休息几天就好了。

恰好在这个时候，李清明来电话了，说他的事情弄成了，下周三就要升任区长。他让第五健带上林洁，让罗一新带上他的博导丈夫王天宇，周末一块儿在禹州聚一聚。王天宇最近一段时间一直在国外讲学，他肯定是来不了，上次同学聚会都没有见到他的面，所以罗一新就把她妹妹罗一楠拽来了。

　　当然，李清明请客少不了他的那几个"哥们儿"，而他唯一请不到的贵客是省公安厅厅长罗一珉，连罗一新都不敢请他哥。罗一珉这人有些古怪，他很少参加私人活动，喜欢一个人看书，不爱串门子，不爱在外边吃饭，有时间了就去他老爷子家，他在那里混吃混喝，陪老人家下下棋、唠唠嗑、诵一诵时政。

　　哦，忘了介绍了，罗一珉的父亲、罗老爷子罗瑞民，那可是西京的大人物。他当过省委副书记、省长，现在退休在家。他喜欢写写字，不喜欢抛头露面。

　　第五健在赴禹州市的前夜，有些小激动，以至于夜不成寐。他一个人自斟自饮地喝了好几壶烧酒，感觉脸上火辣辣的，这才上床睡觉。曾经，他为自己是班里男生中的第一个正科级干部而自豪。李清明这家伙还真有两下子，表面嘻嘻哈哈，实际上背景强大。要不是白丽跟第五健悄悄透露，他到死都不明白李清明的来头。原来这个深藏不露的李清明有一个在京城当部长的父亲。当然，作为李家的媳妇，白丽是不受欢迎的，她因为坚持不生孩子而颇受争议，也因此影响到了李清明的前程。要是白丽稍微妥协一下，她和李清明或许都已经顺风顺水地进了京津沪这样的大都市，李清明也许会有更好的明天。

　　第五健的头脑有些发热，思维也很混乱。他一会儿仿佛到了山花烂漫的万花山，看着天空中太阳照射下的黑色、深紫色、暗红色、乳白色的块块云团正在山顶聚集，似乎马上就要压到树梢了。森林的上方正变得愈来愈黑，在虎视眈眈的云团的重压下，森林发出了刺耳的吼叫声。

在这里，他见到了一片真真正正的花的海洋，到处花团锦簇，除了花中之王的牡丹，还有成千上万的花卉。第五健似乎满眼都是红的、黄的、粉的、白的、蓝的花朵，他分辨不出什么种类，什么科属。他想几乎所有的树木、植物都开放了自己艳丽的花朵，它们都是有各自颜色的。而此刻万千的蝴蝶、蜜蜂也飞来了，它们的加入让这座万花山变得更加多彩，如同仙境一般。

精神世界最不守规矩，这里的一切不受时间、地点的限制。第五健一会儿又仿佛置身于黄河之滨，九曲黄河似乎更加波澜壮阔，让人的心灵和肉体都受到了空前的震撼和冲击。好像你的身体也在浪花上颠簸、起伏、激荡；你身下的土地在移动，床板也在上下跳跃。不！那不是床板，那是一艘劈波斩浪的快艇，像离弦的箭一样飞奔而去，拼着性命飞奔。啊！终于到了梦一样的壶口瀑布。那里飞瀑急流，恰似游龙腾空而翔，又骤然一头扎进深潭之中，更像多情的少女挥动金黄色的羽翼，扑向宽阔的大地母亲的怀抱。壶口瀑布那无数的漩涡，那震耳欲聋的巨大声响，那欢腾跳跃的朵朵浪花，如同欢快奔放的舞蹈，在古老的黄土高原上礼赞着幸福安康的生活。

站在高处，第五健俯视瀑布全景，仿佛在欣赏一幅山水画卷。山下那些看瀑布的穿着五颜六色的服装、怀着各种心情的人都成了这一壮观风景的点缀。第五健活动着筋骨，伸展着手臂。他极目远眺，似乎想要感受"九曲黄河万里沙，浪淘风簸自天涯"的景致，体味"黄河之水天上来，奔流到海不复回"的壮观,他还想观察从上游到下游的那些大大小小的水利工程。隐约中他仿佛又一次听到了那高亢、悠远的船歌,那是黄河深沉而久远的叹息,是万籁中最美妙动人的音乐,那是一种从心底迸发出的呐喊,它穿越了厚厚的黄土层,让大地也扭动了身姿。第五健似乎身轻如燕,他轻飘飘地飞起来了,飞到黄土地上空了。他已经像鹰一样盘旋于这一片山水上空。

第五健独自徜徉于山水间,在经历了一场惊心动魄的思想洗礼之后,又过了很久很久……他仿佛又回到了灿烂的现实世界中,他惊异地发现林洁和白丽她们在亲热地说着话,李清明也在和司机闲聊着。

时间飞快地过去了,场景在不知不觉中转换,太阳已经西斜,第五健似乎又到了新的地方。此时的他仿佛置身于万花山河谷地带,那些粉的、红的、黄的、灰的等五颜六色的蝴蝶世界让人流连忘返。他感觉自己好像在一片花海之中,成千上万的蝴蝶落在他的肩上、手上,到处都是五彩斑斓的蝴蝶,他被蝴蝶包围着。

第五健这一觉睡得太踏实了,他醒来时,已经是日上三竿,太阳都照到屁股上了。要是在往常,林洁准会大喊大叫地把他喊醒。今天她去哪里了?居然让他睡了这么久。她真够体贴的,她怎么就知道自己要做一个长长的美梦呢?人们都说梦是相反的,梦里的事情多半是空的,不可能实现。弗洛伊德的精神分析学说提出，梦是弱者的神话，梦里的汉子个个神勇无敌，有日行万里的神力，有推山移石的本事，白天敢想不敢干的事情，在梦里都实现了，好梦成真；或者财源滚滚，富可敌国；或者顶戴花翎，连升三级……总之，梦中的世界是现实的镜子，它映射出一个人的全部心愿。在梦里，世界是透明的、赤裸裸的；人是透明的、赤裸裸的。第五健在清醒的时候，躺在床上细细回想着梦里的事情，很多细节都是模糊的、非理性的。他似乎没有和李清明、白丽一起去过万花山、壶口瀑布之类的地方。或许他与其他人去过那个地方，而自己忘记了，但潜意识里没有忘记，或者说潜意识里他设想过、希望有这些经历。嘿嘿，这个潜意识也挺烦人的，似乎什么都藏不住。还有他的升迁梦，他的作家梦。但也就是想想而已，认命吧，认命吧！不过他左右寻思，想找个比较合理的解释，却百思不得其解。难道这不是冥冥之中"天"的暗示吗？哈哈哈，一个无神论者也信这些东西？不清楚，谁知道！

李清明毕竟不同于一般人，他的为人处世是很有意思的。这回他上任区长一职，既出人意料，又在情理之中。这些年李清明在禹州干了些实事。禹州区是禹州市最强的区，作为主管城市建设的副区长，李清明雷厉风行地推进了一系列项目，扩展了城市街区，新修了禹州世纪大道，修建了颇受争议但省内外闻名的禹州湖，更重要的是他主导的禹州湖乡村旅游产业，让城郊数万老百姓的腰包鼓起来了。他还从中央部委、省、市争取了十几亿元资金。要说大家对他最大的不满，就是他盖起了号称"王府一条街"的政府集中办公区，把区政府机关及有些部门的原办公地置换，出让给企业了。尘归尘土归土，传说是传说，实际是实际。李清明究竟是啥人姑且不说，但在同学眼中，他是个人物。他大学一毕业就在省委组织部当干事，后来在省卷烟厂挂职，随之在朝邑县当乡镇领导，再后来任副县级干部，在仕途上可以说是一帆风顺。他当初并没有与大家广泛交往，下基层后才开始与一些同学来往，但是他与第五健、罗一新却一直来往不断，他们似乎走得更近，聊得更热火。

李清明当区长了，禹州区不少人喜出望外。他们说与其让土生土长的"登山运动员"上，还不如让李清明这个外来户上，人家是"跳高运动员"，人家站得高看得远，见过世面，与上上下下都通气，这对于禹州区的发展很有好处。坊间传闻不足为信，但也多多少少代表了一些民意。

李清明自从上任以来，一直很低调，他没有大操大办地请客庆贺，在同学中他只邀请了第五健、罗一新等几个人，在禹州湖小聚。

禹州湖风景迷人。从湖面远远望去，山谷像沉睡了的美人一动不动；从山顶望去，湖面好像天空坠落在大地的一块巨大蓝宝石，明亮刺眼。躺在半山腰，仔细观察这里的一切，它又像是一幅清代山水画，山川、树木、房屋、牛羊、人物都静静地依偎着湖水，或者说整个山谷如同被什么人镶嵌于水面一样。总之，这里的天空与水面已经融为一体，分不清哪里是蓝天、白云，哪里是湖面。

禹州湖位处市区北郊，是由一处20世纪70年代的废弃水库改造的。湖周围群山掩映，绿波万顷，山口一带风很大。这里截断了一条小溪，汇聚了一湖清水。夏季湖面也会泛起微波，湖水冰凉凉的。风从早晨到晚上刮个不停，不过这风如同小媳妇的手指一样，并不会让你感觉不舒服，尤其是久居闷热、喧闹都市的人，徜徉在这处乡野小湖泊的岸边，会得到一份难得的宁静和放松。

湖面上有往来的几艘小游艇，黄色的、银色的，也有红色的，那些速度飞快的小艇，在远处时勾画着月牙一样的银色弧线，时而又迎面破开一道深深的水沟，浪花飞溅。驾驶员的头发如同招展的旗帜，他们的衣服似乎马上要被撕裂一般，坐在小艇里的女人和孩子惊骇得发出了阵阵喊叫声。白丽、林洁、罗一新她们喜欢小艇运动，就带着同样喜欢兜风的孩子们加入小艇运动的行列。那片水面的喧嚣声中也有她们的一份，水面也有她们所荡起的浪花。

与极速运动形成对照的是湖边的几处理想钓台，在这里可以随心所欲地垂钓，李清明显然已经做好了充分的准备，鱼竿、鱼饵、小凳子都备齐了，还有一把大大的绿色遮阳伞。这块区域现在已经不是荒无人烟的地方。湖边星罗棋布的度假房、农家小屋，点缀着湖、原野、草地、乡间的道路，度假村、游艇、钓鱼港、小吃城等设施属于禹州湖旅游集团，湖边的小屋子、小木船、农家乐是当地老百姓开发的。李清明和第五健只顾说话，哪里管鱼饵早已被鱼儿吞食。几只勇敢的蜻蜓正在他们的鱼竿上悠然自得地休息，微风一次次掠过散发着青草气味的水面，让人感觉舒坦自在。

"渔翁们，我们饿啦，等候你们的鲜鱼——"

"快回来，开饭啦！"

"让他们去钓鱼，想都别想，一准儿忘记了自己是干吗的。"

"真是的！"

在女人的嘟嘟囔囔中，第五健、李清明两个大男人回来了。他们空手而归，一整天就在那一处河滩上逗留着，也不嫌闷得慌。

"在哪里吃？"白丽问。

"都安排好了，吃吃农家饭，换换口味。"李清明边走边说，"第五、一新，你们看如何？"

"客随主便。"罗一新说。

从湖边到农家饭馆有一段距离，至少有二里地。这里的人很会经营，他们在湖边有露营小屋，同时在村子里修建小饭馆。这就是他们的一条龙服务，你白天吃谁家的饭，晚上就可以在谁家的湖滨小屋住宿，哈哈，有头脑吧？反正这里是李区长的地盘，他总不能让贵客们露宿野地吧？不过野地也不错啊！罗一新心里这样想。

在当地小有名气的"王家餐馆"里，接待位置显然已经爆满了。

"对不起，今天的人太多了，所有的包间都满了！"

"实在抱歉，要不……你们就再等等。"

前台服务员忙着给客人们解释。看着客人们一脸失望、愤懑的样子，她们也确乎无能为力。

"哎，我说同志，我们可是提前预订的。"李清明的司机正在与服务员交涉。

"不好意思，你看看呀，你们迟到了一个多小时，我们不能一直等着。"

"清明，咋回事？"第五健问道。

"小事情，我看看。"李清明走过去对服务员说，"能不能给我们再调整一个包间？"

"实在是没办法，包间一个也没有了。"

站在远处的罗一新实在看不下去了，她也走过去说："我说小姑娘，你就给行个方便吧！"

"你们老板呢？我们是早早就预订的。"司机有些生气，李清明连忙制止。

"谁让你们不守时。"服务员低头嘟囔着说。

"不说了，咱们走吧！"李清明把手一摆，果断地说。

"孩子们都饿啦，随便找个地儿算啦！"林洁皱着眉头说。

"稍等会儿，咱们换地方。"白丽不急不忙地说。

正在这时，餐馆老板来了："啊，李区长您来了？快快！赶紧叫包厢里的人腾地方，都吃了几个小时了！"

李清明见状微笑着说："不用了，我们就是吃个便饭。你们忙吧，不要让人家折腾了。"

　　李清明和白丽没有再说什么，他们在另外一家餐馆迅速安排第五健、林洁、罗一新、罗一楠和孩子们用餐。

　　那天在禹州湖大家玩了一天，都疲惫不堪，自然晚上也不想动弹了。入夜，湖面上乳白色的雾气升腾。没有月亮的晚上，一切都格外宁静，偶尔听见远处有一两声犬吠。湖水微微泛起波浪，屋子里霉味很浓。尽管服务员换上了新被子，但这种被子的里里外外，似乎总给人一种被盐水浸泡过的感觉，黏黏的、潮潮的，盖在身上浑身不舒服。湖面小屋很特别，几个小房间的隔断很薄，而且没有彻底隔离到顶，严格说它们就是半截墙布。一个房间的窸窸窣窣声、呼吸声、咳嗽声，无论什么声音，另一个房间都完全清晰可闻。孩子们都睡熟了，他们跟着大人野了一天，想必真的是太累了。李清明喝了些酒，酣然大睡，罗一新、林洁也睡踏实了。罗一楠到底睡着没有，第五健不敢肯定，但他知道白丽没有睡意。白丽白天也一定喝了不少酒，他感觉她的眼睛在看着自己。

　　是的，白丽的眼睛正圆睁着，她辗转反侧，难以入睡。不用说，在这种陌生的地方很容易岔铺，这是真正的集体宿舍呀。她也隐隐地感觉第五健的目光正注视着自己。她的思绪不由自主地回到了过去，想起了遥远的往事。

　　那是孩提时代，他们一个扎着羊角辫，一个流着长长的鼻涕，两个人一起上学，一起玩耍。那会儿第五健在村里真威风，孩子王一般。他让村里的小伙伴抬着自己，后边有人护头，中间两个人双手相扣护腰，前边两个人提腿，最前面还有一个开道夫高呼——闪开闪开！大人来啦！他们还以这种方式玩娶媳妇的游戏。她也坐过这种五人"大花轿"，挺好玩的。当然，她和第五健还扮演过夫妻，她把小枕头塞在衣服里装孕妇，怀里还抱着另一只枕头当作孩子，在第五健的搀扶下一摇一摆地走路。那时候大人们都说他们俩很般配，他们什么都不懂，也就傻乎乎地说着些"媳妇""相公"之类的话。稍微大些，他们都感觉不好意思了，从此旧话不提。

上中学时，一次白丽的手指在编蚂蚱笼子时被弄破了。那时第五健的弟弟要白丽替他编蚂蚱笼子，看到姐姐的手受伤了，弟弟惊慌失措地对哥哥喊道："你媳妇手破了！"白丽两颊绯红地说："哎哟，谁让你叫人啦！"第五健跑过来用白布和黑线给她包扎手。

那时白丽记得第五健用嘴吮吸着自己手指上的血问她："疼吗？"

"不疼，就一个小口子。"她说。

第五健用黄土在伤口处一撒，然后就包扎上了。想着小时候的事情，白丽迷迷糊糊地睡熟了。

凌晨三四点钟，第五健便悄悄溜出来了。他沿着湖边走着，尽量不去打扰熟睡的人们。他沿着一条石子路朝湖边的草地走去，草地上的水珠还挂在草尖上，四下湿漉漉的，水草的甜味夹杂着湖水的腥味，在空气中弥漫。也不知道走了多远，第五健在石子路上席地而坐。他面朝东方端坐，双目微闭，悠然自得，无念无想。他的内心是平静的，他在仔细地听着远处林子里的流水声、风过谷口的呼呼声、树叶间摩擦的沙沙声，近处湖水拍击堤岸的哗哗声。坐了一会儿，湖面上吹来的风有些大了，第五健感觉到些寒意，他就站起身继续沿着这条路走。不知道过了多长时间，东方的天幕有了亮色，那亮色开始只是一小部分，后来逐渐扩大，按照第五健家乡人的说法，叫"太阳爷出来咧"。不！第五健分明看到了一个圆圆的生命，一个让世界复活的生命的母体——太阳！太阳啊，在人类的期盼中，你的热度也在逐渐升高了，你的情感也更加热烈了。啊！这个山谷的日出这么美，第五健庆幸他得以享受如此静谧的晨境，仿佛这是他自己的山谷、湖畔、草地、森林。太阳把他的影子拖得长长的，他把自己的影子甩在了身后，一直朝山上走。他想看看山顶的晨光，看看晨光下的大地。

其实早起的人何止他一个。蓦然回首，第五健发现在远处山头上，一个满身披着霞光的女孩在不住地朝自己挥手。噢，他看清楚了，那是罗一楠。这个小丫头片子已经登上了另一座山头。第五健登上了罗一楠所在的山头，他们对着远方大声吼叫，山谷间回荡着两人的声音。

第三章

　　一场同学聚会，让很多原本平静的心失衡了。禹州湖的那次旅行似乎增添了林洁的心理负担，她总有一种矮人一头的自卑感。看着自己的儿子第五远和罗一新的女儿王方舟手拉手的那个样子，林洁暗想，两个小朋友相处得多好呀。可是人家王方舟是处长家的千金，自己家只是一个小小的科级，简直是一个天上、一个地下。无论从哪个方面看，她都感觉两家人没有可比性，这两个娃娃如何会般配呢？再看看人家李清明两口子，正县级干部啊，人家主政一方，何其威风。一种阶层的差异像巨石一样压在林洁的头顶，她的心头潜滋暗长了一种势要与白丽争锋的可怕念头。一种难以察觉的嫉妒心理，正在她的内心拼命地生长。是啊！必须追上去，超越她，换一种活法，不然就太窝囊了！如同当年追求浪漫的爱情一样，林洁现在需要追求财富、地位、荣誉。她渴望过上上层人的生活，希望拥有巨大的物质财富，以此来抗衡巨大的精神危机和思想压力。

　　事情都有两面性，这边的林洁心里憋着一肚子气，就像一场长跑赛中，上次输了这次一定要赢回来一样；那边的白丽心里也不好受，自己家这里的优势与那里的劣势相互抵消，似乎还有一些欠缺。她在那次湖边聚会中以主妇的身份接待了他们的好朋友，但在一些细节上她也感到了威胁和压力。大家有意无意的一些话让她如坐针毡。就说李清明当区长吧，人家升官发财了，有地位有条件了，什么样的女人找不到？慢说你这样的半老徐娘。女人的青春像樱花一样短暂，美貌也难常驻。那回在湖滨，白丽很喜欢罗一新的孩子王方舟，她总想抚摸一下孩子的头、手、肩膀，可那孩子就是不让她动一下，还对她说："讨厌！你想摸，自己生一个，可劲儿地摸去！"说者无心，听者有意。白丽被深深地刺痛了，她甚至怀疑自己当初的选择。她现在究竟该不该要孩子呢？年龄已经三十好几，过几年就奔四了，还能不能要呢？自从那次聚会后白丽就生病了，她请了长假在禹州养病。李清明知道妻子是心病，治好需要时间。

　　白丽，一个精明强干的女人，也是个比较新潮的人，有些事情却咋也弄不明白了。在无休无止的自我折磨中，她病倒了，她神经衰弱，夜不成寐，四肢无力，食不下咽。李清明心里知道女人钻起牛角尖是很麻烦的。

　　李清明父母得知情况后很理解他们，在京都为白丽请医生开了很多中药，希望她能够战胜自己。这时父母想通了，他们不再要求什么生孩子，只希望她把身体养好，家庭和睦幸福就行了。

有一天夜里，李清明拖着困乏的身子，刚想上床睡觉，却被妻子拽住了。

"你先别睡，咱们说会儿话吧。"白丽突发奇想，她对丈夫说："清明，你看我说的行不。咱这是商量，我说的不对你就当我没说。"

"你说。"

"我想找个娃养养。"

"哎呀，娃你会养吗？亏你想得出来！"

"唉，你没有听明白，我是想——把第五远认个干娃。"

"……"李清明半晌没吱声。

白丽也不言语了。

"我觉得你应该先和林洁说说，探探他们的底。如果他们愿意……我乐意。我知道你想帮帮第五健，有个娃在跟前你也不寂寞。这样挺好的，我没有意见。"李清明冷静地说。

"你还是不了解我。我想让第五远在城市上学不假，想帮第五健也不假。但我喜欢孩子是真的，我更希望有我们自己的孩子啊！"说着说着，白丽啜泣起来，她真的很伤心。

事情很快有进展了。第五远到了上小学的年龄，第五健、林洁同意把孩子放在禹州上学，让孩子早早接受良好的教育。恰好这个时候，林洁有机会去省财经学院进修，她正发愁没有人替自己照管儿子呢。于是白丽像妈妈一样每天接送第五远，照顾他吃饭、睡觉、写作业。李清明感觉白丽正在转变为一个贤妻良母，而自己竟然还有些不适应。他似乎见惯了那个强势、上进，甚至还有些霸道的女强人，对眼前这样的白丽总是将信将疑。

你说世上的事情就是千奇百怪。鸡下蛋就需要往鸡窝放个引蛋，这白丽也不知是受了什么高人的指点，她把第五健的小子放在自己家里养，一年后，居然真的怀孕啦！奇迹呀！高龄女人这么快就能怀上，这在同学中引起了不小的轰动。第五健一家和李清明一家的来往更加密切了。眼看着白丽的预产期就要到了，关于白丽究竟在哪里生小孩又引发了一番争论。在李清明的大家庭里，有主张在都城生的，也有主张在西京生的。呵呵，女人啊，什么事情别成为各方关注的焦点，那你就轻松了。

年关近了，机关事务繁忙，李清明忙着处理各种棘手问题。偏偏这个时候发生了一件大事情。一场突如其来的车祸，彻底改变了禹州市禹州区的政治版图。禹州区委书记张兴泰已经升任副市长，副书记刘天赐即将接任张兴泰。刘天赐本来是铁定的新区委书记，却在宣布任命的前一天，因意外车祸不幸罹难。一颗政坛新星就这么陨落了，令人唏嘘叹惋。一时间舆论哗然，报纸、电视纷纷登载这则消息。而在禹州，人们也纷纷议论着。谋杀、情杀还是意外？说什么的都有。社会上，对领导干部的非正常死亡总是有无限的猜想。

处理完刘天赐的丧事之后，李清明逐渐沉静下来，他仔细反思了自己。他当初因为媳妇生病，心情很差，一门心思想把媳妇的病看好，一切都依着她行事，把当官这码子事看淡了，也想开了，只踏踏实实做好自己的事。所以他收获了家庭，也在群众中有了好影响。世界的变化反反复复，人生的起伏时时刻刻，真是应了老子的那句"祸兮，福之所倚；福兮，祸之所伏"的话。一切都是变化的，不是朝着好的方向发展，就是有了不好的端倪。这个变化无所谓绝对的好，也无所谓绝对的不好，关键是要把握好机会，促成好的事情，防范不好的事情。

车祸事件彻底平息后，李清明上任禹州区委书记。这可以说只是他的过渡时期，也许他会有更好的前程。值得大家高兴的是，这一年年底，李清明夫妇有了一个白白胖胖的儿子，他和白丽的内心充溢着无限幸福。

两年以后，李清明调往江南省，任润江市委常委、副市长，李清明夫妇的新生活开始了。白丽现在成了标准的贤妻良母，身材也有些微微发胖。她挥泪离开了自己心爱的播音事业，一心一意抚养着他们的儿子。而在润江市，她已经有了新的工作，成了市图书馆的一名管理员。在润江，恐怕再也没有什么人知道，她就是夏州电视台当年赫赫有名的一姐白丽女士了。

第五远在他干爸李清明家里生活有两个年头了。小家伙讲卫生、说普通话、懂礼貌，学习成绩也不错，门门功课都是90多分，个子也长了很多。小家伙当了一段时间大城市人，对于家里的一切都有些明显的不适应。他不习惯家里的"蹲便",要"坐便"才肯拉屎,他嫌弃县城学校的孩子穿着寒碜。哎呀,看来这个小家伙真的必须接受农村生活再教育了。白丽舍不下第五远,想带他去南方,可是林洁也揪心呀。大人们商量的结果是让第五远回到故城县。李清明、白丽说等将来孩子上高中、大学时还可以再去南方。小家伙哭哭啼啼地离开了白丽,他们竟然有了难舍难分的母子情感。白丽对第五远的牵挂让林洁心里不是滋味,那种感觉就像打翻了五味瓶一样不是滋味。林洁渐渐明白了,自己的孩子是不能撒手的,不管过什么样的生活,是苦是累、是酸是甜,孩子都必须养在自己的身边,这是她身为母亲的责任和义务。

生活就是人情世故,就是你来我往。正是在这种相互的交往中才可以照见人的心性,人的内心世界。说实话,林洁与白丽,以及罗家姊妹的交往并不轻松。当初因为禹州湖那次聚会,令林洁心生芥蒂。她隐隐约约感觉第五健与罗家小妹鬼鬼祟祟地,似乎有什么不可告人的事情,要不是给第五健留点面子,她就会撕了那个小贱人的脸。要脸不? 什么东西! 女人呀,不吃醋的女人有吗? 吃起醋来没完没了的女人有吗? 如果女人的心里有了一个结,那就麻烦了。人是个复杂而矛盾的混合体。林洁看不惯罗一新的霸气,罗一楠的娇气,同时也看不惯白丽的豪气。林洁从内心深处开始怀疑第五健,她渴望成为一个独立自在的自己。

几年来，第五健的事业还是那样平平淡淡，几乎毫无进展。第五健的父亲劝儿子："是你的终归是你的，莫争抢莫好胜。世上的事情你能干多大就干多大，有吃有穿有住，不淋雨不受风寒，你还有啥不知足的？"李清明夫妇离开禹州前，还专程去北山县看望了第五健的父母，给老人带去了不少礼品，还把他们的孩子李廉元也抱去了。这孩子的名字是李清明的父亲给起的。老爷子对孙子的名字格外在意，他对李清明说："娃呀，你是国家干部，是当官的，你儿子是你的未来，为了他，你要廉洁奉公、爱护百姓，这才是正道。所以你们的孩子，我们家这个孙子就叫李廉元。"离开禹州前，白丽思前想后，寻思着想把自己的生意——一家品牌时装店和一家化妆品专营店，全部托付给林洁，让她接手继续经营。第五健坚决不同意，他劝白丽卖了它们。第五健说："你们过去以后还要生活，也需要用钱。你们知道我拿不出那么多钱，也不会经营，让我干你就不怕我搞砸了吗？"林洁倒是跃跃欲试。第五健的父亲是个明白人，他一再告诫儿子："朋友要得好，银钱别打搅！"由于第五健坚持不接受，李清明白丽夫妇也不好强求，白丽就把自己价值十七八万元的一辆崭新的红色桑塔纳赠给了林洁。她说这事与第五健无关，这是她们姊妹之间的事情，她让林洁今后接送第五远方便些。她还有个请求，就是希望林洁把自己送到润江，帮助她安家立舍，等一切弄好之后再回来。这个要求合情合理，第五健不便反对。赠车之事来得突兀，第五健刚要开口，李清明就把他拉出了屋子。李清明说："你咋和娘们儿一样！不就一辆破车嘛，我们又带不走。过去了我还没有车坐？放着也是放着，你就让林洁开去。给她一点空间，你别自己不发展也不让她进步。你说咱俩还是不是兄弟？你老哥看得起我就收了，痛痛快快的。"

林洁跟着白丽去了一趟南方，从此大开眼界。她也开始设想着自己的事业了。她打心底里不服气白丽，对白丽是羡慕？是嫉妒、恨？似乎什么样的感觉都存在。白丽呢，人家既是官太太，又有了梦寐以求的儿子。另外这个白丽呀，也很会保养，她现在看起来依然风韵不减当年，又开始锻炼身体、走模特步。潜意识里，林洁对于第五健的不满情绪似乎也在不断滋长着，暗暗地恨，暗暗地咬牙切齿。她甚至在内心鄙视第五健，认为他最大的缺点就是软弱、无能，总是患得患失，他失去了一次次多么好的机遇啊！在个人生活方面，人都是自私的，都需要自己的空间，也都需要有自己的利益领地，林洁也是这样。在南方转悠了一圈，她的心性似乎变了，除了想干一番事业之外，总感觉第五健有那么一点讨厌，但她心里还是时时想着他。

林洁陪着白丽在南方度过了二十几天光景，又急匆匆地回来了。她把温润的南国气息带回来了，给家里老少爷们儿都买了礼物，每人一身时装和不少小礼品，还带回了几十块款式各异的电子表。白丽这回与林洁相处二十多天，这也许是她们相处时间最长的一次了。对于白丽来说，从怀孕到"坐月子"那段时间她感觉像"坐牢"一样憋屈。虽然内心深处洋溢着有了孩子之后的那种人伦之乐，充满了那种做女人的幸福，但与此同时她也有一种沉重的压抑感，一种失去自由的失落感。这次陪林洁，她可以放松、开心地玩几天。林洁呢，真是眼界大开，外边的世界真是出人意料。白丽带林洁去浙江的义乌小商品城，让她见识了一下这里的小商品天地。化妆品、床单、帽子、纱巾、牙刷、服装、皮鞋等，这里应有尽有，而且比内地便宜许多。此情此景让林洁目瞪口呆。我的妈呀，这就是义乌！林洁恨不得把这些东西一股脑儿全都搬到云中市去，那样她就发大财了。在义乌，林洁没有想到，这么一座小城市居然有那么多小商品，还有发往世界各地的集装箱、大货车，有法国、德国、意大利、俄罗斯、哈萨克斯坦专线，还有给英、美等国送货的大汽车。在义乌街道上，林洁不时遇到肤色、语言不同的外国人，这里俨然是一座国际化城市，云中市相比于这里简直不可同日而语。

在义乌玩了几天，两个女人决定去杭州西湖转一转。她们就乘坐火车去杭州。那天她们出发得比较晚，到杭州时已经是下午了。来得早不如来得巧，杭州上午的时候还是暴风骤雨，整个西湖景区都关闭了，西湖边上碗口粗的大树都被狂风折断了，树枝散落一地，树叶被吹得遍地都是。不过下午的情形就不同了，湖水清澈碧绿，湖面微风鼓浪，游船穿梭不息。西湖边的青草异常翠绿，似乎每株草都精神饱满。这里距离杭州湾不远，海风巨浪似乎也与西湖相连通，气候常常有意想不到的变化。杭州西湖是浙江的著名景区，一部《白蛇传》戏剧把西湖演绎得充满传奇色彩，一汪绿水似乎成了杭州城亮丽的风景线。还有那喇叭口一样的钱塘江入口，潮水汹涌澎湃，把海的气息和生命的律动奋力地向这座城市推送。当然，还有那座闻名于世的雷峰塔，在落日余晖的映照下，夕阳、湖泊、山水，与雷峰塔构成了"雷峰夕照"的自然美景。

南方的短暂游历对林洁影响很大，她感觉那里的气候宜人，她的皮肤即使不使用化妆品也感觉不难受、不起皮，面色也红润了，她的皮鞋一周不打油也是干干净净的。总之，她的心情不错，很是舒坦，她只是盼望着时间要是能再长些、再从容些，也许她们还要去南京、上海、宁波看看哩。白丽的孩子太小，李清明唠叨着让她尽快返回，第五健也嘟囔着说孩子学习没人抓，班主任找家长谈话了。林洁暗想：你是爸爸，就不用照顾孩子吗？这些男人！

第四章

　　人到中年，男人最烦女人絮絮叨叨，女人最嫌男人没有上进心，于是没完没了的争吵便成了家常便饭。世界本来就是二元世界，阴和阳并存，男人与女人共同生活，但男人的刚健和女人的柔和应对立统一。家庭里有主内主外之别，也有谁领导谁的领导权之争。往往高大威猛的男子汉甘心听命于一个弱女子的调遣，才貌双全的女豪杰也不免委身于手无缚鸡之力的白面书生。猛然间，第五健想起了女子无才便是德的旧话。他慨叹道："现在有一个安稳的家庭多么不容易呀！"进而他想到了中国上古人物——半人半神的伏羲、女娲。他们，腰身以上为人，穿袍服，戴冠帽，神态慈祥端庄。男神手里捧着太阳，太阳里边有一只金鸟；女神手里捧着月亮，月亮里面有一只蟾蜍。而他们在腰身以下则是蛇的躯体，两条尾巴紧紧地缠绕着。

　　第五健好像记得一首民歌里这样描述伏羲兄妹结婚的情形：

妹打主意难哥哥，各人爬上一高坡。对山烧火火烟绞，两烟相绞把亲合。两股火烟相绞了，妹妹还是不愿合。妹为合亲急出火，出点主意逗哥哥：隔河梳头隔河拜，头发绞合亲也合。哥哥下水就过河，哥上一坡妹一坡。隔河梳头隔河拜，哥妹头发绞成坨。头发成坨妹又变，看哥硬石几经磨。隔河种竹隔河拜，竹尾相交把亲合。哥也拜来妹也拜，两根竹尾绞成坨。哥哥你莫欢喜早，我的主意有蛮多。对门对岭对过坡，各把磨石滚下坡。两扇磨石叠合起，磨石相合人也合。妹妹对山滚磨石，果然磨石叠合了……

浪漫的神话，美丽的传说。但现实社会中，两性之间，丈夫和妻子无话不谈往往是危险的。但缄口不言也往往让问题更严重，这个度实在不好把握。第五健心想：他与林洁之间不就是这样吗？喝酒后第五健有时候口无遮拦、无所顾忌，林洁却每每上心，并且不时跟第五健对质、较真。

"你想什么呢？"

"想你呀！"

"你这人就这么假，你能不能认真点？你爱想谁就想谁，那是你的自由。"林洁鄙夷地说。

"怎么就叫假？"第五健回应道，"贾不假，白玉为堂金作马。"

"我看你就那么点墨水。"林洁边说话边示意第五健干活，"哎，帮忙弄一下，两个人缠起来快。"

第五健已经不止一次给林洁当毛线撑子了。他嘴里喃喃自语："过日子，鸡毛换糖啦！"

"哎，不知道你注意了没有，现在这个时代，离婚率逐年攀升！"第五健对妻子说，"社会的开放性，使人的观念发生了变化。人更加注重个性需求，对婚姻的质量要求也相应高了。"

"什么社会进步了呀！"妻子连珠炮似的说开了，"你们男人呀，道貌岸然、口是心非，谁知道你们都是咋想的？女人难呀苦呀，法好像都是给女人定的！"

"打住打住！"第五健辩解道，"我不否认某些事实，但我必须纠正一个说法。"

"你想说什么呢？"

"不能因为男人的'历史问题'，女人就搞现代'开放'，搞'性解放'，走向另一个极端。"

"你胡扯什么呀！完全两码事，女人不过是在追求一种平等公正的权利而已。"

"别，别打岔，请允许我把话讲完。"第五健努力争取着自己的话语权，"毋庸置疑，今天人们的性观念变化了，婚姻观念也变化了，所谓前卫和浪漫的爱情、婚姻，无非只是处于财富与权利高端的人的游戏，我们不得不重视特权和金钱支配下的乌七八糟现象。"

"我说你呀，整个一酸葡萄效应！"妻子讥讽道，"我看人家那些有钱人就是有本事，你有本事也那样呀！"

"那你说包二奶、养情人就天经地义了？"

"人家有那个能力，也就当是扶贫呢，你给穷娃个美女，看他养得起吗？自己吃不上穿不上的，哪里还有心思干那些荒唐事？"

"你的观点不对，这种事，只是程度不同，而无实质性的差别。那你怎么看那些打工的，辛苦挣几个钱却去胡成（陕西方言，干坏事）？"第五健一本正经地说，"这好似一种社会集体无意识，一种社会思潮。随着社会的进步，我想理性、秩序、和谐的生活应该成为人们的自觉追求。所谓乱极则治，这些都有一定的规律。"

"我的救世主，穷酸到家了，还忧国忧民哩！"妻子再次抢白他，"你就不是一个现实主义者。你太理想了，简直在梦里生活！"

"哦，或许吧。但我坚信自己的主张。"第五健争辩着，"我始终认为，相对稳定的家庭环境是人类进步的重要标志和基本保证。"

"当然了，你们男人真是站着说话不腰疼，家庭生活中牺牲最大的往往是女性。你们把事情都弄好了，女人到头来有啥呢？"

"共创共享嘛，咋那么悲观？"

"唉，女人呀，说到底就是个生娃、做饭、伺候老人扫地的。"林洁抱怨道。

"嘿，你听你听，又成怨妇了。"

"还不许人说说？"林洁边说边斜睨着第五健，扭身进了另一间屋子。

过了一会儿，林洁端出了一套宜兴茶具，沏了一壶西湖龙井。夫妻俩在卧室继续品茗叙谈。

林洁在这个时候又说起第五健提拔的旧事了。

"你也找找老同学，让人家把你提携提携。"

"唉，黄花菜都凉了，晚了！"第五健有些沮丧，"一切都是过眼烟云。"

"难道你不羡慕人家吗？"妻子瞅着第五健的眼睛，慢条斯理地说，"后悔了吗？"

"哪里话，人都在变化呀！"第五健反驳道，"生活的道路不同。道不同，不相为谋嘛。"

"那你们咋还藕断丝连？"妻子诘问道，转而又抱怨说，"你不觉得窝囊吗？你同学都当县长、厅长了，而你还是原地踏步。"

"同学就是同学，他们的私人生活我无权干涉，不存在什么藕断丝连的问题。至于官大官小、钱多钱少有什么意思呢？"第五健漫不经心地说着，随口来了一句秦腔戏词，"世人都想把官当，谁是牵马坠镫的人？"

"就是你们这些傻子编织着自欺欺人的谎言。啊，瞧我多清高，我是屈原，我是李白。众人皆醉我独醒。安能摧眉折腰事权贵，使我不得开心颜！"妻子比画着模仿第五健那种文人的腔调说道。

"你这个人呀，清高点有什么不好。傻子怎么了？是啊，官员多如牛毛，屈原、李白却只有极少数，可这些'傻子'对历史文化的贡献谁人可比？"

"我不管那么多，我只要现实。你看你，你看我们的日子，你也不嫌寒碜！"

"我感觉很好，乐在其中，知足常乐呀！"第五健哈哈大笑着说。

"你朽木不可雕也！"

林洁的脸涨得通红，她发现越来越跟第五健说不到一起了，就生气地跑出了屋子。

星期天，第五健回了趟老家北山县岳家桥镇山庄村。他远远地在村外就下车了。林洁很不乐意，大包小包的不说，还有孩子呢，而且第五健家的这段泥土路，高跟鞋太不好走啦。但没法子，这是第五健的父亲所立的规矩，再大的官在父母面前也是娃。虽然在公堂上你是爷，但是进了村子你就还是个娃，不能摆谱，不能耍威风。一个在自家屋门口耍飘的人，干什么都不会长久。第五健牢记着这些教诲，尽管林洁嘴里一个劲地嘟囔，他还是让司机走了。

在外边干事情的儿子回来了，老两口很开心，立即吩咐第五强去街道买了猪头肉、猪耳朵、牛肉，还买了些蔬菜。他们爷儿几个准备中午喝几盅。不知谁漏了风声，乡上干部知道了，他们来了，手里还拎了两瓶烧酒、一只烧鸡。村干部也及时到场。这时村里来了几个帮忙做饭的，第五健家里热热闹闹地摆了三桌酒席。

"健儿，你在故城县大小也是个官，你看邻村的路都修了，你也替咱给县上打个招呼。"村支书说，"这也算给村里帮大忙哩。"

"对，你跟上面通个气，下面我们跑关系。"乡长也跟着说。

第五健哭笑不得，答应吧自己人微言轻，不答应吧也说不过去。

"我试试吧，成不成我不敢打包票。"

"到底是外边干事的，说话就是中听，起码愿意给家乡办事。"

"我说健儿没忘本嘛。"

在厨房里的林洁扑哧一声笑了，心想：第五健在家乡原来还这么吃香。

回了一趟家，第五健给自己找了个出力不讨好的苦差事。村子要求帮忙的这件事情他根本就啃不动。晚上回到家，他尽管一百个不情愿，但最终还是开口向罗一新求救了。罗一新也没法子，她在林东市，远水解不了近渴，事情就这样一直没有落实。一个月后的一天，村干部带着第五强来找第五健，第五健也无可奈何。林洁见第五健愁苦不堪的样子，心里暗暗替他着急，应人事小误人事大，这可咋办呢？林洁打听到自己单位有一个同事认识路桥公司的人，她托人家帮忙，碰一下运气。两个月后，恰好省里启动了在北山县的一条高速公路项目，有一段与原有的公路重合，需要把这段旧路拆除，施工方还需要大量土石。林洁的同事说事情有眉目了，林洁赶紧把这个消息告诉第五健。

"想不想让强儿干这个活儿？"林洁问道。

"你……找到活儿啦。"第五健有些犹豫。

"很奇怪吧，你通知他去找北山县项目部的人就行啦。"

第五强喜出望外，终于有工程干了，可以挣些外快，还可以把旧公路的废料拉回来修一修村道，解决群众出行难问题，一举两得呀。

第五强领人给项目部拉石头、拉土，还把旧路基上的废料清理干净，大家都有好处。再说了，第五强是当地人，工程所需要的土料和石子也好调运。

第五章

　　转眼到了 1994 年年底，故城县的县级干部又要有一次变动了。县委书记刘玉周要调走了，省市的考察已经通过，就等着省委组织部下文了。有小道消息说他要当云中市的副市长，也有人说他可能接替宣传部部长一职，还有人说他可能去林东市，反正说法很多。当然，县级干部的调动是上级部门的事情，底下的人是不清楚的。但中层干部的情况就不一样了，几乎路人皆知。目前在故城县最具实力的干部有东兴乡党委书记甄富兴、西王乡女乡长王彩梅、县委办主任第五健、劳动人事局局长吕建新四个人。据说上边只给了两个提拔名额，其中必须有一个女性。有好戏看喽！

　　对于一个小小的县城来说，茶余饭后，说说花边新闻、官员升迁、社会热点之类的事情，那也是生活中一种常态化的现象。但任凭大家如何绞尽脑汁，却也无法预测今年干部提拔的大致情况，而且"县区政治"这个话题屡屡让预言家老马失蹄，很多故城县有威望的人都不愿意多说这个话题了。你说以上四个人哪一个没有强劲的实力？甄富兴何许人也，省政协委员、著名企业家、故城县实力派领军人物陈君梅的女婿，人家上边没有人吗？吕建新的姐夫是现任省检察院检察长，他没有能量吗？王彩梅就凭人家是女同志这一点就够了，还不说人家市里也有关系。第五健嘛，人家是刘书记的大内总管，近水楼台先得月，而且他有几个同学很有实力。你说说究竟会鹿死谁手呢？

正在这个关键时期，第五健的妻子林洁却成了大家议论的话题。因为她经常驾驶着一辆耀眼的红色桑塔纳出现在人们的面前，她招摇过市的行为让很多人恨得牙痒痒。不管事情的真相如何，人性就是这样，既嘲笑你无也嫉妒你有，反正你得夹着尾巴做人才不会给人留话柄。

与此同时，陈君梅也做了些动作，她给一些中层干部打了招呼，拜访了一些关键人物。最让第五健纳闷的是，这个陈君梅，她居然逢人就称自己是第五健媳妇的堂姑。第五健结婚时陈君梅没有出现，林洁生小孩时也没有这么个姑妈，现在突然间从地缝里钻出来个姑妈，真是咄咄怪事！更为奇怪的是陈君梅还约林洁吃饭、打麻将，还给林洁的汽车换上了五个"8"这么惹人眼目的牌照。后来林洁对第五健说陈君梅确实是她堂奶奶的孩子，与她爸爸一辈，只是以前没有来往而已。刘书记本来就看不惯陈君梅的做派，他们俩在很多事情上有分歧。更为严重的是陈君梅在当初刘玉周从县长转任书记的关键时期曾组织人告黑状，说刘有作风问题，经济上也不干净，举报材料就写了几万字。组织上后来搞清楚了，刘书记为人刚正，没有什么问题，其他不实之词也不攻自破。陈君梅等人因为刘书记没有解决他们的个人问题就找事为难他。有一个老干部是陈君梅的铁杆朋友，他儿子因私人办企业贷了基金会1000多万元拒不归还、非法侵占国有土地300多亩、组织黑恶势力殴打执法人员致其伤残等获罪，被判刑入狱。刑满释放后他到处上访，要求给自己平反，甚至要求国家赔偿。更为可憎的是这个老干部在他儿子出狱后，带人上门殴打当年给他儿子判刑的法官，还明火执仗地对其他执法人员进行打击报复。他们这些人就是唯恐天下不乱，变着法子给社会找麻烦。刘书记在这件事情上没有心慈手软，他果断让司法机关介入，依法处理了那个违法犯罪的老干部和他的儿子，并警告了参与这些活动的幕后人物陈君梅等人。

这天下午，市委组织部在县委大礼堂召开了全县科级领导干部提拔调整大会，宣布了有关要求，重申了组织纪律。县级主要领导悉数参会。会场里气氛严肃，一切都按照既定的程序进行。但刘书记没有想到后来的结果竟然不符合上级要求。最后会议延时，刘书记发表重要讲话，要求所有干部讲政治、顾大局，坚决执行上级指示精神。重新组织投票后，才完成了任务。当然其结果可想而知，顺利被提拔的是王彩梅、吕建新，第五健和甄富兴落选了。

　　临近年关，刘玉周书记上调云中市副市长，到云中市上任了；不久，云中市委组织部宣布市农业局党组副书记、副局长苗翰文接任故城县委书记，故城县的苗书记时代来临了。苗书记一来就不待见故城县的原班人马。第五健现在才知道那种人情冷暖天上地下的感觉。新书记对他不热不冷，下乡经常带着副主任，名义上说第五健身为县委办主任，要全面负责办公室工作，但这样一来很多事情第五健根本就接触不到了。第五健感觉自己在这张办公桌上继续办公的时间不会太长了。他也看开了，不就是换个工作环境嘛，一朝君主一朝臣，都是一个样。他闲了就在办公室里写写字，看看《道德经》《百家姓》《颜氏家训》之类的闲书。有些会议、有些事情他尽量让几个副主任分头处理，自己也不多发表意见，总之撒手放权省心省事。

　　其实第五健与苗翰文早就认识，他也知晓苗书记这是给自己穿小鞋哩。大凡世事都有前因后果，什么事都不会平白无故发生。大前年，苗翰文让一个女人找到第五健，托他给一个复员军人办理入党手续，第五健说入党这事很重要，必须按照程序走，不然出了问题谁也担不起。苗翰文说这事你们书记知道，他说让我找你就行。

　　第五健知道这些干部的七大姑八大姨什么关系都有，但他不能拿原则做交易，就没有给面子，而是让他们找组织部去。组织部部长也知道这事难办，他推说要去外地开会，就往副部长身上一推了事。事后有人对第五健说，那个愣头愣脑的家伙大有来头，他竟然是苗翰文的内侄，而那个前来办事的女人就是苗翰文的媳妇。苗翰文来故城县当政了，从他趾高气扬地跨进县委大院的那一刻，第五健就感到如临深渊。尽管苗书记在外人面前还一再表扬第五健是个人才，几朝元老，工作经验丰富云云，但却对他采用搁置的冷处理办法，让他有苦难言。

还剩一个礼拜这一年就到头了。往年这个时候，第五健总是跟着刘书记跑省跑市，见很多人。今年苗书记有他的安排，他不让第五健参与这些事情，就让第五健看看材料而已，其实本身还有一个专职副主任管材料，因此第五健很是清闲。第五健似乎真正知道了为什么《祝福》里的祥林嫂不被允许碰主祭之类的东西，人家主人家是怕不吉利。

第五强确实在工程上挣了一些钱，他买了一辆二手工程车，还买了一辆小昌河。正春风得意时，工程车却撞了一个开三轮车的老人。第五强打电话，希望他哥出面解决这个事儿。第五健自己的事情本身就难缠，偏偏这个时候弟弟又添乱。唉，人命关天，还是请假回家处理这个事情吧。第五健跟苗书记一说，苗书记通情达理地说："这事儿你得赶紧回去，办公室其他事情你就不用挂念，有什么困难随时打电话。"

对方知道第五强是干工程的，便狮子大张口，一开口就要20万元，你说这不是抢劫嘛！事情无法了结，第五健托人找公安局局长搭话，对方口气才缓和了些，但坚称10万元是底线。按照当时的行情，这种事故的赔偿也就3万至4万元。事情又一次僵住了，第五健实在没法子了，就带着礼物去找北山县公安局局长，还打出了罗一泯的牌子，这回事情才有了转机。公安局局长施压后，对方松口了，只要 6 万元。处理事故的交警说只给 4 万元，这已经很够意思。你个三轮车没啥手续到处乱跑，要追查责任你也要负责任。人家车辆在工地上干活儿，又没上路，你不看清楚自己偏偏跑过去凑热闹被撞了，我看你就是碰瓷、讹人！你说第五强冤枉不？干了大半年的活儿就这么一下给赔光了。第五强卖了他的那辆工程车，付清了老汉的住院费和赔偿金一共 4.7 万元，双方写了自愿谅解文书，保证以后互不找麻烦，老汉以后的生老病死与第五强无关。后来第五强才知道人家卖给他的那辆车本来就出过事故，主人家心里别扭才出手的，他当时没搞清楚具体情况，只是感觉价格便宜就接手了。

晚上，在第五健家老屋子里，爷儿仨又聚在一起喝酒。还是那张黑亮油光的小炕桌，还是那盏 15 瓦的小灯泡，在父亲的土炕上，他们三个男人在喝酒议事。兴许是这些日子事情太多、太闹心的缘故，老爷子喝得醉意蒙眬了还不歇息，也不让两个儿子离开。借着酒劲儿，老头子说起了自己的家世，第五健是第一次这么清楚地听父亲讲家族的事情，老人家过去总是遮遮掩掩，不肯全部吐露。第五家族祖籍山东青州，明清之际移民到陕西。据老人说，明嘉靖三十四年（1555）腊月，关中发生特大地震，震中在华县，估计那次地震导致死亡人口至少

40万人。那时就有青州人来夏州落户，也许时间太早了，谁也搞不清楚究竟有多少人，反正第一拨人好像没留下什么记载。上几辈人说，明代熹宗天启七年（1627），夏州闹大饥荒，各地农民起义风起云涌。经此折腾，明朝的气数尽了，战火难免伤及无辜百姓，夏州省人口大量外流，这种局面一直持续到清初。这一时期又有大量"山东客"入秦谋生，这算是第二拨人了吧。

至于第五健家族迁过来的时间可能要晚得多。大约同治年间，夏州又发生了大动荡。那时死伤了很多人，夏州人口再次下降，大量土地荒芜，于是又有很多"山东客"进入夏州种地。

老人说他能记得的历史是，第五家有一个祖先叫第五彤，在同州黄河滩种西瓜谋生，有了些积蓄后娶妻生子。第五彤有两个儿子，长子第五昇，后改名第五便，随父母种地；次子第五升，后改名第五胜，在同州著名的"老屈家中药铺"当学徒。第五胜聪明伶俐，被东家的女儿看中，招婿入赘主家，后来被送入学堂读书，还得到了主家的医术真传，成为同州名医。第五胜这人长得很英俊，身材高大匀称，有"同州美男子"的称号；加之颇懂医术，又会来事儿，懂得见风使舵，所以在这同州地面，他活得潇洒快活，要风得风要雨得雨。第五胜喜欢一个女戏子。那女的面貌清秀，举止文雅，听说是西府来的。第五胜把她藏在了背街小巷的私院中，他经常在那里过夜，几个月不回家，夫人还以为他是到外地出诊去了。但世上没有不透风的墙，一次知县的六姨太难产，上上下下找不到第五胜。知县大怒，喝令挖地三尺也要把第五胜找出来。后来第五胜的一个朋友无意间把他的秘密泄露了。就这样，知县亲率人马把第五胜抓回县衙。第五胜的运气还真好，知县六姨太最后顺利生产了。她或许就不是真正的难产，如果真正难产了，对于一个中医来说很为难啊！

第五胜知道事情的轻重，如丧家犬一般慌忙逃命，很快此事半个县城都知道了。第五胜丈人屈老郎中知道后很生气，老爷子与女婿渐渐疏远了，最后简直就跟仇人似的。也合该第五胜倒霉，几天后知县的六姨太死了，这个消息把第五胜的魂都吓出来了，他连夜逃离了同州。知县怒气难消，把屈家药铺、屈家的妇女及房产一股脑儿全部霸占了，还把屈老郎中关进了监狱，老头子最后死在了狱中。第五胜这个天杀的，自己一拍屁股走了，可苦了屈家老少十几口子人，还有他的外室——那个唱戏的西府女人。

后来，第五胜跑到故城县又发达了，凭着自己的医术又办了"老屈家膏药店"，还开了"兴盛永"商号，成了故城县有名的大财主。第五彤去找他的二儿子第五胜，人家躲着不见。最后第五彤就落脚在北山县了。

"说的是我父亲第五便这一支，他是你们的爷爷，第五胜另一支是你们的堂爷爷。"第五健的父亲缓缓地说着，"你们这个堂爷爷，唉，简直就是个不忠不孝的忤逆子。他不养活你们的太爷爷、太奶奶——他的亲生父母，也根本不认我父亲——

他的亲兄长第五便。你们太爷爷那人性格刚烈，一气之下与第五胜断绝了父子关系。他对外人说自己就只有第五便一个儿子，第五胜已经跟他断了关系，他走他的阳关道，我过我的独木桥，井水不犯河水。你们爷爷第五便没有人家第五胜那人活泛，只有一身好力气，靠出蛮力过日子，后来总算在荆山的北坡有了几孔窑洞安家——就是咱们现在这地方。有一年夏季，你们爷爷第五便在故城县平原上给人家当麦客，干活儿干得正起劲的时候，他美美地喝了一碗凉水，顿时感觉肚子疼，身体不适，不一会儿就面色苍白。后来他被送到当地的一家医院时，已经奄奄一息，第二天就咽气了。你们爷爷离开人世那会儿，你们大伯16岁，我才13岁。你们奶奶也很硬气，她坚强地撑起了家。你们大伯不想在家里待，总想往外跑。一年后，我记得是1937年卢沟桥事变后，日本扩大了侵华战争，继续向中国腹地进攻。这时候你们大伯逃出家门，自己跑到山西当兵吃粮去了。他这人个子高，长得魁梧，可能虚报了几年年龄吧，就当上了兵。他说要打鬼子救中国，从此离开家门再也没有回来。他在山西见到了于右任先生，因为是乡党，于先生对他格外照顾，还介绍他上了黄埔军校。1944年，我也走了和你们大伯一样的道路，当时我也就21岁。我去找你们大伯第五泓时，他已经是团长了。门口卫兵不让进，我说我叫第五波，是第五泓的兄弟，卫兵不信。后来你们大伯来了，我才进了兵营的门。他又想方设法让我进了黄埔军校，后来我也成了军人。有人就说你们爷爷第五便的坟墓埋得好，这件事情谁也弄不清到底咋回事，其实大多数人都是事后诸葛亮，先前谁也不清不楚。"

"大，咋从来没听你说过这些事情呢？"

"说那些有用吗？"

"你总说自己是个小人物，不识字，啥也不懂。原来心里装着那么多事情。"

"你们都大了，也该让你们知道这些了。人这一辈子，稀里糊涂的就行了。你过气了就没用了，就像秋天的树叶一样，寒风一吹就落地，然后就与泥土一起腐烂了。"

第五健的父亲有些伤感，过了会儿他接着说："你大我也是从死人堆里爬出来的人。我说了你们或许不信，我也曾当过国民党正规军团长。解放前夕我在雅安起义，加入解放军，因负重伤在战地医院养伤。那时候西南的土匪敌特很多，医院遭到敌人袭击，不少伤员牺牲。敌人放火烧了医院，我侥幸逃命，在一个老乡家里养伤。我痊愈后找不到部队，就一路扒车、乞讨，最后终于返回到夏州。因组织关系不全，没有介绍信，我稀里糊涂就什么也不是了。当时家里很穷，你们太爷爷、太奶奶过世时，都只能简单安葬了。你们太奶奶是靠沿门乞讨度日的，像王宝钏一样上无片瓦遮身，下无立锥之地。咱家的成分土改时定的是贫农。后来回乡的我就学了手艺，做木工活，当泥瓦匠，学种地，干各种粗活、脏活、累活，像农村人一样下苦养家。我要感谢咱这地方的人，大家见咱家穷，没有啥财产，也就不提说以前我和你们大伯当国民党团长的事情了。我一直提心吊胆，夹着尾巴做人，不敢有丝毫越矩……这里，还得再说说你们那个无情的堂爷爷第五胜。"

"就是那个开医药店的吗？"

"对。"

第五健的父亲继续说道："你们堂爷爷当时很富有，他的第二房夫人娶的是故城县的林家姑娘。你们堂爷爷家，也就是林洁她老姑婆家，他们有三个女儿，分别叫"春、夏、秋"三个字，他们家雇用了不少长工、丫鬟。

"你们绝对想不到，长工中就有你们的舅舅张小亮，丫鬟中就有你们的妈妈张小棉。"老人说着说着有些伤感，"你们舅舅上了人家的门，与第五春结婚了。论起来第五春还是你们姑姑。你们堂爷爷后来染上了烟瘾，把家当败光了，临解放那年就死了。他家后来破落得把城里的店铺都卖完了、折腾光了，就剩下村里的一处地方了，他家也就成了贫下中农……"

第五健的父亲终于累了，于是两兄弟便轻手轻脚地把炕桌等物件撤了，把被褥拿过来铺在炕上，然后小心翼翼地给老人把衣服脱了，让他静静地躺下睡觉。

第二天一大早，第五强有事情就先吃饭了，他要和媳妇出一趟门。吃过早饭，父亲说他要和第五健上后山一趟。父子俩上了后山，那里有第五健爷爷的坟地。父亲说："我昨晚梦见你爷爷了。他托梦说让你上个坟、烧个纸。想必他是想你们啦！"

"大，拿锹不？"

"拿着吧。"

一到坟地，第五健随着父亲在老坟周围转了一圈。突然，父亲惊异地说："果然，西南方向有个洞！"

第五健拿着铁锨铲土，想填补那个小窟窿，可他铲了不少土，还是填不满。他就朝下边试着探了探，哗啦一声，一个更大的窟窿出现了。

"我的天，咋这么大个窟窿？"

父亲说："怪不得你爷爷整天托梦说他的房漏水了。你回去拉架子车，看来够咱忙一阵子了。"

第五健父子就这样拉了七八车土给先人修了坟，也算圆了他们的心愿。

干了一阵活儿，出了一身汗，第五健感觉浑身上下舒坦极了。

坐在略显荒凉的冬日的坟地，天色灰蒙蒙的，父子俩的心情也如这冬天的气候一样沉闷。第五波抽着旱烟，那味道很呛人，但过瘾。他吧嗒吧嗒地抽着叶子烟，第五健也燃起了一根纸烟。

"你弟弟小时候从树上掉下来受了伤，自那以后就反应迟钝。你是大哥，要照顾他。"

"这个我知道。"

"我身子感觉不如以前了。去年我骑自行车 50 里路都不歇气。今年明显不行了，有几回我都跨不上车子了。过去还敢带上你妈上县城去，现在不行啦。"

"你不要骑车了，去去近些的地方。"

在荒坡上，第五波给长子继续叙说着他们家和他自己的一些事情。第五健感觉父亲好像是在托付后事，所以心情有些紧张。

父亲说了很多话，第五健怕他累着了，就插话说："大，咱就说这些。您也歇会儿，我去山里边看看。"

"健儿，你不要嫌我啰唆，我想跟你走一段路。"

"好吧。"

父子俩很久没有并肩在田野上散步了。父亲其实有一肚子话要说，他感觉到了。父亲不管不顾，近乎是自言自语地说："过日子难呀，做人很难。"

"呵呵，大，你想说啥我不拦着你。"

"我想说你妈不容易，我脾气不好有时还打她，但她从来没有跟我高声吵过一句。唉，我这心里觉得亏欠她太多了。"

"你们都很辛苦。大，你看你为我们辛苦成什么样子了。"

父亲又说："你外爷张玉林与你爷第五便是好哥们儿，过去经常在一起给人打短工。你外爷是荆山南边人，他经常把羊群赶到北边找你爷。他不嫌弃咱家穷，把你妈嫁过来了。"

"大，这些我都知道。"

"你知道什么了？"

"……"

走了一会儿，父亲气喘吁吁，第五健停住了脚步，爷儿俩就坐在了路边。父亲让第五健说说自己的情况，公事、家事、孩子的事都说说。第五健知道老爷子确实对他很关心，便详细说了这次提拔的根根节节，又说了林洁南方之行的细节，还说了儿子第五远的学习。父亲耐心听着他讲话，始终没有插一句。

说了半晌，第五健发现父亲转身朝回走了，父亲又点燃了一锅烟。第五健连忙跟了上去，他搞不清父亲是什么意思。父亲说："健儿，我问你几个问题。"

"大，你说。"

"你现在也是科级干部了，但是我看你不合格。"

"大，你细说说吧。"

"你知道刘书记为什么感觉他把你看走了眼？你知道是谁在背后给你穿小鞋，来了个小动作吗？你认为你媳妇林洁真的能帮助你吗？"

第五健只感觉脑袋嗡的一下大了，心想，我的先人啦，你咋不早说，现在提这些有用吗？

"你的麻烦事情还在后边，如果你不灵醒……娃呀，事情不是那样干的，你都不如个女人，你让人说你啥哩！"父亲气得直跺脚。

"我好好想想。"

"老话说母鸡叫鸣驴犁地，家宅难宁。你看你把林洁惯得能上天！"父亲说，"说多了你也烦，你自己拿主意。"

"大，你说吧。都是我做得不好，让您费心劳神。"第五健伤感地说。

"啥话！你还是缺少经验，家都管不好！当了多年干部还这么嫩，你自己上山去清醒清醒！"

父亲说完就头也不回地走下山去。

第六章

　　父亲蹒跚着走下了山，他的背影渐渐远去了。望着父亲的背影，第五健有些难过，他心想，父亲为了儿女的那些事情，真是把心都操碎了。第五健不知道什么时候眼里已经盈满了泪水，他只感觉心头有一阵阵揪心的痛楚，仿佛有一根银针在不停地扎着自己那颗怦怦跳动的心。

　　第五健下意识地又回到了爷爷的坟地，这是一处幽静的地方。父亲说当年爷爷是得紧病死在外边的人，本来按照当地讲究，死在外地的人是不能进村的，村里人怕给自家带来晦气。但第五健的爷爷是下苦人，没有得罪过什么人，因此村里破例让爷爷的灵柩进了村，在后山两山夹舌地带，在山溪出口处挖墓下葬了。这是村里人对第五家的恩惠，是第五家的人一辈子甚至几辈子都不能忘记的大恩大德。第五健的父亲曾对儿子说过："当年安葬你爷爷时还为你奶奶预留了位置，等到你奶奶百年之后，她也将葬于此地。"后来村里来了一位世外高人，他看了那片坟地后对第五健的父亲说："山环水绕，好一块神仙福地！"父亲让那个高人不要多言语，不要道破天机，还在家里好吃好喝地招待他。不知什么缘故，这两人很投机，还攀上了交情。

不知不觉中，太阳已落到西山，近晚的风吹送着寒意。山坡上稀稀落落的树木，似乎还眷恋着白天的光阴，也似乎在可怜着我们的第五健，可怜着这位心事重重的男人——回去吧，天将黑尽了；回去吧，别在这阴气重的地方逗留了。第五健再一次回头，看了一眼自家坟地上那两棵苍劲的柏树，那树木似乎有灵性，越发昂首挺胸了。第五健感觉自己与这里的山、树木、溪流融为一体了，他的心情如同周围的树木一样，正在坦然地迎接一个黑夜；也如同袅袅升腾的山谷烟雾般，朦胧中透着清凉，从混沌走向澄清之境。然而毕竟这是一处山谷，此时已经比较寒冷，第五健不由自主地裹了裹衣服。孤单寂寞的情绪，无依无靠的感觉，让第五健感觉胸口难受，他躺在山坡上一动不动，仿佛嗅到了深山中温泉水的味道，他感觉那仿佛是春天的味道，或者秋天的气息。他的感官世界似乎与冷冷的荒漠一样的冬天丝毫不沾边，与他生活圈子里的尔虞我诈丝毫不沾边。

这时第五健神摇魂荡，没有任何人和他说话，没有任何人打搅他，他只和他自己，和一个深层的遥不可及的自己在说话、聊天，甚至打骂、争斗。离地三尺有神明，就像现代社会无处不在的监控软件、手机软件、电脑软件一样，你无法逃脱这些天眼、地眼、人眼、智眼、慧眼、法眼、佛眼的观察和记录。第五健的意识仿佛又回到了多年以前，那会儿他还是一名民办教师。在山庄小学，他遇到了他一生中的第一个女人惠英妹。那时第五健因为字写得漂亮，给乡上出黑板报，也给乡上的一个老"右派"、画家惠子耕帮忙。就这样，他们俩一老一少经常在村庄的大墙壁上写字、画画。第五健有时候想起"无巧不成书，无怨不相识"这句话。他都不敢相信，当年父亲经常挂在嘴边的"高人"就是惠子耕先生，而第五家与惠家的恩怨也由此而生。惠子耕先生早年因"右派"问题，被从西京城的一所大学下放到北山县农场劳改。他的夫人也因之吓疯了，变成了一个逢人就哭就喊的人。后来惠子耕先生被释放了，没有什么结论，也没有什么过错，地方干部同情他，就让他在文化馆画画、写字。

山庄小学，是山背后唯一的学校，第五健和惠英妹曾在那里当过五年临聘教师。在一个风雨交加的深夜，惠英妹没有回家，第五健也没有回家，他们一起看护学校。那一夜风很大，雨也很大，教室门窗的玻璃晃个不停，教工宿舍外边的杨树、桐树发出一阵阵凄厉的怒吼声。第五健在床上看了会儿书，就疲惫地睡着了。再后来他隐隐约约听到隔壁惠英妹的房子里有响动声，再后来那种声音似乎更大了——"第五，救命！第五救我！""惠英妹，怎么了？"第五健赶紧起身，敲门。她没有应声，只是一个劲儿地呻吟："救我救我！"第五健飞起一脚，嘭的一声把门踹开了，只见惠英妹憋红了脸，浑身大汗淋漓，整个人仿佛刚从河里捞出来一样。原来她被噩梦魇住了，心脏加速跳动，人就是醒不过来。

"第五，你可把我救下了！"

"你怎么样，要不要我送你去医疗站？"

"哦，好多了。"

"我给你倒杯水。"

那一夜，风雨中的救助成了第五健与惠英妹的"红娘"，其实他们的两颗心早就想靠近。第五健让惠英妹睡他的屋里，他说："明天我给你修门，要不你又睡不踏实了。"他们就在那样一个特定的环境下自由结合了，合理不合法地结合了。

后来，不知过了多久，他们都疲惫不堪了。惠英妹流着泪说："第五，你把我彻底毁了！我不是一个好女人，我们都太急了。我……我害怕。"第五健紧紧地搂抱着惠英妹，也不知说什么才能安慰她、温暖她。他只感觉他的生命与这个女人从此不可分割了，她也感觉自己仿佛沐浴在温暖的阳光里。他们的情形类似于一场天火之后的残迹，一片狼藉，又好像火山喷发后残留的厚厚烟尘，渐渐地降温，渐渐地向远方吹送——那带着火焦味的空气，似乎明确而郑重地向世人宣布，这里曾经发生过一次火山喷发。

地球上的火山究竟有多少？第五健是不知道的，但他与惠英妹这座火山一旦爆发了就不可收拾了。他们有年轻人的激情、浪漫，也有一种不管不顾的盲目疯狂，就像惠英妹所说："我疯过爱过，但从来没有悔过恨过。第五健就是我的第一个男人，我一辈子都忘不了他。"

造化弄人，机遇给人以选择。第五健的父亲希望儿子继续深造，而不是一直蜗居于乡村小学这个地方，惠子耕也希望女儿有大学学历。于是他们又开始复习功课，准备考大学。在父母这一代人的心目中，忠孝传家、耕读传家、治学修业、立身扬名是家族文化的根本。对于这些，第五健有过困惑，也有过动摇，他的气质中有传统的因素，也有浪漫的因素。第五健在写给惠英妹的信札中有这样的句子："我的女神，我等你一百年，就像离离原上草，生生灭灭，根儿永远鲜活、深沉而忠贞；我的女神，我等你了无期限，哪怕你已经繁衍几千代几万年，但我的内心永远回荡着当初的吼声、呐喊！"

当第五健考上夏州师范大学的时候，惠英妹是很矛盾的，她不想成为她深爱的男人的累赘。那时她母亲的病情加重，经常犯病，已经不能自理了，她不得不放弃民办教师这个乡下人羡慕的好职业，也不得不放弃考大学这一条通往城市的光辉道路。她选择了照顾母亲，选择了亲情。

第五健在斜坡上胡思乱想着，忽然听到弟弟的声音了。第五强正大声大气地喊叫着——"大哥！"

山谷里回荡着第五强浑厚而洪亮的声音。

第五健回应了一声，然后就习惯性地用手拍了一下屁股上的草尘，转身朝回走。他身后的小溪流水声音似乎更大、更响亮了。

　　第五健是在北山县岳家桥镇山庄村长大的，这里的一草一木他都熟悉。这个荆山背后的村子，那些朴素的庄稼人零零落落地沿着小叶河谷居住着。荆山从阳面看很陡峭，仿佛刀斧砍削一样，从阴面看却相对平缓。从北清沟进去一路是缓上坡路，翻过九道梁，上了一道500米长的土坎，就到了山庄。这一带像一片巨大的依山借势摆放的斜面，而且这片大斜面东西狭长，南北较短，当地人把这里叫山庄塬。山庄塬三面都是深沟大谷，最南面是山头，背面有平地，左右山谷里都有小溪流，它们汇聚成了小叶河。这小叶河水流不大，只有夏季洪水来临时才显示出自己一泻千里的英雄本色，枯水期几乎流不出山外就干涸了。这里的山谷、河道没有什么特别的树种，沟上沟下到处都是洋槐树，一般在每年4到6月开花，花期为10到15天。洋槐花具有良好的观赏价值，每到花期来临时，一串串洁白的槐花缀满枝头，一丛丛浓香的花枝迎风起舞，空气中弥漫着淡淡的芳雅之气，塬畔飘散着宜人的槐米清香。这种山庄塬独有的气味，沁人心脾；这种山庄塬勾人心魂的甜甜的馨香，令蜂舞蝶飞，留恋不舍。是啊，到了槐花盛开时节，整个山庄塬是槐花的世界，塬上塬下，河谷、村庄、草木一片槐花香。除了槐树，在河谷里还有一片桃林，点缀着小叶河畔。每年的初春，桃花盛开时，小叶河水也仿佛被桃花染红，晃晃悠悠地像喝醉一样，一路上披着艳丽的色彩，唱着清脆的歌声，涨着绯红的脸向前奔跑着、呼啸着。外边人都说山庄塬人有一种特殊的香味，特殊的气色。尤其是女人，像槐花一样芬芳迷人，像桃花一样红光满面。

在老家，第五健总感觉自己还是个孩子，父亲处处护着自己，一有时间就陪着自己，母亲每次吃饭都要给自己夹菜；而对于弟弟，父亲就不同了，父亲和他没说上两句话就杠上了，父亲总是对第五强发脾气，看不惯这看不惯那。母亲悄声对第五健说："你大这是咋了？半个眼都见不得老二。"老年人的事情真是不好说，母亲总说父亲性格古怪，说他偏心眼，不包容老二；父亲说母亲不懂家法，端不起架子，管不了家。第五健微微一笑，无言以对。

在家里父亲比较强势，母亲是顺从的配合者，她一般不发表意见。第五健明显感觉父亲的牢骚越来越多了，他不满意儿女的处世，不满意这个大家庭，他深深地意识到其中潜在的危机。一会儿，父亲说，老二家，你哥毕竟是哥，你把面给他再煮煮，他胃不好；一会儿又对第五强说，你看看你这个没良心的，要不是你哥，你什么事能扑到前头去？父亲老了，说重复话多了，脾气也更加不好。第五强两口子没法子，他们感觉很不好做人做事，就不再多说啥。第五健转过身来还要对弟弟两口子说好话，劝他们不要生老人的气。第五健感觉在家里待不了几天了，但他一提说走，父亲就把脸拉长了，说没良心的，不肯多陪我几天。好不容易又过了几天，县上因有重要事情，才专门派车把第五健接回去了。原来是刘玉周副市长来检查工作，他未见第五健的影子，就对故城县委书记苗翰文提说了一句，苗书记这才派人派车接第五健来了，要不然故城县也许都忘记了还有一位赋闲在家的县委办主任哩。

刘玉周副市长的追问，对于第五健的命运来说也许成了重要的催化剂。很快县委召开了书记办公会，苗翰文书记提议第五健任文化局局长；后来县委常委会勉强通过了关于第五健的任命。可第五健的任命并不顺利，首先马建海县长并不赞成，为此两个一把手话不投机。马县长提议第五健同志任副书记、常务副局长，主持工作，因为局长付玉山因身体不适正在西京养病，不便变动职位。苗书记坚持自己的意见。县委会议决定让第五健任党委副书记、局长，甄富兴为党委书记、副局长，紧接着县委的红头文件下发了。按照常规，党委发文，政府常务会议通过后，报人大常委会任命，第五健的局长任职才名正言顺。可由于马建海县长大半年迟迟不开会，第五健始终扶不正，县文化局就这样进入了一个特殊的时期。第五健思前想后，果然如父亲所说的那样，自己的县委大院日子结束了，他将面临新的环境、新的任务。第五健到新单位报到了，他还专程去西京探望了老局长付玉山。付局长虽然人在西京，但影响力还在，办公室主任唯他马首是瞻，别人的话不听。甄富兴这个人很高调，他喜欢专权，不受人约束惯了，所以形成了一副目中无人、桀骜不驯的做派。第五健夹在这两者之间，别说有所为有所不为了，几乎就是什么也干不了，他成了不折不扣的"假"局长。大事情老局长没表态不可为，小事情中层们骑墙观战不动弹，中间的不大不小的事情，甄书记不开口不吐核谁也做不起来。第五健是老鼠钻进了风箱，两头受气，两头不落好。而县委苗书记那里还不断加压紧逼，说第五健什么工作态度，开拓创新不够，大刀阔斧不够嘛。此处不留爷，自有留爷处，没有这样折腾人的，太不地道了！第五健甚至想到了辞职、下海，不干了。

第五健的父亲在对长子的无限忧虑中住进了故城县医院。第五强把父亲送到医院后就回家了，他还要照管家里的庄稼地。第五健只好请假照看父亲，局里的工作顺理成章地由甄富兴主持。父亲本来心脏不好，受了风寒感冒以后，上厕所时头脑发昏跌倒了，患了脑出血，将来可能走不了路了。考虑到老人70多岁的年龄，医生只好进行保守治疗。后来老人好像又添了什么病，他的大小便失禁了，经常尿湿被褥，屎尿把衣服都污染了。对此第五健没有皱过一次眉头，他不让任何人插手这件事，他亲自护理父亲。第五强和两个妹妹有时候轮流换下第五健。第五强的媳妇还给公公送过几次换洗衣服，她有农村妇女的朴实、厚道。林洁来过一两次，她的神情令人不爽，有些趾高气扬，进门还戴着厚厚的大口罩。第五健让她摘了口罩，她不乐意，即便摘了口罩还是习惯性地用手掩鼻，并且还说闻不惯来苏味儿，林洁的这些表现让老人生了一肚子闷气。第五健的父亲虽然患病，但他的思维清晰，他对第五健说："家门不幸，只可同享乐，不能共患难，什么东西呀！"

整整8个月过去了，第五健父亲的病情才渐渐稳定了。他可以在儿女的搀扶下一步一步挪动着走路了。第五强说给老人买一辆轮椅，老人坚决不同意，他说锻炼意志就必须自己动，坐下来就不行了。第五健的母亲在丈夫生病时连惊带吓，高血压、糖尿病也多次发作，有一段时间也躺进了医院。这让第五健不堪重负、疲于应付。好在第五强的媳妇通情达理，主动承担起照顾婆婆的任务，这让第五健这个当哥的很感动。在父母生病的日子里，第五健充分感受了人情冷暖。当初在县委办时，自己的父母哪怕就是生个小病，一旦住院，全县上上下下探望的人把门槛都能踢断；一旦自己走了背运，除了李清明、白丽、罗一新等几个铁哥们儿来过，县里个别好朋友来过，自己单位的看门老头老马来过，几乎没有其他同僚登门。不明就里的母亲总说："儿呀，你犯了啥事情了？把人都得罪光咧。"

　　将近一年了，第五健父母才出了院。父亲在弟弟的陪护下回到了农村，弟弟的任务就是领着老人走路，累了就背着他。母亲现在每天要限制饮食，不可以多吃含糖量高的食物，第五强媳妇看顾着母亲。第五健每周都要回老家，换一换弟弟，尽一份孝心。父母的病让第五健感受到了一种深深的刺痛，不光是外人，就是同床共眠的妻子也未必可靠可信。第五健有时候慨叹他的父亲，自己都躺到床上不能动了，还是忧心忡忡地替儿子打算，他说："人心齐泰山移，千万别让问题出现在内窝子，这就麻达咧。"父亲还分析了第五健升迁失败的原因，他认为第五健做事不缜密，把这么大的事情轻易地告诉了嘴上把门不严的媳妇，结果让不该知道的人钻了空子，引起了一场混乱。人家一直闹腾，为啥？是为了人家的事情。受挫折的是你第五健，你们的这些举动、"小心眼"，能瞒过人吗？不要说人家大书记了，他啥场面没经过？你连我这个糟老头子都蒙不过去，刘玉周书记能不心生疑虑？最后父亲还提醒说千万不要贪财图享乐，不要相信妇人之言，那是不长久的。

　　第五健与妻子旷日持久的冷战自从他父母患病住院，他们俩在医院争吵以后就开始了。近期发生的一些事情让本来就不和谐的家庭雪上加霜。第五健的弟弟第五强最近被债务逼得出逃了。他从林洁手里借了3万元，谎称他的摩托车修理店资金周转困难，只用几天就归还，结果逃得无影无踪了，这还不算林洁给担保的银行贷款的5万元。唉，林洁自认倒霉，她算是栽在第五强手里了。林洁去向第五强的媳妇王小凤讨要，王小凤根本就不认账，人家压根就不知晓这事；况且第五强最近与一个外地女人鬼混，搬到省城去住了。林洁想起诉第五强，第五健阻拦了她，说都是自家兄弟，何必把事情弄得那么难堪？人家不是还有一个店铺？他不会少咱一分钱的。林洁心里的憋屈无处发泄，只有拿第五健撒气，怪他不管这事。

　　第五健是左右为难。眼下弟弟不知去向，你逮不住他，没办法跟他说，弟媳妇还要大哥主持公道，教育弟弟回心转意。林洁这里还追要那几万元，那可是公款，林洁要担责任的。第五健感觉日子过得不顺心。最近林洁也不怎么理他，晚上都分床睡了，两个人除了对孩子的关心外，似乎再没有什么话题。他们没有吵也没有闹，表面看来一切都很正常，照例各上各的班，各干各的事。一天，第五健下班早，10点半开完会，他就开溜了。他思谋着如何缓和一下关系，如何为家里做些事情。他想买鲜花、蛋糕，或者给林洁买衣服，但都觉得不妥，最后就去超市买了猪肉、大葱等，准备亲自动手为妻儿包饺子，给他们一个惊喜。

第五健准备了很多肉馅，他"当当当"地在案板上剁个不停，以前包饺子都是他干这个活。妻子是擀皮、包饺子的能手，他呢，有些笨手笨脚，包的饺子形状不好看，经常是包不上"内容"，有时候就是一个空面片。

11时许，林洁打电话说她几个要好的同学要来家里吃饭，让第五健先做好准备，大家一起动手包饺子。第五健说没问题，到时候一切都会准备停当的。女人到底爱叨叨，在电话里不厌其烦地叮嘱第五健千万要注意安全，切菜、剁馅要小心，香油、食盐等调料的用量她也要全面指导，毕竟第五健以前不曾单独主持灶火。林洁这天非常高兴，一来单位最近提拔她当上了财务科长，她好歹也是建设局的一名中层干部了；二来老公也频频地向她"缴械投降"。她明白第五健的良苦用心，她也是个见好就收的人，也不想就这么跟第五健继续怄气。第五健兴高采烈地以自己能为大家做点事情而自豪。第五健算了一下，明确表示要来做客的就有十几位。我的天哪！这对他这个初级小厨来说是多么严峻的考验！第五健怕肉馅不够就又准备了些，眼看着大部分工作已就绪，自己先偷着乐了。第五健要让大家见识一下自己的手艺。

"我回来了！准备好了吗？"林洁叫道。

"马上好！"第五健得意地说。正在这时候，他不慎手底一滑。

"哎哟，我的手！"第五健并没有感觉十分疼痛，他的左手无名指的大半个指头蛋被切掉了，登时血流不止。

林洁飞奔过来，赶紧找消炎药找纱布，忙了一阵，直到她的同学、朋友都到了。

那天的饭是大家集体做的。本来欢天喜地的事情，由于第五健的意外受伤，大大地破坏了欢聚的气氛。第五健也总觉得那天的饭菜很难吃，很不是滋味，总有一种似乎自己肚子里吃了指甲之类的东西的感觉，让人觉得抓心挠肺地难受。

在第五健受伤的日子里，第五健的父母也到家里来了，还一个劲地催促他想办法把老二找回来。第五健心里有一种无法言说的酸楚。林洁心里比他还要委屈，她还有背负那笔债务的沉重压力。每一个人、每一个家庭似乎都有无法言表的事情，但不管怎么样，日子总还得继续呀！

一天傍晚时分，第五健夫妇看了会儿电视，就坐着聊天。

这些日子，第五强的事情把第五健一家也折腾得够呛，这个愣头青弄的好事情，让哥哥嫂子一家越发熬煎。

林洁刚接手财务科长，本来单位上就有一堆烂账，大部分是前任局长留下的。可那个局长患癌症去世了，他挪用了单位几十万元，看病又借了几万。几个副局长也有说不清楚的账目，林洁也挪用了几万交给第五强了，现在审计上正追查呢。

"我挪用的那些款项，你说上边追查咋办呢？你弟弟又活不见人、死不见尸的。这个老二害死我了！"林洁不安地说。

"那有什么？借债还钱，他家不是还有摩托车店吗？我们干脆把它要过来抵债。"

"得了吧，他家媳妇谁敢招惹？"林洁说，"要不你跟白丽说说，先借些，把这个事支应过去。你看咋样？"

"你直接跟白丽联系，她不会不给面子的。"

"我算老几呀，人家就认你这个老朋友。"林洁嘻嘻地笑着说。

"你想好了？不怕我们再联系了吗？"

"别不好意思了，你快给我联系联系吧！"

第五健答应了妻子的请求，他要为林洁善后。

林洁内心很高兴，她也知道第五健是轻易不向人低头的，他是破例为自己做了这件事。事情有了着落，压在林洁头顶的那团阴云似乎一下子驱散开了，她也仿佛有了精神头，又咯咯地笑出了声。

人有时候往往就是这样的，雨过天晴，度过困难时期，放松下来后，心境也就变得豁然开朗了，脸上也就有了笑意。

过了好大一阵子，第五健两口子又重新聊起事业、人生，又对官场和世俗生活展开了讨论。

第五健大学毕业到现在工作十几年了，同学、朋友一大帮子人，有些人已经飞黄腾达了，有些人还在基层苦熬苦守着。

对此妻子颇有微词，她时常抱怨："你呀，白当官了，不会请客送礼，不会逢迎谄媚，不会弄虚作假，不会投机钻营。一辈子就当你的大副吧！"

"我愿意！"

"你呀，胆小如鼠！"妻子抱怨说，"你看看比你小的毛毛官哪个不是腰缠万贯，哪个不是一眨眼就发达了！"

"别伸手，伸手必被捉！"第五健说，"心底无私天地宽！"

"就你廉洁呀？这叫迂腐！现在是改革年代、开发年代，不偷不贪饿死活该！"

"正因为现在是社会转型时期，更需要洁身自好的干部。起码我可以自豪地说，我不属于成克杰、胡长清、刘方仁、韩桂芝、田凤山之流。"

"到手的馒头你也吃不到嘴里去。"

"我分一半给大家。"

"你呀，榆木脑袋不开窍，气死我了！你就候着老鸹给嘴里屙！"

"江山易改，本性难移。"

"孺子不可教也！"

"我乐意！"

"……"

这两口子话不投机，说着说着就开始置气了。

第七章

夜色朦胧之中，第五健感觉头脑有些发涨，他在洗漱之后，就想美美地睡上一觉。林洁那天晚上睡觉前在镜子前折腾了老半天，最近"新世纪美容中心"的老板传授了她健美之术，什么排毒养颜、按摩放松肌肉、增加肌肤营养成分等。林洁一身脂粉香味，她摇摆着婀娜的身姿，悠然地走进屋子的时候，第五健已经迷糊了。

"鬼东西，睡得这么早。"林洁说着话就开始揉搓丈夫，"起来，我有重要的事情呢！"

"什么事情不能明天再说？"

"不行。我说了不行就不行！"

可怜第五健硬是被林洁弄起来了，他嘴噘脸吊地斜躺着不言不语。

林洁对第五健说："你看看我现在的皮肤还可以吧？你摸

摸弹性咋样？"

第五健笑了，敢情自己的媳妇精心打扮了半晚上，就是为了得到自己的夸奖。他抚摸着这个小女人的肌肤，深情地说："鸟儿美在羽毛，花儿美在花心，我的老婆美在我的心坎中。"

林洁满足地在丈夫怀里睡着了，她呀，就是这样的人。

第五健把林洁安顿着睡去了，自己却有些失眠。在没有灯光的卧室里，借着窗外晦暗的光线，他看着呼吸均匀、肌肤雪白细嫩、体态优雅、静静地睡着的妻子，心里感觉非常惬意。让她好好睡吧，自己愿意当她的守护神，守着她入眠。

夜里，第五健的思维异常活跃，他想起了很多人和事：他的父亲是个低调的人，一以贯之地夹着尾巴做人，从不招摇也从不张扬。受父亲的影响，第五健也是为人谨慎，低调干事，既没有从歪门邪道捞钱，也没有其他的发财门路。这些年他就指靠微薄的工资为生，日子过得并不宽裕。他想起了很多话语，诸如"人生不过百年""水至清则无鱼，人至察则无徒""众人皆醉我独醒"。他想到了舆次乡基金会那个小主任——市上某领导的亲戚，贪污受贿200万元，已经被公安机关逮捕归案。这家伙心很沉，20%地收取所谓的好处费，他的家里有挖掘机、载重汽车、小汽车，还盖了新房子，他成了当地一呼百应的人物。这个乡镇基金会小头目，本来就有黑社会背景，他平时处的那些酒肉朋友都不是平处卧的，他的事发还是内窝子咬出来的。第五健庆幸自己的弟弟还算听话，没有到基金会去贷款，要不也被卷进去了。现在基金会正在全面整顿，这回估计陷进去的人不少，很多基层基金会都有问题，行贿受贿都要追究法律责任。还有一件事让人揪心，这就是故城县委书记苗翰文的妻子每月都要去日本、韩国美容一番，县财政局局长派专人陪同前往。曾经多次陪同过书记夫人美容的财政局女会计许玲玲把自己的天大秘密告诉了林洁，并且扬扬得意地炫耀她也沾光了，她跟着书记夫人享受过几回国外的高档美容。第五健知情后不寒而栗！第五健在心里盘点着苗翰文这个人，他凭什么在故城县呼风唤雨呢？苗翰文最大的特点就是"会来事"，这人迎来送往有一套，凡是上边来人他必定亲自陪同，并置送厚礼，所以尽管他才能平平，工作上几乎没有什么建树，但在上级的眼里他是好样的，于是他顺风顺水，官运亨通。

第五健好不容易才睡着了，还睡不踏实。他的睡眠质量并不高，基本上处于浅睡眠状态，他那天晚上几乎一个接着一个地做梦。

第五健梦见，在医院幽深的走廊里，他意外地碰到了单位的看门老头马师傅："老马，你在这里干啥？"

"我妻弟住院了，我来看看他。"老马说。

第五健从开着的病房门朝里望去，一个胖乎乎的中年人正在打点滴，跟前围了好些人。背影里他仿佛看到了县电视台年轻貌美的主持人苏娅，她正在伺候病人。

第五健再一扫视病房外，好家伙，排了一溜长队，都是手里拿着鲜花、水果的人。第五健一问才知道，里面躺着的病人是一个有身份的人，是市委组织部部长。

正在这时，迎面走来的故城县委苗书记几乎与第五健撞了个满怀。第五健诧异万分，他却平静地朝他笑了笑，就进了病房。

第五健也想看看部长大人，毕竟他们也熟悉。他一摸口袋，登时脸色变了，他怎么囊空如洗呢？自己的钱夹呢？第五健正左右为难的时候，老马和苏娅来了，他们不知从哪里弄来了一大把鲜花，还有一大堆水果。

"领导，礼物早就给你准备停当了，部长还说他想见你呢。"苏娅说。

"我也给妻弟说，你是我的领导，是个好人！"老马得意地说。

第五健被领进了病房，他发现周围投来了许多羡慕的眼光，自己多么有福气呀！

忽而梦里的场景又跳跃到了外地。他去开会，刚一出会场，就看见远远的地方，一群人正在殴打一个青年，众人边打边喊："打小偷！打小偷！"

"他抢了那个女人的提包！"

"看着穿得人模狗样的，还是个三只手！"

第五健突然发现那青年是自己的弟弟。他不由分说地跑了过去，他要解救自己的弟弟。

"各位，抱歉！你们的损失我包赔，放了他吧！"第五健向围观的人解释说，"他是我弟弟，他有病，希望大家谅解！"

第五健还在酣梦中畅游的时候，妻子林洁一遍遍地催他起身。

"懒汉，昨天晚上干啥了？看把你累的。你都不看几点了。早点给你准备好了，快点吧！"林洁说着话就推着自行车出门了，"再不快点上班就迟了，我得先走了！"

第五健目送着妻子出门，这时屋外的阳光更加明艳了，一个灿烂的日子开始了。

开春了，万物复苏，冰雪消融，自然界的春天终于来了，第五健也仿佛盼来了他人生的春天。在明媚春光的照耀下，第五健正在谋划着自己的事情，这时他终于盼到了一个好消息：白丽慷慨地给他汇来了 20 万元。当这笔数量不菲的沉甸甸的汇款飞来时，第五健傻眼了。林洁激动得泪水涟涟，这是真的吗？是真的！关键时刻，白丽帮了他们的大忙，有了它，第五健夫妇可以绰绰有余地解决第五强惹下的麻烦；有了它，第五健可以挺直腰杆做人了，甚至可以长长地嘘一口气。不过第五健知道自己欠了白丽一个大人情。同样，林洁的心里也不好受，她虽感动但也痛苦，此刻深藏在这个女人内心里的另一个声音一直在不停地挣扎着、发酵着，颤抖着对她说——白丽啊，虽然我林洁感激你、感谢你，甚至感恩你，可我并不服你！我绝不甘心自己就这么窝囊，我一定要超过你。我也要让我的男人立在潮头，站在人前，我也要成为人上人！我就是卖血也要还你的钱，我发誓！我发誓！

春日里忙碌了一天的第五健在下乡归来的途中忽然有了一个念想，他想去看看故城八景之一的"荆山夕照"是否还有些传说中的味道。于是他让司机转头返回，朝着西北方向去看风景。在路上第五健打开了车窗，一任晚风拂面，这时的他仿佛神仙一般，心里头也就有了些许的诗意浪漫——做棵树吧，展开臂膀拥抱；做树的内心吧，迎风而歌！树木、青草般的语言，矫健、向上、葱茏。夕阳已经坠入了遥远的地平线，西天燃烧着大火纷飞的灰烬，天空中分割的云块贪婪地吸附着最后的霞光。很快，一片宁静的黄昏便与大地悄然接吻了。这时的风不吹，树梢也不动，阔大的玄色天幕笼罩着一望无际的关中大平原。第五健这时没有一丝的旷古之忧，反而感觉到少有的轻松、放达，他没有见识夕照的全景全貌，也没有得遇晴雨双栖的壮美图景，但他如同山坡顶端的草木一样，仿佛进入了宇宙自然的深层。此刻，在无边无垠的暮空，在灿烂夺目的苍穹，第五健仰望着扑面而来的美不胜收的自然奇迹，他愕然、喟然。这遥远之渊源，这未知之世界的尽头在哪里呢？如果自己能了知其中之沧海一粟也足矣，用高倍显微镜，最后用天文望远镜观测，也许那上面也有婆娑起舞的树木、森林、草地，有褶皱的树皮，有奇形怪状的树枝，有干枯、腐朽、腐烂的树丫、树根，有虫豸的巢穴，有布谷鸟、夜莺、啄木鸟、猫头鹰。站在高高的、遥远的空寂之地，在宁静给人留存的思维世界里，第五健似乎无拘无束，他可以自由自在地俯瞰人世苍生，他广采博收，包容万方，他不轻视一切存在，仿佛一切存在都合理。

卑微的、伟大的、光荣的、耻辱的，生存的、死去的，受挫的、成功的，变态的、自然的，林林总总，全部拥有，全部一视同仁，世界在人们面前展现了无与伦比的美丽、神奇。但第五健此刻也许还没有真正明白，人生的道路是如此之艰辛和不易，他需要的那种忍耐、克制、坚忍的力量似乎就深深地潜藏于无尽的宇宙中。

第五健还在做着他的白日梦，他的意识的触角向遥远的西北方向伸去，他仿佛望见梁山峰峦起伏的秀美轮廓，也仿佛看到了云烟缭绕的远方有一个安详地斜躺着的旷古美人，正所谓"渺渺兮予怀，望美人兮天一方"，而乾陵迎面的东南方位还有一座笔直耸立的无字碑——那是女皇武则天的杰作，是一个伟大女性的威严和自信。而当第五健的注意力从远方收回的当儿，就在他的左前方，他又惊喜地发现了阴面虎头阳面九龙回环的九嵕山的伟岸身姿，那是唐太宗李世民的昭陵福地，六骏是李世民先后骑过的战马。在昭陵北面祭坛东西两侧有六块骏马青石浮雕石刻，其造型优美，雕刻线条流畅，刀工精细、圆润，是珍贵的古代石刻艺术珍品。第五健从东北方向抬眼，仿佛看到了五台起伏的荆山，每一岭、每一台都佛光闪闪，似乎那儿有悟空和尚的诵经声，有振锡寺袅袅不绝的尘烟，有时断时续的随风传送的悠远钟声。

那天第五健回家比较晚，深夜里，他又孜孜不倦地钻进自己的小书房读书了。这个书虫啊，读书已经成了他生活的一部分，而且是不可或缺的一部分。第五健是感性动物，但也是粗心之人，对于自己身边女人的变化似乎没有过多注意。在这一点上他没有父亲精明，也没有父亲敏锐，即使是弟弟第五强对待婚姻家庭的那套简单办法第五健也做不到。第五强常常说"打到的媳妇揉到的面，征服是男人的本事，好媳妇就是好日子"，第五健却从来没有这样做过，似乎他的斯文成了自己修身齐家的障碍。他过去老是感觉一切都是美好的，他甚至一开始就把女人当成了自己的家。

《圣经》里说女人是用男人的肋骨造的，第五健一开始总是一笑了之，总以为这是无稽之谈。可后来他反复琢磨，终于明白了古圣先贤的良苦用心。小亚细亚的古老传说，地中海沿岸的智者，他们口口相传，或者用古老的象形文字告诉后来者"上帝的思考"——我用男人的什么部分创造女人呢？用头怕她傲慢，用眼怕她攀比，用嘴怕她多言，用心怕她嫉妒，用手怕她贪婪，用脚怕她走失，最后选择了隐藏于男人身体之内的肋骨，以便于她谦恭。第五健心想：看来古人已经体会到了男人和女人是一体的，人性中阳性的和阴性的东西，善的与恶的东西，都是相对存在的，是辩证的统一，诸如谦恭与傲慢、攀比与坦荡、多言与慎言、自信与迷信、淡漠与贪婪、矜持与放纵、坦然与嫉妒、勤奋与懒惰，等等。第五健从先贤那里知道，美好、力量、财富、荣誉、智慧、满足、孩子，属于那些懂得怎么样生活的人，属于那些真正理解幸福含义的人。在一段铭文里，第五健看到了这样的话语："无多言，多言必败；无多事，多事多患"，至理名言啊！人生中有些话知道了不能说，有的事做了也不能说，有的说了也未必做，有所为有所不为这个度的拿捏真不容易呀！第五健再次对着自己的内心提醒说："你说的可以做，而你做的却不可以说。"

夜晚是熟睡的人们的乐土，可对于一个失眠的人无疑是如地狱一般的痛苦，整个晚上他的眼睛虽然闭着，但思绪却飞速地旋转着。等他疲倦不堪地睁开眼的时候，窗外已经大亮了，晨鸟在窗台上叽叽喳喳叫个不停，这家那家的大门正在砰砰作响，上班的人群又开始了一天的忙碌。

一年之计在于春。在这个春季，县委又有一批干部要任免了，这个消息很快就在县城传播了，在有想法的干部中酝酿。与此同时，又从别的渠道传来了一条小道消息说有人把苗翰文书记告了，事情都捅到了高层。苗书记很恼火地说："身正不怕影子斜！"对于这个"有人"的猜测五花八门，当然很多人还是想到了甄富兴、第五健他们。第五健自知问心无愧，他不知道甄富兴的底细，也不知道是否还有其他人。而在这一时期林洁又似乎忙活起来了，她与堂姑母陈君梅多次接触，相谈甚欢。第五健是个不抓经济不抓权的主儿，无论在单位还是家里都是很恓惶的。老局长的病情逐渐好转，他几乎完全控制着局里的一切，会计、出纳、司机，还有办公室主任及各个科室主任，都是老局长一手栽培的人。甄富兴呢，见缝插针地网罗属于自己的势力，也组织了自己的后备力量。而第五健除了看门老头、做饭的几名厨子，还有几个新来的大学生，他就剩下自己这个光杆司令了。

　　云中市新开了一家国际洗浴城——星河湾大世界，这是市级政要出入的地方，陈君梅给她的堂侄女林洁送来了优惠券。在那个象征着云中市身份地位的地方，在佳丽如云、贵客盈门的星河湾，陈君梅和林洁见到了身材匀称、面部略显消瘦但神采飞扬、目光格外迷人的云中市委常委范宏图副市长，范副市长请两位女士在一个豪华包间里喝红酒。酒过三巡后，陈君梅当面请求范副市长帮忙把她侄女婿第五健动一动。没想到范副市长很爽快地答应了，并且信誓旦旦地让林洁等他的好消息。

　　林洁他们正在静静地品酒，优雅地欣赏着格调清新的轻音乐、交响乐，柴可夫斯基、勃拉姆斯、舒伯特、贝多芬、巴赫等大师的音乐作品让包间里充满艺术气息。范副市长主动邀请林洁共舞一曲，林洁翩然起舞。没想到范副市长的舞姿如同王子一样潇洒。林洁陶醉了，她仿佛一只丑小鸭——不，仿佛是一个流落街头的公主，偶然遇到了王子。在林洁与范副市长跳舞的当儿，陈君梅识趣地离开了。

　　正当范副市长与林洁忘情的时候，林洁突然感觉一阵眩晕，也许是刚才的三步舞旋转太久，她的大脑供血不足了。林洁直摆手说："我喘不过气来，等等！"正在这时，有一群人推门而入。哈哈！范副市长好清闲呀，让大家好找。相约不如相遇，巧遇巧遇，今天——领导，我们一起换场子喝酒！这帮子货，前呼后拥地把范副市长请到了一个更大的包间，这里一大桌可以坐二十七八人。作为贵宾,林洁、陈君梅也跟着范副市长沾光了,她们受到了众人的热捧。尤其是林洁,简直受宠若惊,她似乎浑身都洋溢着青春和激情,充盈着自信和好奇。刚才的简餐与眼前的这席饭菜相比,仅仅是个清新的小过门,清淡素雅,细雨润湿草根;而目下则是牡丹花开,尊贵无比,席面上鱿鱼、海参、鲍鱼、鱼翅等食材应有尽有。主厨是香港人,反正这一桌餐的最低消费标准就 28880 元。这些闻所未闻的东西,令林洁眼花缭乱。她开了眼界,心想,白丽能吃到的东西恐怕也不过如此吧?自己如同到了天堂一样,看来天堂离自己并不遥远啊。

林洁正在胡思乱想的时候,范副市长热情地给她夹菜。林洁脸颊绯红,这一切都被近在咫尺的陈君梅看在眼里。林洁有些不好意思了,慌乱间她词不达意地说:"大家都吃,姑姑您也请。"这时有人提议喝酒打擂台。范副市长说:"玩玩吧,千万不要当真。能喝就喝,不能喝也不要勉强,大家在一起就是图个高兴!"

"老规矩,谁定规矩谁先喝三杯,我喝了!"一个塌鼻梁、小眼睛的男人站起来说,"我看还是讲故事、讲段子。要是大家笑了,你就过了;大家没有笑,对不起,喝酒三杯!咋样?"

"不就是讲段子吗?行!"

范副市长点头称是,众人又一阵起哄,从谁开始呢?"不要争了。""塌鼻梁"站起来说,"还是我先说吧,这多大点事。"大家欢呼着为他鼓掌。他得意地清了清嗓子就讲开了——

"有一天，一位农夫赶着驴车进城，迎面碰到了一个西装革履、风度翩翩的小伙子。小伙子笑容可掬地招呼道：'哈喽，哈喽！'农夫大为感动，心想，这城里人就是懂礼貌，不一样就是不一样。他连忙回应人家说：'你也哈喽！'

"'老家伙，谁招呼你呢，我是问候驴哩！'小伙子变脸说。

"农夫微微一怔，顺手抽出了鞭子，狠狠地朝驴脊背上甩了一个响鞭，说道：'你个驴日的，今天清早来时，我就问你在城里有熟人没有，你还跟我说没有，这会儿就碰上亲戚了！'"

"哈哈，笑死我了，笑死我了！哎呀，我的妈呀，你咋这么逗，你把人家城里人损扎咧！"

后来一个细高个儿、长脸尖下巴的土豪讲了自己的真实故事。那个"长脸"说自己是搞工程的，斗大的字识不了一筐。他在建筑工程上赚了钱，买了一辆越野丰田"霸道"，当时感觉很厉害，不过也走过麦城。他说："有一次我的司机开车，逢车便超。他是武警复员的，曾在大机关给首长开过车，技术绝对一流，而且擒拿格斗都厉害得很。没想到这天我们超了一个奥迪车队，也不知是何方神圣在车里，后来我们遭遇了前所未见的围追堵截，就像香港电影里的场面一样。我们一路狂奔，交警一路狂追，直到我们无路可逃。一下车我就说：'弃车，不要了'，然后我们就搭班车离开了是非之地。后来才知道是省交通厅厅长、省交警总队政委的联合车队。我是因祸得福，人家扣了车，我花钱找人说情，结果还搭上了线。"

"瞎尿，你想着法儿攀高枝！"

"你就吹牛皮吧，看人家迟早不收拾你才怪呢！"

这些红酒、白酒、啤酒相互混杂的场面，是没有什么道理可以说服人的，反正大家都是统领一方的将军，代表一方的力量，甚或你中有我、我中有你，难以分得清楚。

俗话说，兔子是狗撵出来的，话是酒撵出来的。见了酒的一群男人已经得意忘形。借着酒力，一个不知道深浅的胖家伙，椅子里几乎都装不下他了，尽管吃得肚子几乎要撑破了，还在一个劲儿地硬往口里塞东西。

这些货，喝得多了居然打在一起了。由着他们闹腾吧，在一群女人的陪伴下，他们个个东倒西歪地在包间里逍遥。

那天林洁和这些不熟悉的人在一个包间里喝酒、聊天，感觉很不是滋味儿，仿佛上了贼船一般。屋子里烟雾缭绕，空气中散发着呛人的味道，不一会儿林洁就感觉头晕目眩。出于礼貌她没有当即离开，硬撑着坚持下来了。后来也许是过了很久吧，她渐渐昏睡过去了，她也不知道这些人还谈了什么内容。林洁醒来时发现自己竟然被"潜规则"了，她的那个姑母陈君梅早已溜之大吉，她隐隐约约感觉陈君梅和范宏图早就熟悉。她感觉脑袋嗡嗡响。林洁几乎崩溃了，她心里一直在想，怎么会这样呢？姑妈，你出卖我！

在返回的路上，林洁只感觉羞愤难当，她无法面对丈夫和孩子了，她这是干的什么事？她疯了吗？她要毁了自己，毁了这个家吗？一路上恍恍惚惚的她，只感觉头重脚轻。猛然间，她驾驶的车撞上了前面的一辆大车。还好，机灵的林洁顺手把方向盘朝外打了一下，车子向路边冲去。发现林洁的车侧翻在路边后，有个好心人及时拨打了120，林洁才得以被送到云中市中心医院救治。林洁这回可惨了，医生诊断是脑震荡，头上缝了十几针，她那一头乌黑的秀发也被医生剪去了一大半。当第五健上气不接下气地跑到医院时，医生已经给她包扎过了，各种检查也已经完成。林洁正在打点滴，见丈夫来了，她强装着笑脸说："不要紧，命大着哩！"

林洁出了这么大的事情，她父亲林广田带着母亲刘爱玲迅速赶到了云中市中心医院。刘爱玲对女儿说："以后不要动车了，那玩意儿太操心。"

作为父亲的林广田一语不发，他早年干过乡镇企业，也遇到过这些烦心事。他知道车祸是很不好处理的，遇到有钱的主儿了给你补偿些，若是那些穷得叮当响的，你就是官司打赢了也无可奈何。他问第五健："事情处理了吗？"

第五健说："没。不过交警队的人说，这事不怪大车司机，追尾咱负全责。保险这块能争取些，也不重要了，只要人没事就行。"

过了一会儿，第五强两口子带着父亲母亲也来了。

第五波见林广田来了很高兴，他们俩一见面就亲热地上前握手。林广田对第五波说："亲家公、亲家母，你们咋也来了？唉，把人魂儿都吓掉了。"

林洁一看公公婆婆都来了，心里一阵酸楚和不安，她不敢直面公公第五波的眼神,这个老头的眼睛仿佛能看透人心似的。

"灾祸啊，躲不过的——终于过去了。"

"菩萨保佑，我前几天一直眼皮跳，坐立不安。"

老哥儿俩拉话时，老姐儿俩也在说着话。

林广田与第五波想抽烟，就出去了。在医院外边宽敞的院子里,两个老汉抽起了旱烟，第五波说："这个毛病改不了啦。"

"对对，就好这一口。"

林广田说："这女子野惯了，让人操不尽的心。"

"不能总由着性子。"

"对对。"

在医院的石台阶上，两个老汉并肩坐着。林广田知道第五波话里有话，第五波也知道亲家的心思，只是大家暂时都不说出来罢了。

在这里，在相对平静的一隅，林广田眉头紧锁。第五波的心情也似沸水一般翻腾，他知道林洁的车祸也许不简单，他凭自己的直觉判断这俩孩子可能有什么坎过不去，他只可怜第五健太善良，管不住林洁的心，林洁似乎心性太高。他担心他们今后的日子该怎么办?

第二天，第五健没有想到陈君梅带着女儿任菲菲来看林洁了。第五健知道任菲菲是甄富兴的媳妇，他不想让满世界都知道林洁出车祸这件事。第五健借口打水，就离开了屋子。在这里，陈君梅母女和林洁进行了畅谈。她们都说了些什么话，第五健并不关心，也懒得去猜想。陈君梅并不避讳自己与范宏图的关系，她在林洁未追问之前就主动跟她说明了情况。她似乎看透了林洁的内心世界，林洁的所思所想她完全了然于胸。陈君梅告诉林洁，范宏图是她丈夫任玉枫的老部下，他们很早以前就熟知，而且交情颇深。陈君梅的坦诚，以及对她的尊重，很好地满足了林洁的虚荣心。林洁无法掩饰自己的情感，她哭着对陈君梅说："姑妈，只有你对我是真心好，我不会忘记的。"女人啊，当贪婪、嫉妒、恭维、美丽、虚荣、迷信像蝗虫一样铺天盖地向你袭来时，你能察觉吗？你敢想象吗？你一生一世的心血，苦心经营的情感都将毁于一旦，但痴醉中的女人还根本不知道眼前身后的危险。

第八章

　　通向天堂的大门敞开着，通向地狱的大门也同样敞开着，关键是你选择什么样的道路。林洁感觉自己伤害了丈夫，像罪人一样，应该下地狱，受酷刑！在病中，她常常梦见家乡那座古色古香的城隍庙，那幽深得没有任何声响的院子，那苍劲挺拔的古松古柏。她分明看见了高大威严的城隍爷，迈着沉重的脚步，正一步步朝自己走来。那些龇牙咧嘴、形态怪异的鬼蜮人物紧随其后。他不是泥像吗？怎么活过来了？"你们……你们想干什么？啊！黑白无常，面目狰狞的黑白无常，你们别动手，我是无辜的！"林洁在梦里大喊着。"带你下地狱！""下地狱？""想象一下吧，地狱的生活是怎么样的。"林洁在灰蒙蒙的夜色中依稀看见了结果过无数性命的屠刀和冷森森的刑具；看见了熊熊的烈火和沸腾的油锅，看到了汩汩流淌的血水，听到了一声声凄厉的号哭……林洁隐约听闻白无常对黑无常说，在阳间犯了淫秽罪的，在阴间阎王爷要判她分尸，把她从中间劈开，有的还要大卸八块。"我的天呀！"林洁感觉到了前所未有的恐惧，她掩饰不住内心无尽的痛苦。

林洁在医院里躺了将近三个月，第五健请假陪护她，可以说从春天一直陪到夏天。林洁病好出院后，第五健家的这件事情才逐渐归于平静。在这期间，第五健以极大的耐心和宽容，冷静地面对着这一件闹心事、烦心事。他不是傻子，他知道有人算计了他的妻子，这是一个阴谋，其目的还是针对他。林洁太没有头脑了，她还不吸取上次的教训，又吃了同样的亏。第五健知道此事一旦曝光的代价，这几乎等于要结束他的政治生涯，包括他做人的尊严。

鉴于自己在文化局的处境，以及妻子车祸事情的风波，第五健发自内心地不想在县城里工作了。他给县委写了份检讨，承认自己领导文化工作的能力有限，没有打开故城县文化工作的新局面，愧对领导的信任，希望下基层到乡镇继续历练。他诚恳地请求故城县委考虑自己的情况。苗书记知道第五健这个人的能耐，也知道他是有一定工作经验的硬扎干部，第五健的协调能力、理论水平、写作水平都不错，各方面能力都比较强，是故城县难得的人才。于是就召集书记办公会研究，并与常委们协商，决定任命第五健为中共舆次乡党委副书记，并推选第五健为舆次乡人民政府乡长候选人。当然，对于第五健为什么会走到这一步，外面多多少少有些传言和说法。敢情第五健老婆林洁的蠢事在云中市已经是路人皆知了，故城县又不是消息闭塞的地方，苗书记他们能不知道吗？陈君梅女婿甄富兴这回捡了个大便宜，文化局老局长虽然用顽强的毅力与病魔抗争了几年，但还是对抗不了病魔，走到了自己生命的终点。第五健提出要下基层后，甄富兴顺理成章地当上了县委宣传部副部长、文化局局长。林洁看到这样的结局，肠子都悔青了，但一切都晚了，她成了人们的笑柄。

在令人伤心欲绝的日子里，一到静寂的夜晚，林洁总是被一个又一个梦魇所缠绕。她仿佛回到了多年以前。大学毕业后，林洁被分配到凉州教育学院任教。那时候她22岁，有好几个追求者，其中有他们单位的一个男青年，叫姚广孝，穷追不舍，对她也很不错。她那年患阑尾炎住院，多亏他悉心照顾。后来林洁与姚广孝之间产生了隔阂，为了躲避姚广孝的纠缠，林洁选择到偏远落后的龙泉县支教，她想把自己的知识奉献给山区的孩子，给自己的情感寻找一方净土。

在龙泉县，好多人也注意到林洁了，不少人想和她交朋友，她都一一婉拒了。林洁想到了自己的家乡，自己的父母……她现在支教，过几年能否回城里还不确定，想到这些事情，林洁忍不住潸然泪下。可一想到第五健，林洁似乎又有了希望。他们是有感情基础的，但可能是过分熟悉的缘故，她始终没有给他一个明确的答复，她甚至以为自己将来肯定要在凉州生存和发展，她担心事情最后的发展会让第五健伤心，所以她只是答应做第五健的好朋友。前路漫漫，世事难料呀，林洁心里有一种伶俜无依的凄凉。她轻声地啜泣着，肩膀一耸一耸的，显得楚楚可怜。

林洁的心里有一种顽强的信念：我要自己选择自己的生活，而不是什么人强加给我的！千不该万不该，林洁又与工商银行行长的公子马幼林谈对象了，这才有了后来一塌糊涂的局面。

那一年夏天，在朦胧的夜色中，姚广孝又来骚扰林洁了，林洁呼天号地，誓死不从。正在这时，马幼林赶来了。他弄来了两张电影票，是最新的美国大片，他白天约了林洁，眼看电影就要开演了，还不见林洁的影子。电影院的广播里正在播放着"走走走走走啊走，走到九月九"的歌曲。马幼林急匆匆地来找林洁，听到房屋里面的打斗声，马幼林腾地一下火冒三丈，大喊道："他娘的，敢在太岁头上动土，让你他妈的知道马王爷有几只眼！"他三步并作两步，飞起一脚踹开了房门，抓住姚广孝便打。一场你死我活的搏斗上演了，姚广孝根本不是马幼林的对手，他的两颗门齿被打断，满脸是血，马幼林还不解恨，又在姚广孝的胸部狠狠地乱踢了一通。后来检查，姚广孝的肋骨断了三根，在医院里住了半年。马幼林逃之夭夭。在三角关系的旋涡中，林洁身心俱疲。一天，她正在给学生上课，突然眼前一黑，失去了知觉，一头栽倒在讲台上，然后她被惊慌失措的学生抬到了医院。这一跤跌得林洁心惊胆战，这一跤让她下决心回到老家故城县。

　　明天就要下乡镇了，第五健就要带着屈辱和痛苦走了。他说不上是留恋，还是什么特殊的感觉，他只是想着到处走走。故城县的夜晚是宁静的，东湖公园的游人已经像鸟儿一样飞回了各自的巢穴。一切喧嚣、热闹都被浓浓的夜色吞噬了，湖水忽闪着明亮的眼睛，像少女般清纯、多情；月光偷偷地躲闪着身子，不时斜着身子张望着大地上的一切；岸边婆娑摇曳的柳条，轻柔地抚摸着来往的行人，把人的心肺都撩拨得滋润畅快。第五健一个人出了门，在夜的怀抱里自由地呼吸，在东湖温柔的臂弯里陶醉。他的家离这里很近，五六分钟就悠然地到了公园。这里原来高高的围墙已被拆除，栅栏也不见了，成了一个开放的场所。怡然厅、泰乐楼、清风阁、凌云轩等仿古建筑在夜色中影影绰绰，公园附近的帝豪酒吧、水上人家歌舞娱乐城、沧海网吧、动力火车游戏中心都已经进入了梦乡，只有那些明灭不定的彩灯，还在眨巴着眼睛。人，都需要空间，一个真正属于自己的空间。第五健是一个思索者，他喜欢夜晚的那份静谧，总想给自己的心灵找寻一个驿站。有时候对于那些应酬他也无可奈何，诸如喝酒、打麻将、足浴、按摩、唱歌、跳舞等事情，他发自内心地不愿意参加这些抛头露面、劳神费时的活动。他从骨子里厌恶这些活动，他希望自己有一种精神世界的放松与解脱，希望自己的生活如湖水一样安然、宁静。他常常一个人在生活的回忆中，荡着轻舟往返于并不平静的心湖。他深爱这寄托着希望与理想、糅合着爱恨悲欢的湖光水色。"欲把西湖比西子，淡妆浓抹总相宜"，东坡先生的雅致情怀，多少也感染了他，影响了他。不过此时第五健却似乎想起了两千多年以前孔子与他的弟子们对话的情景，当孔老夫子的弟子们慷慨言志之时，老人家或报以善意的"哂笑"，或不置可否，却赞同"莫春者，春服既成，冠者五六人，童子六七人，浴乎沂，风乎舞雩，咏而归"的田园生活。

在一块大石碾上，第五健坐了下来。他梳理着自己纷乱的思绪。恍恍惚惚间，他仿佛到了一片田地。他大学一毕业就被分配到了故城县，他父亲希望他调回北山县去工作，毕竟在自己家乡好干事。他呢，因为惠英妹那件事情处理得不顺心，怕回到那里去，他的中小学同学、朋友、同事旧事重提，自己不好做人。那会儿大家都说他是当代陈世美，他自己心里也过不去这道坎。金无足赤，人无完人，谁年轻时没犯过糊涂？第五健的父亲尊重儿子的选择，同意他在故城县落脚。起初，第五健在县教师进修学校教了两年书，他喜欢写作，经常泡图书馆，浏览文化古籍。后来因为在报纸上发了几篇文章，引起了县上领导的注意，他的命运也就有了转机。

人生机遇很难预测，遇见什么人，往往很重要。有一次，县里主要领导突击检查工作，乡主要领导都不在，当时第五健正在给第二天的会议写材料，他就简单汇报了情况。县委书记刘玉周听完第五健的一番话，高兴地说："在故城县，我还没有听过这样富有逻辑性的汇报，你这个人我们要定了！"很快，第五健就被调到了县委办任副主任。三年的县委机关生活对第五健来说是一种新的体验，他原来特别喜欢开玩笑，进入机关后逐渐变得说话小心翼翼、做事一丝不苟了。他一开始不习惯也不会给领导递烟、点火、开门,后来也就习惯了这些事情。在领导身边,他学习如何处理问题、待人接物,在部门、同事之间,他学习如何协调各种关系。后来刘书记想让他锻炼一下,第五健就被调到东风乡,成为当时最年轻的乡长,年仅29岁。从此他的仕途生涯有了新的方向。一年以后,第五健被任命为故城县委办公室主任。对于第五健的此次下派,时下有人戏称他是再次回炉,等机会而已;不过也有人担心第五健这回如果再起不来也就官运到头了,基层这种沉底情况也不是他一个人,很多干部还不是在基层干了一辈子?

公园里的人已经很少了,四周很安静。第五健伸了伸懒腰,活动了一会儿筋骨,便做起了俯卧撑。他默默数着次数:"一、二、三……"正在这时,一阵嘿嘿的笑声传来,第五健停止了练习,他循声仔细一瞧:

"哎呀,这不是老门吗?瓜子,你傻笑啥哩?"

"谁……谁瓜子?你……你你才瓜子呢!底下都没没人咧,人家都跑……跑咧,你还在那儿呼扇啥呢?"

"老门,你个瞎卝!"

"嘿嘿嘿!"老门乐呵呵地一溜烟跑开了,他边跑边喊,"你媳妇跟人跑……跑咧!跑咧!"

"滚,傻蛋!"

望着远去的老门,第五健苦笑着摇了摇头,他不由得想起了故城县人挂在嘴边的一句话:"你认识老门吗?连老门都不认识，可见你就不是故城县人。"

老门，没有家，他的家被他放火烧掉了，平日他就住在公园的保安亭里。他是一个无牵无挂的人，一个人吃饱全家不饿。老门，真实名字叫什么已经没有人知道了，只知道他是故城县一个精神不正常的人，他会哭丧，有"公共孝子"的外号，经常出现在县城各家的葬礼上⋯⋯

第五健又要变动工作了。林洁在得知第五健的选择后很是无语，她还能说什么呢？她没有像以往一样为丈夫张罗着做各种准备，也没有主动打听他的情况，她淡淡地看着眼前的一切。也许第五健心里的伤痛还没有好，他是要逃避这些伤害，他要寻找属于自己的世界吧。林洁发现这段时间他们之间的心理距离在逐渐拉远，他与她的话语也比以前更少了。他有自己的心事，她也有自己的盘算，她也想离开故城县。当善良的意愿产生了意想不到的后果时，怎么办呢？默默承受还是悄悄走开？是该选择了。人生啊，选择有时候很难，世界上有高山与谷地，人生也有高山与谷地。人站起来就像一座高山，躺下去就像一片谷地。"不，不能消沉了。我还有儿子，最好他跟着我去西京或者云中读书。作为母亲，我要让他接受最好的教育，成为最优秀的人才。"一切都想清楚后，那天林洁又独自驾车去了西京。这是她出院后的首次出行，她感觉自己解脱了、轻松了。整天相互折磨有意思吗？还不如各干各的，如果有需要再和好。反正一句话——别老是把我当病人，我就是我，我谁也不怵！

　　林洁在西京的大街上游走，人来人往，人们谁也不认识谁，就像天空的星月一样，各有各的方向，各有各的轨迹。后来林洁决定"武装"一下自己。于是在西京最阔气的美容院，她里里外外调理了身体，在最大的商场里，她给自己购买了时尚服装，她要走自己的路，过自己的生活了。

　　人们说心有灵犀一点通，还真有这么回事。一般相互思念的人，或者热恋中的人总有某种神秘的默契。这天夜里，林洁忽然想起了范宏图副市长，她迟疑着刚要拨电话时，范宏图的电话就打过来了。范副市长关心她的健康，希望尽快见到她。林洁很快就答应了。那时第五健还未回家，他还在外边游走。接完电话后，林洁就上床睡觉了。

　　第二天，当林洁还懒洋洋地在床上做梦的时候，第五健就悄然离开了故城县。林洁怅然若失，但她本来就没指望第五健跟自己聊聊工作，或者邀请她去他工作的地方看看，况且即使他真心邀请自己，自己去还是不去都很难说。这会儿林洁在等范宏图的电话，现在她想见的人是范宏图，而不是第五健。她把儿子托付给朋友照管，准备抽出时间办点事。儿子小学已经毕业，今年秋季就要上初中了，他上学的事情得早早安排。她征求第五健的意见，他说让她看着办吧，怎么样都可以。屁话！有这样当父亲的吗？不闻不问，自命不凡假清高！林洁心想。

　　11 时许，范副市长的司机来了，他接林洁去了云中市。看来范宏图是对林洁动心了，他为林洁办事情不遗余力。他给林洁找了一套 135 平方米的房子，这是他朋友开发的竹园小区的房子，属于云中市比较上档次的房子。小区环境不错，花草树木、湖泊都有，交通很便利，与云中市第一中学相邻。这是市委市政府机关人员居住的小区，各种配套设施齐备。关于林洁孩子上学的事情，范宏图已经给市教育局局长打过招呼了，估计没有问题；当然还有一件令林洁喜出望外的事情，范副市长已经办妥了林洁的调动手续，下周一她就可以去市文化局上班了，还可能有任用。林洁欢欣鼓舞，她心想：我这是前世积下的阴德吧，遇到了天上掉馅饼的美差！中午，市文化局班子成员在"秦风酒楼"招待范副市长一行，席间大家共同祝贺林洁加入文化局系统。局长当即表态，林洁来后，市局可以先让她在文化局家属院的一套两居室房子过渡一下，可能就是孩子上学远了点。林洁说："谢谢领导！领导费心了！我有车，接送孩子挺方便的。"

第九章

那个烦闷、燠热的夏季，那些忧伤、苦恼的日子渐行渐远，一切都好像是在梦里一样，像泾河上飘浮不定的一团轻雾，像远处河湾里的一缕炊烟，随风而逝。

当 37 岁的第五健踏上舆次乡土地的时候，他感受到了这片土地的神奇。载着他的那辆吉普车，原本行驶得稳稳当当的，在进入舆次乡地界后竟然抛锚了，害得他只好步行走到了乡政府。在乡政府，他遇到了一个 45 岁的成熟男人，男人的脸上堆满了笑容，而他那粗大的双手捏得第五健生疼生疼的。有人介绍说他就是党委副书记余兴盛。

余兴盛知道第五健来了，这个比自己还年轻的人是乡党委书记，自己只不过充当了一个无足轻重、可有可无的过渡人物。等人家第五健根基稳了以后，自己就该滚回县里了，到时候什么好位置也没有了。嫉妒是人的天性，要说余兴盛不耿耿于怀、不骂娘，那是假话。第五健到任的第一课就是余兴盛给上的。那一年夏季收公购粮分两个组进行，余副书记负责西片区，第五乡长负责东片区，结果西片区完成了任务，还有超出，东片区完成不到一半。原来这余副书记还真有办法，他在"秋红酒家"举行了场宴会，这是乡政府跟前最大最好的饭馆，余副书记声称几盅酒就解决了收公购粮的事情。他先"打关"，村支书、村主任应关。

"今天咱立个规矩，谁赢了我，你们村可以缓缴，或不缴公粮；输了，就三天之内必须如数缴纳！"余副书记大声吆喝着。随即饭馆里沸腾了，推杯换盏之际，他们开始猜拳行令。

"哥儿俩好！"

"三轮摩托，一脚踩着！"

"喝呀，弟兄们！"

"二龙戏珠，桃园结义！"

"你的拳出得慢，罚酒罚酒！"

"一枝梅花，两朵金花，三才有喜，四季发财，五谷丰登，六畜兴旺，七星高照，八抬大轿，九九连环，十全十美！"

"书记高拳！"

"舆次第一拳王，书记海量！"

"来玩'吹牛'，摇一把！"

哗啦哗啦的摇色子声响个不停，新的游戏又开始了。这类游戏玩法很多，有"小吹""大吹""十八硬""脱裤子""精确打击""三讲""比大小""猜点数"等。其实玩"吹牛"

游戏堪比人生战场，一般战术是诱敌深入，没有什么点数偏叫什么，甚至猜对方手里的点数，干扰对方判断，使其叫错点数。还会使用心理战术，在报点数的过程中，不时夹杂挑衅性话语，这是为了激怒对方，刺激对方，甚至伴随有小动作，迅速地用手拨动色子。摇色子有一对多"打关"，多对一挑战。还有几人合伙对付某一个强悍的对手，或者谋划"宰杀"一只"绵羊"、收拾一个瓷锤，等等。在这种游戏场所，你会发现很多官场现象，重量级人物的身边总是围拢着一大群各色人物，有煽风点火的，有通风报信的，也有趁火打劫的，还有摇旗呐喊的，甚至有首鼠两端、两头卖乖的。有时候当一位大人物摇了一个好点数，并且赢了对方时，你就会听到一片赞叹声，甚或赤裸裸的谄媚之词，"神手""水平一流"的好听话不绝于耳。而当对方获胜时，这伙人立即阴阳怪气地叫嚷："你咻臭手能摇出这点数？我不信，八成是你弄虚作假！"

"哪个龟孙子胡弄了！"

"咱不说了，你如果能再摇出这样的点数，我加一倍喝酒！"

"我也加倍喝酒！"

"这次不算，再来！"

"怎么不给大哥面子了？"

"你真有实力的话还在乎这一半杯酒？"

"喝！宁可叫胃穿个洞，不叫感情裂条缝。都是兄弟嘛，我们还能害你？"

"大家都找你说明你人缘好，你看我们咋不找其他人呢？"

这些人的目的就是激怒对方，干扰其判断，多数情况下被围攻者往往疲于应付，最终被他们合伙降伏，于是大家哄笑着开始下一局。

那天余副书记横扫四方，无与匹敌，各个村子的干部都赢不了他。那天他的跟班们几乎都没有派上用场，他一个人横刀立马，与众人大战三十六个回合，几乎没有遇到什么强劲的对手。

终于，余副书记醉了，感觉天旋地转。余副书记心想：那些狗日的都在看我笑话，看我不收拾你们！

"不要撤桌子！哥儿几个，谁还敢来？我和全世界人都喝！"余副书记说话有些舌头发硬。

"有种别走呀！"余兴盛虽烂醉如泥，但他的意识却格外活跃，他大喊着："第五健什么东西！毛娃娃子，弄事情他还嫩了点，他娘的！"

"余书记，你喝多了。"

"谁喝多了、高了？我很清醒！我给你们讲，这个这个酒文化呀，嘿嘿嘿，博大精深，有三种境界，呵呵，没听过吧？开始时是像少女一样羞羞答答欲拒还迎；再后来就是像婆娘一样，当仁不让，有多没少的尽管来，端起来就喝；最后边就是寡妇了，简直是如饥似渴，饥不择食，主动出击。还有呢，三种状态：'甜言蜜语'，劝酒阶段；'豪言壮语'，喝到一定程度了，上路了，十头牛都拉不回来了；'默默无语'，喝得多了，慢慢就脑子不清，不会说话了。喝酒三部曲：望星空，仰着脖子喝酒；鸟鸣声，喝到底了发出吱吱的响声；探照灯，自信地给大家展示杯里的酒一滴不剩的样子。"

"茶七酒八，沿沿底下，给大家都满上，弟兄们碰杯！"余兴盛眼睛都抬不起来了还充好汉，他号叫着，"好酒出自杜康手，能添精神能解愁！"

哇的一声，余兴盛将胃里的食物一股脑儿全吐了出来，随即他直挺挺地躺在了大理石地面上。过了会儿，只见他脸色煞白，蜷曲着身子，狠命地干呕。他的肚子已经空了，随着一阵阵痉挛似的呕吐，他的苦胆汁似乎都吐出来了。痛苦难耐的余副书记又像癫痫病患者一样在地上打滚，弄得满身满脸都是灰尘污物，平日里考究的西服已经没棱没角了，头发里也夹杂着乌七八糟的东西，究竟是麦草、烂菜叶子，还是什么其他杂物，没有人详细观察，反正余兴盛整个人就好像从炭堆里刨出来的一样，龌龊、肮脏、不堪入目。见惯了在台上风风光光的余兴盛，群众很难有机会看到这精彩的一幕，见识到舆次乡这个大人物的另一面。

这时大厅里乱作一团，人们七手八脚地把身体肥大的余副书记抬到了饭馆女老板赵秋红的房间，很快乡卫生院医生给他挂了吊针。他也许折腾累了，这会儿逐渐安生下来了。

余兴盛有自己的一杆子人马，前任书记和乡长就是让他给撵跑的。他给他们穿小鞋，设置障碍，制造各种各样的麻烦。

余兴盛之所以有恃无恐，是因为她的姨妈陈君梅是故城县的风云人物，历任书记和县长都对她礼让三分。现在的故城县上上下下都有她的人，她在故城县本事大着呢。有这样的靠山，余兴盛在舆次乡自然成了举足轻重的人物，这里的好多事情都离不开他，他不点头有些事情就弄不成。因此舆次乡的很多人都依附着余兴盛，他也就逐渐成了这一方天地的老大。

赵秋红是靠着余兴盛经营了一家饭馆，乡里的大小人物都在这里吃饭、聚会，她的生意也就一帆风顺。赵秋红是桃家庄的，是余兴盛下乡时认识的，她是个身材苗条的农家女，高中文化，20多岁，相貌出众，具有东方女性的典雅、端庄和秀丽。余兴盛和赵秋红的恋情还有些传奇色彩。赵秋红的母亲是农村里比较能干的，她很会见风使舵，对驻队干部也很会巴结，时不时跑到大队部给余兴盛洗衣服、送好吃的。当时就有人说赵秋红她娘跟余兴盛关系暧昧。而且赵秋红家的化肥、种子都是余兴盛给弄的。余兴盛还答应给赵秋红找工作，他还给女娃娃送了一套比较值钱的化妆品，是他专门托人从大城市买的。有一次赵秋红因急性肠胃炎住院了，她家里穷，拿不出钱，还是余兴盛出钱给看的病。后来赵秋红就对这个有心的叔叔另眼相看了，他是那么会体贴人、关心人；而她的父亲是那么木讷，那么没有本事，就像一尊沉默的石像。赵秋红的弟弟到县城上学还是余兴盛给办理的，他甚至给她弟弟资助了学费、生活费。

余兴盛有一双儿女，女儿上初中，儿子上小学。他的妻子在村子里，这个女人一直身体不好，患有糖尿病和宫颈癌，人已经很消瘦了，是个可怜的女人。她知道丈夫的为人，却故意装糊涂，她幼稚地以为他在外边拈花惹草全是因为自己的身体不好，不能满足他的需要。但她也清楚这个男人从来就没有爱过自己，她唯一的功劳就是给他带来了一双儿女，延续了他们余家的香火。余兴盛的母亲叫林晓梅，是陈君梅同母异父的妹妹。林晓梅是省话剧团演员，她的丈夫余昭明是省话剧团副团长。余兴盛是当年的插队知青，他把家安在了故城县，他父母和妹妹余丽丽都在西京。

乡上就一辆北京吉普车，归老领导余兴盛支配，第五健下乡就只有自行车，但这让他更贴近农村，更了解农民。他头戴草帽，脚穿球鞋，蹬着"凤凰"单车走遍了全乡22个村庄，他的笔记本如实地记下了每一个村庄的基本情况，如村庄位置、自然资源、人口、交通、经济收入、产业结构、村领导班子、贫困户、文化建设、能人队伍等。舆次乡地处平原与山区接交地带，北依荆山，西、南、东三面泾水环绕，汩汩流淌的泾水恰似一条晶莹的玉带，缠绕着整个舆次乡，给这一方热土增添了无限的灵性。这里平原面积不大，大多是梁、沟、峁，有黄土高原的地貌特征，北部沿山一带地形复杂，山路崎岖，沟壑纵横，自然植被破坏严重，树木稀少，看上去光秃秃的。这里山体为石质，石灰岩资源丰富，山中多泉水，水质纯净，是天然的矿泉水。

第五健到底是第五健，他没有急着烧"三把火"，而是详详细细地盘点了所有的村子，询问了几百名乡村能人。他有意搁置了那些积年已久的问题，比如农民征地款的去向、水利基金的挪用、棉花厂产权纠纷、乡政府办公大楼欠款等。他要首先解决农民生产增收、农民生活改善问题，解决村上领导班子涣散的问题。他不是在办公室里想办法的人，而是走上社会，到农民中去找出路、想法子。几乎一整年，他吃住都在农村，在乡亲们家里。他让机关干部也驻村入户，切实帮助群众脱贫致富，机关只留少数人。在他的施政计划中有了这样一个概括性的想法：第一步，调查摸底，弄清乡情民意；第二步，确立目标，找到突破口，引导群众增产创收；第三步，形成一定的产业优势，参与社会合作与发展；第四步，改善乡村环境，推进道路、饮用水、信息化等基础设施建设，改善医疗、文化、教育条件，为村民提供广泛的社会服务，全面建设农村小康社会。

时间过得很快，转瞬间已经进入1996年。这一年秋天，林洁升任云中市文化局办公室副主任（副科级），而林洁12岁的儿子第五远也顺利在市一中上了初中。他们娘儿俩暂时栖身在文化局家属院的一套90多平方米的房子里。第五健一两个月才回来一次，他现在一心扑在乡镇工作上。有时候第五健和林洁都在思考：当初为什么要结婚，为什么要生孩子呢？1982年春节期间，林洁与第五健结婚，那时第五健25岁，林洁24岁，正值风华正茂的年纪，第二年他们就有了第五远。客观地说，林洁与第五健婚后度过了他们人生中最美好的 10 年，但婚姻难免要经历考验，所谓"人生不如意者，十之八九"，也仿佛应了那句"七年之痒"的魔咒吧，1993 年后他们的矛盾就越来越大了。在很多事情上，他们意见相左，两个人有时候甚至是水火不相容。尤其是林洁自作主张与陈君梅走得很近，还与范宏图过从甚密，这能不令第五健愤怒吗？这对第五健公平吗？第五健深知建立在物质享受和利益交换上的欢乐是最不可靠的，因为罪孽总是与之如影随形。

一个周末，第五健去看儿子，儿子正在补习英语，他在县里时的英语基础不太好，要跟上全市重点学校的步子，英语这一关一定要过了。第五健在商店给儿子买了一个崭新的文具盒，还给他买了薄冰主编的《初中英语语法详解》和最新版《英汉词典》，并带了一大包零食。回到住所后，他正收拾东西准备返回故城县，林洁回来了。林洁说："哦，你在？正好商量个事。上次我跟你说了，买新房需要十几万元。"

一提钱，第五健头就大了，他说："我的爷，咱没钱！"

"要不再找白丽借借？"

"上回借的钱还没还给人家，咋好意思再开口？"

"那你说咋办？"

"缓缓吧。"

"时间不等人，后边想要的人排着队呢！"林洁提高了嗓门说，"下月我要去西京大学进修，考记者资格证，你有空多看看儿子。"

"唉——"第五健无语了，他迈着沉重的脚步走出了房门。屋里的林洁眼睛里噙着泪花。

一分钱难倒英雄汉，第五健家里又发生经济危机了，他却束手无策。这个房子确实合适，他却没有钱买，难怪林洁对他有意见。第五健辛辛苦苦工作，所挣的那点微薄的工资仅仅能维持生活，稍微遇到一点风浪就捉襟见肘，无法应付，他觉得自己这个一家之主当得太不称职了。

第十章

第五健回到故城县自己原来的住所时，第五强恰好领着父母来了。父亲说："斧头安反了，儿子不去看他大，他大想娃咧，呵呵呵！"

"你大说他昨晚上做梦了，你爷爷骂他哩，嫌他不管大孙子，很多事把娃都难住了。"母亲补充说。

"大、妈，你们甭操心，我们的事情你们管不了。再说我们都这么大了，怎么还能要二老时刻挂念？"

"哥，你说是不是有人欺负你们咧？我回头找人修理修理他们！"

"没啥大事，林洁说想在云中买新房。"

在屋子里，父亲郑重地对两个儿子说："我有几幅字画，不知值钱不值钱。我今天已经带来了，你们找找惠子耕伯伯，他识货，知道这些东西的价值。现在就用这些画换些钱过日子吧。"惠子耕是惠英妹的父亲,第五健心里怯怯的,但嘴上没有说出来。父亲这是把传家宝都拿出来了,第五健和第五强兄弟心里都不是滋味。

父亲继续说:"我还没有糊涂,我知道为了强儿的债务,健儿尽心了,像个当哥的样儿。林洁折腾着想让健儿升官,也花了钱、丢了人。没有啥大不了的,人生在世不称心的事情很多,谁不说些啥?"

父亲把画交给了第五健,让他去处理,就和老伴跟着第五强回北山县了。第五健看着父母的背影,禁不住流下泪水,他真想号啕大哭一场,但他又不能那样,只能把悲伤往肚子里咽。

一天下午,第五健把工作完成后,便抽空去探望了惠子耕老人。惠妈妈已经病故,子耕老人独自以书画为伴,他沉浸在自己的艺术世界中,其乐无穷;当然,女儿惠英妹就住在云中市,她常常带着孩子回家,让老人享受无尽的天伦之乐。每次欢聚的时候,惠子耕老人就手把手教惠英妹的孩子画画、写字。多年不见,第五健的到来令惠子耕老人吃惊,但老人很快就平静下来了,第五健说明了来意,老人迫不及待地就要看字画。

"来来,快打开,让我看看你第五家的宝贝!"惠子耕细心看过后说,"啊,珍品!任伯年的花鸟画,太稀缺了!还有这几幅字,是于先生的真迹。"

第五健一颗悬着的心这才落地，他长长地出了口气。

"不过，我有些老眼昏花，还是让英妹再看看，她现在眼力也厉害。"

"她？她现在还好吗？"

"一会儿她就来了，还有宝贝也一起过来。"

"……"第五健还想问啥，但他只感觉舌根僵硬，说不出话来。

"喝口茶，明前茶香得很。"

天色黑尽了，夜晚的灯火已经亮起来了，城市的另一副模样也显露出来了。朦胧的夜色中，匆忙的车辆和悠闲的市民在街道上行进着，那些喜欢过夜生活的人，在烟熏火燎的烧烤摊旁正大快朵颐。

惠英妹去西京看儿子球队的比赛了，她直到晚上 8 点才回来，她的儿子范惠林也回来了。

当惠英妹进门抬眼的一瞬，第五健也同时看过来，他们的目光惊喜地相遇了。

"啊！第五健，是你吗？"惠英妹有些失态。

"英妹，你……回来了？"第五健说话也有些结巴。

他们的这个表情把范惠林弄糊涂了，心想，这两人怎么回事？

这时惠子耕打破了窘境："哎呀，宝贝回来了！今天你妈妈的老朋友也来了，都是老家北山县的。"

"哎，我该怎么称呼您？"

"叫……伯伯。"惠英妹喃喃地说，"这是我们——我、我儿子——惠林。"

"伯伯，您好！"范惠林大大方方地上前与第五健握手。

"在哪里上学？"第五健问。

"东方体育大学附中。"

"上几年级了？听你爷爷说你爱好篮球运动。"

"一年级。谈不上爱好。这不，西京举行大运会，我观战来了，就顺道回来看看爷爷、妈妈他们。"

"今后有这方面的想法吗？"

"有啊，我想打篮球，爷爷支持。妈妈说让我学医学。"

"多大了，小伙子？身高 1 米 9 左右吧？"

"差不多吧。1 米 88。16 岁啦，1979 年出生的。"

"顶天立地呀！你看我在你面前还要仰头。"

"哈哈哈！"小伙子开心地笑了，他顺手拍了一下第五健的肩膀说，"我看咱俩投缘！"

在第五健与范惠林说话的时候，惠英妹父女俩正在一起研究第五健拿来的字画，他们在议论市面上的价格。惠子耕对女儿说："他家里可能遇到啥难事了，要不然他父亲也不会把这么珍贵的东西出手。他们找咱就是把咱当自家人。"

惠子耕过来了，他让第五健与惠英妹谈书画价格，自己把范惠林拉走了。范惠林说："爷爷，我们正聊得起劲呢。"

"你看爷爷最近画了一幅牡丹。还有，你不想看看那幅山水画？那可是爷爷的珍藏。"

在爷孙俩离开以后，第五健和惠英妹静静地坐下了，但彼此的心怦怦直跳。惠英妹看儿子如此亲昵地与第五健交谈时，激动得几欲掉泪。她真想不顾一切地把实情告诉第五健，但她害怕这会伤害很多人，包括范宏图，毕竟他这么多年为惠林也付出了很多。不知怎么的，惠英妹突然想起了他们的过去，心里不由得泛起了层层波澜。女人啊女人，惠英妹用了十几年都无法忘记第五健，她还在心里爱着他，这是她刚才见到第五健时进一步证实的。

第五健知道范宏图的发妻翁彩霞死于一场突发疾病，这个女人给范家留下了一个女儿范倩倩。后来，带着儿子的惠英妹进了范家的门，成了范宏图第二任妻子。

惠英妹见到了故人，本当有千言万语、无尽思念要吐露，但当她与他面对面在一起的时候，却选择了沉默，她只是默默地注视着对方。不可否认，她看似平静的外表下面，其实掩饰不住内心翻卷着的滚滚浪潮，那是往事的云烟，那是无法忘记的过去……

等一老一少再次回来的时候，惠英妹赶紧擦拭泪痕，第五健也急忙上前搀扶惠子耕老人。

惠子耕父女以他们的方式帮助了第五健，字画先寄存在惠子耕老人家里，第五健需要钱先拿去用，等有钱了想要拿回随时都可以。以 10 年为期，10 年之内不赎回，这些字画就算是惠家的宝贝了。双方立下字据，还签了字，按照行规办了相关手续，如同旧社会的当铺一样。第五健只要了 15 万元，他也不知道要多了还是少了，但他信任惠子耕老人。这也许是父亲巧妙的借钱之法，要不然白白借人钱财，没有个抵押物，人家心里不踏实。第五健佩服父亲做事想得周全，替人替己着想两周全。他更感激惠子耕老人，还有他爱过的女人——惠英妹。唉！第五健啊，你又欠人情了，看你如何还得清！当然，惠英妹一家现在很幸福，她丈夫是副市长，儿子读重点大学附中，自己在市文物局上班，惠老爷子还经营着"惠氏书画院"。

一周后，当第五健把筹集到的钱交到林洁手中时，林洁说："不需要了，都筹齐了。"林洁还说范副市长把之前收的钱全部退了，人家说没有办成事，无功不受禄。至于林洁想买的那套房子，范副市长已经让人办好了手续，装修工作也已经开始了，范副市长退回来的那些钱基本上盆能扣住瓮。听完林洁的话，第五健哑口无言，已经借到手的钱也不好直接退回去，便打算等年底凑齐了再把白丽的那笔钱给人家还上。

晚上 10 点左右，百无聊赖的第五健感觉窝心地难受。他虽然心里不好受，却也实在没有人可以去倾诉，于是就一个人在夜市摊子上喝酒买醉，一整夜没有回家。

第十一章

　　窗外是一片黎明的曙光，小鸟在树枝上啾啾鸣唱。被风吹散的稀疏的白云，悠闲地挂在深蓝色的天空。

　　1996 年秋分，市委组织部给舆次乡派来了一名年轻能干的女干部。她叫罗一楠，刚满 30 岁，是西京商贸大学毕业的。故城县委任命她为中共舆次乡党委副书记。对于罗一楠的这个匪夷所思的选择，她堂姐罗一新嘲弄她是醉翁之意不在酒，她呵呵一笑说："就算是吧，人家第五先生都赤脚下地了，咱也下去闹腾一下。"第五健对这个小妹妹敬而远之，他以戴罪之身自居，不敢再有什么麻烦了。罗一楠是无法理解这些的，她青春活力，有无限光明的前途。她的内心崇拜他，也许她对第五健已经产生了某种不一样的感觉。那时在机关灶上，端着大老碗，吃一碗拌有生葱或蒜苗的油泼辣子扯面，再喝一小碗面汤，美极了！其实，饭后在大灶房里大家无拘无束地聊天才有意思，那些张家长李家短的小事本身就是一种生活。

"这几日猪肉价掉了。"

"去年价疯了，大家今年一哄而上养猪，结果就赔钱了。"

"今年蒜薹价钱不错，批发价都是三块八，我亲戚家一亩多地卖了六千多元。"

"去年价钱就不行，才一块多。你看嘛，明年一准扎堆种蒜薹。"

"一年瞎一年好，市场行情变化不定。"

"东风乡那个老上访户进京了，苗书记又火了。"

"那家人真有意思，女儿在京城打工，每次悄悄去看女儿，想回家了就上访，一上访上边就叫地方接人。人家就一分不花回家了，还要给些安抚费。"

"听说乡长给他家盖了三间平房。"

"咱乡黑蛋买了辆新车，昨天刚挂牌就出事了，把三个人撞啦，进东关了。"

"东关是哪里？"罗一楠插话问。

"监狱。"

"第五乡长，你今儿还没开腔呢！"

第五健微笑着说："我听大家的。"

那天晚上罗一楠对第五健说她姐罗一新从林东市回省上了，她现在是省委组织部副部长，李清明也提拔为省委常委、副省长，调到岭南省任职去了。罗一楠的这个消息，第五健早就知道了，但他没有为自己的那点事找罗一新。人家上任伊始，未必顾得上管这些事，而且他也不想给人家添乱。

"你那会儿咋不主动追我姐？"

"我跟罗家人没有缘分呀。"

"过了这个村，就没有这个店了。"

"你姐跟你说的？"

"我自己说的。"

"你们老罗家人就是牛！"

"我又没得罪你。"罗一楠噘着小嘴生气地离去了。

望着罗一楠的背影，第五健一脸茫然。他叹息一声，在自己心里想着：她还是个孩子，很多事情她都没经历过没见过。白天里，他与她一起拜访老船工，听老人讲泾河发大水的情景。那时候上游的船只、大木头经常会漂下来，也有整个的麦草垛子顺流而下。令人无法想象的是，那条穿越关中大峡谷的河流，经过无数的暗礁险滩，河面漂着的一些家具、木头，甚至柴草之上，还有侥幸生存的女人、孩子和猪、羊。下游识水性的人经常在河边救人、捞柴火。老船工是第五健的忘年交，他给年青的一辈讲述自己知道的一些陈年旧事。他说舆次乡所在的地方原来是一个县城，这里至今还有明万历年间至清乾隆年间的几通古碑，其老城墙的遗迹现在还历历在目。

"人常说：关口渡口，气死霸王。"第五健问老船工，"您说这是啥意思？"

老船工微笑着说："这是说关口重要呀。有时候你别小看那些不起眼的人物，有时候他的作用大了去了，他不让你过你有啥脾气？我的一个老朋友叫马疯子，他在泾河老渡口撑船，老家是咱舆次的。有一年，他遇到了一件奇事。先说个题外话，在泾河行船，平时基本可以横渡，一个人用竹竿就能撑着过去。发大水了，一个人撑竿过河就不行了，必须四至六人划桨，船尾还要有掌舵的。由于水流湍急，船到对岸的地点也就确定不了了，有时可能会到对河下游较远的地方，这种情况危险性大，船家也很慎重，非到万不得已不撑船过河。"

"那要过河是不是很危险？"罗一楠插嘴。

"危险性当然大呀，泾河水急，渭河水缓；不过泾河水量小，渭河水量大，平时渡河难度差不多。差别就在于发洪水，有大风大浪之时。"

"历史上泾河发洪水次数多吗？"第五健问。

"那多得很。"老船工说，"我听人唱过一首歌谣叫《辛亥年涨大水歌》，就是讲发洪水的。"

"您给我们唱一唱！"罗一楠说。

老船工稍微停顿了会儿，就唱开他的《辛亥年涨大水歌》了——

至古今，涨大水，表说一番。泾渭河，龙起蛟，水漫河滩。
道光爷，满滩水，二十九年。出柴门，往东看，真湖一般。
回民反，二年上，水淹河湾。看泔河，水印在，卢家河湾。
不料想，宣统正，辛亥三年。桥头上，抬禾头，古人少见。

闰六月，初九日，火斗出现。看水心，数丈高，如同水山。
论面阔，也有那，五里多宽。水起浪，牛同叶，实为凶险。
眼巴巴，仁义村，水淹墓前。社树人，闻听得，扯上域边。
东门外，魁星楼，望水劫滩。此水中，伤性命，数千百万。
又吹人，又吹车，人畜伤惨。也有的，在梦际，踪影不见。
又有那，上大石，水淹黄泉。也有的，在树梢，来去游玩。
妇女娃，在河边，哭声连天。到晚来，放大水，呼声不断。
又有那，瓜园家，人瓜不见。也有的，在轿车，八人归天。
咸阳县，百里家，横门生员。在泾邑，社树堡，探望亲眷。
回家来，泾河湾，暴水围圈。入罗网，飞不出，将心悔烂。
这水劫，较年轻，日期过远。唯有我，崖底高，睡得心宽。

"您老好记性呀，"第五健说，"真了不起！"

听了船工的歌谣，两个年轻人赞叹不已，他们让老人休息片刻，第五健还为老人点燃了一根香烟。老人把烟抽完之后，他们又开始拉话了。

"老伯，您刚才说马疯子怎么啦？"罗一楠问道。

"哎，你看我这记性。好，咱就说马疯子遇到的那件奇事。"

"旧社会咱西乡一带有名的四大家族，分别是吕家、张家、马家和赵家，我的老伙计马疯子就是马家后人，这我得从头说起。那一年雨水多，下了几十天连阴雨。一天深夜，马疯子被一群人从睡梦里叫醒。那会儿风大雨大，这伙人说事急咧，非要渡河。马疯子说浪大过不去，那伙人不罢休，威逼他摆渡。

后来，尽管同行的数人也帮助奋力划桨，船体还是一下子失去了控制，刚到河心就翻了。可怜啊，一船八九人全部落水，生死未卜，马疯子水性极好，他拼着命才游到了一块大石头上。后来风停了、雨停了，他看到了满河滩的木桥桩，黑魆魆的仿佛一个迷魂阵。啊！这是哪里呀？马疯子猛然间听闻不远处乐舞声声，抬眼处，但见人影憧憧，一片喧哗。凝神再细听，似乎有笙箫管笛、钟磬鼓乐之音，间或有琵琶古筝声、天籁之音传来。我的神呀！这究竟到了哪里？马疯子听着听着便睡着了，他醒来时发现已经被人放在了家门口。谢天谢地，他算是死里逃生了。再回想之前的事情，如同在梦里。他的那段经历受到了考古专家的重视，有人说这或许能破解秦灵公的泾阳宫位置之谜。可是马疯子带着数十位专家，在翻船河段上上下下搜寻了 60 里，前前后后花了 6 个月，终究未找到他所说的遗迹。”

第五健和罗一楠相视一笑，他们都深深地惋惜，感叹怎么就找不到了呢？

老船工继续说：“世事难料，有些事谁也不知道原因。”

老船工是个有自己见解的人，他对第五健说：“人无千般好，也无完全坏。人其实都是瞎好人。”

“瞎好人……是否可以说是阴阳人？”罗一楠插嘴问道，“他们有阴柔的一面，也有阳刚的一面。”

“你别打岔，两回事。”第五健说，“老伯，您继续。”

老船工呷了口茶，清了清嗓子，继续讲他的故事：“民国时期舆次乡一带也闹匪患，土匪一般都是两边下注，一方面应付国民党，一方面也给红军筹集粮草，他们既吃大户也欺压百姓。有一年，一个知名人士——都是乡里乡亲的，我不好说名字——他在街道上设置了一个过秤点，凡是从这里过秤的，无论柴火、日杂，一律收二分钱。那时候老百姓日子苦呀，有的人靠着在山里打柴、在街道上卖柴解决油盐问题，一捆柴才卖一两毛钱。这个人收钱干什么？他也是干正经事，街道上有个舆次小学办学经费非常紧张，他想靠这个补充些经费。这件事情被一个土匪头子知道了，他也设了一个过秤点，就在对面。他过秤不收费，专门给乡亲们服务，这样一来大家都跑过来了，那个知名人士的过秤点也就没法弄咧，还挨了大家的骂。

"老汉胡说八道呢，耽搁你们时间了。"老船工笑着说。

"谢谢您！"罗一楠诚恳地说，"您给我们上了一堂历史课。"

"不敢不敢，领导过奖了！"

"老伯，您说得好呀！办事情要会办，要顺应民心。"第五健感激地说，"不能好心办了坏事情。"

罗一楠，这个细皮嫩肉的城里姑娘，在乡野的风雨里奔跑着、历练着。坊间有人说舆次乡来了个美女，仿佛天上掉下个林妹妹，惹得好多人都隔三岔五地往那里跑。有一次，罗一楠骑车从县里回乡，一路上被多名陌生男子跟踪，有人甚至一直尾随到乡政府的大门口才肯罢休。这些事情搅扰着罗一楠，她怕有危险，后来就不敢一个人骑行了。

一个周末，罗一楠值班，她正在电脑上打字，这台机子是她从市里带来的"嫁妆"。在她的努力下，市里有关部门送来了微机、电视、碟机、音响，还有图书资料，就连乡政府的办公桌椅、书柜也是她从某市级大型企业"斩获"的"战利品"。市委机关还为舆次乡中心小学捐赠了上百套崭新的桌凳。

罗一楠正在打印第五健的《舆次乡产业结构调查报告》《关于村级干部管理工作的若干思考》两篇文章，她暗暗赞赏第五健的理论功底，也真心羡慕他的实际工作经验，她心底充溢着一种对第五健仰慕加佩服的复杂情愫。

"大妹子，你在忙啥？第五健呢？"正在这时，余兴盛副书记走了进来。

"开会去了！"罗一楠回头招呼着，"余副书记，你来得正好。明天有个会议，第五健说让你参加，地点在滨州饭店，今天下午5点前报到。"

"你在干什么？"余兴盛用酸溜溜的语气问道。

"打文件。"罗一楠一边说话，一边打字。

"你的字打得飞快呀！"余兴盛没话找话。

"好我的余书记，你还有事吗？我正忙着哩。"罗一楠冷冷地说。余兴盛感觉有些不快，他知道罗一楠似乎已经下达了逐客令，但他丝毫没有离开的意思。罗一楠点了打印键，桌上的针式打印机随即发出了吱吱的声音，罗一楠终于把稿子打完了。余兴盛用余光扫视着打印机里出来的稿纸，当他看到"第五健"三个字时，登时一股恶气直冲上头。余兴盛愤愤地说："给第五健干活你倒上心，轮到咱老余了，连一句话都懒得说了！"

"余书记，这是我的工作，你……"罗一楠感觉百口莫辩，脸也气得通红，但又不好发作，就把本来要顶撞余兴盛的话咽了回去。

罗一楠不再理这个蛮不讲理的家伙了，屋子里静得出奇。罗一楠给两份稿子设计了封面，装订时订书机卡针了，她心里很不高兴，心想，今天真是见鬼啦！余兴盛碰了一鼻子灰，心里酸酸的，他怨恨第五健，也怨恨眼前这个不识抬举的女人。他看屋内没其他人，就不顾一切地猛扑过去，从背后抱住了罗一楠的腰。罗一楠清醒地意识到了事情的危险性。她没有退路了，她毅然抓起了桌子上的不锈钢水杯。只听"啪"的一声，余兴盛"啊"地惨叫一声，紧接着捂着头快步跑出了罗一楠的办公室。余兴盛仓皇逃走后，罗一楠才感到后怕。这家伙会来报复吗？她赶紧关好门，然后给第五健打电话。电话拨通后，这个天不怕地不怕的姑娘哭了，哭得非常伤心。

第十二章

鸟惜羽毛虎惜皮，为人处世惜脸皮。余兴盛在云中市把人丢大啦。本来他去参加全市对口扶贫工作联席会议，却在头一天夜里因嫖娼而被抓。余兴盛被免职了，他贪污受贿、侵吞国家财产、强奸妇女、作风败坏等问题也逐渐浮出水面，等待他的将是法律的制裁和人民的审判。

铁证如山，事实清楚，余兴盛的案子很快就了结了，这个不可一世的乡干部被法院判处 10 年有期徒刑，他将面临 10 年的牢狱之灾。余氏家族不安宁了，余昭明和林晓梅夫妇哭哭啼啼地去找陈君梅。陈君梅两手一摊，摇着头说："没办法，事情大了，压不住了。"陈君梅有些气愤地对余兴盛的父母说："都这么大岁数了还这么胡闹，你让我咋管？你们可能还不知吧？他把几个小学生糟蹋啦！其中一个，那是人家市上领导的亲戚。这回他撞枪眼上了，没法救咧！"余兴盛罪大恶极，陈君梅知道这一点，但毕竟是自家外甥，也不能不管。林晓梅跪着哀求她姐姐："姐，你就再想想办法。我就是把房子卖了，也要救下盛儿！"

　　陈君梅的能量真大，她托关系找到了省监狱管理局的领导，让人家"照顾一下余兴盛"。一开始人家根本不答应她。陈君梅是见庙就烧香，见佛就磕头，为此她们姐妹花费了不少钱财。范宏图副市长也竭尽全力到处打点。陈君梅甚至都觍着脸去求了罗一泯。罗一泯是现任省委常委、省委政法委书记兼省公安厅厅长，罗一泯没有给她面子。但陈君梅等人还真是有本事，她们最后决定孤注一掷，想借着罗一泯的威望敲开省监狱管理局那扇紧闭的大门。陈君梅去了监狱连哄带吓，跟监狱方面的几个拿事的人吃了饭，并一一打点到位。就这样，陈君梅理直气壮地打着别人的旗号，想方设法硬是给余兴盛弄了一个因患严重心脏病，需要保外就医的特殊待遇。

　　说起来，陈君梅还真是罗家门里人。罗家祖居四川，清末至民国一直都是富甲一方的大财主。民国时期罗家出了个名画家叫罗自强，罗自强留过洋，画国画、西洋画都厉害。他曾在西京创办北方美术专科学校，就是北方美院的前身。罗自强有三房太太，大太太在老家重庆，她与罗自强没有孩子。二太太叫俞芳菲，也是名画家，江浙人，北方美专毕业。她是罗自强的学生，为罗自强生养了三个娃：老大罗瑞民，中共党员，曾任夏州省委副书记、省长，他是罗一泯和罗一新的父亲；老二罗瑞生，民盟成员，大学教授，博士生导师，曾在夏州师大教书，他是罗一楠的父亲；老三罗瑞康，移居美国，是搞自然科学研究的知名教授，有两个混血女儿。罗自强的三太太叫陈紫嫣，是名电影演员，故城县人，她给罗自强生了一个女儿叫罗瑞宁。后来陈紫嫣改嫁他人，罗瑞宁随母姓改名陈君梅。陈君梅最初在省人民医院当医生。罗自强老先生对晚辈特别叮嘱，不许罗家人与陈家人有任何瓜葛。陈君梅的母亲曾对女儿叙说了女儿的身世，陈君梅的继父是名导演，叫林俊奇，她还有个同母异父的妹妹林晓梅，那是林俊奇的骨肉。而对于余兴盛的命运，陈君梅起初感觉已经回天无力了，只能是尽人事听天命，没想到后来事情出现了转机，她的借风驶船之招成功了。

就在余兴盛的事情尘埃落定的时候，一个好消息让陈君梅喜不自禁。范宏图副市长告诉她，统战部要升格，让她赶快把女婿甄富兴弄到县委那边去，都是正科，也就一个平级调动而已，应该不难。陈君梅就赶紧准备厚礼去找苗翰文书记，但苗书记并不理睬她。苗翰文想，管你是什么几朝元老，反正现在是我老苗说了算。他满脸怒气地对陈君梅说："你女婿甄富兴那么好的位置，多少人盯着，你们还挑肥拣瘦，一个萝卜两头都想切，好事情都让你们占了，其他人怎么办呢？"

"苗书记，你考虑考虑，我就不打扰你了。"

从苗翰文家里一出来，陈君梅对着那个方向恶狠狠地啐了一口唾沫："走着瞧，有你娃受的！"

其实苗翰文主政以来，故城县确实不安宁，他的那些不切实际的政策，加上对故城县情况的不了解，使他感觉这里几乎没有自己可信任的人，看来故城县这个地方不好待。自他来到这里以后，故城县几乎一直是媒体关注的焦点。一段时期以来，各种奇奇怪怪的事情接二连三地发生，引得各级媒体蜂拥而至，争相报道。这里曾发生了一起震惊省内外的离奇爆炸案，因国道过境，村干部争利，村主任汽车上被安放炸药，半夜三更村主任的丰田"霸道"突然爆炸，幸亏没伤到人；这里也发生过村民与村支书因喝酒而打架，派出所闻讯后，立即出动警力将村民带回去讯问，不分青红皂白就把人拘留了的怪事；这里还发生过重大车祸——娶亲客车与大货车相撞，惨死10人；甚至发生过机关门卫殴打记者、下岗工人围堵国道等恶性事件。为此，苗翰文没少挨市委书记的点名批评。苗翰文还在市级电视台就提高认识，强化措施，持续抓好故城县安全和和谐稳定工作向全市做过公开检讨，表示要诚恳接受全市人民的监督和批评，努力把故城县的工作办好，让市委市政府放心，让老百姓满意。

后来在云中市，范宏图副市长派人约苗翰文吃饭，苗翰文推托说市委还有会议要参加，表示改天将专门请范副市长吃饭。事情也就巧了，最近云中市新开了一家"星云美乐城"，上午故城县的几个重要人物相约在这里"对酒当歌"。他们肆无忌惮地狂欢着、蹦跳着，兴高采烈地喝着橙红透亮的美酒，搂着娇艳的美女。正在这时，一名气质优雅的女士登台了，她用清脆的嗓音说："本店新开张，感谢各位贵宾的光临，我们老总为了表达诚意，今天的消费一律打八折！下面请各位欣赏香港美女的模特秀。"

全场雀跃欢呼："好啊——耶——"

苗翰文书记他们在豪华包间用餐。他们在二楼雅座，既可以观看表演，又不受底下的吵扰，还有十几名专门陪酒的美女。

那天夜里苗翰文一行七八人玩疯了，苗翰文第二天走的时候，前台说有人结过账了，让他们直接走人，不用管了。苗翰文刚走出宾馆，接他的车就到了，他上午要返回故城县开会。

这天中午12点，苗翰文从县委会议室出来后，又一次见到了陈君梅。陈君梅说："苗大书记，你日理万机，忙得很呀！我在门口被挡得都进不来。"

"老陈，你也是老同志了，要有觉悟，理解理解我们的难处。不是你想怎么样就怎么样的。"

正在这时，一阵急促的电话铃声响起。苗翰文拿起话筒大声说："噢，我是苗翰文。哦，哦，哦，范副市长，欢迎您常来指导工作。"

"苗书记，我是——"陈君梅慢悠悠地说，"范副市长让我给您把这个带来。"

苗翰文一看，是一张"星云美乐城"的会员金卡和一个大牛皮纸档案袋，他立马换了脸色，态度上来了个180度大转弯。苗翰文起身连忙倒水沏茶，笑吟吟地说："哎呀，我的老大姐，你看我这眼拙的，慢待你了！你跟范副市长说，金卡我收到了，盛情我领了。感谢感谢！代我向领导问好，让领导多关心咱县的事。大姐，常来走动，谢谢！"

一个月后，县委再次调整了几个部局和乡镇的班子。要动班子调整干部，按照惯例，各个机关和部门是必须综合权衡的，组织部门要事先征求有关领导的意见。但这次动人有些仓促，苗书记未及时与其他领导通气就定了调子，他率先推荐了甄富兴。马建海县长持保留意见，他主张第五健进入常委班子。苗书记不同意，他说："第五健有本事不假，但这个人傲气，还需要再历练，还不成熟。"马建海县长争辩说："老苗，见好就收吧，差不多就行了。这么好的同志咱不起用，说不过去。你这样做，挫伤的是一大批踏实干事的基层干部的积极性。"最后苗书记还是强势通过了自己认定的人选，甄富兴任县委统战部部长，挂常委，进入县级领导班子。为了摆出一种爱才的姿态，苗书记勉强同意将第五健列为县级后备干部。在这次调整中，舆次乡的变动最大，第五健任县委委员、乡党委书记，罗一楠被推选为乡长，刘恒远、张才智等为副乡长，新的舆次乡领导班子组建完成。

第十三章

菜奶富民，产业强乡。第五健、罗一楠一班人似乎都已经铆足了劲。他们有了新的分工和工作重点，全乡确定四个突破方向：一是由第五健挂帅开发北部山区，开山劈石，建采石场；二是由罗一楠牵头学习山东寿光温室大棚菜种植经验，建蔬菜基地；三是由刘恒远负责奶牛、奶山羊养殖开发项目；四是由张才智负责组织乡村能人协会，广泛联系建立各种信息渠道。而且乡上领导分包到村，抓点带面，立军令状，对群众公开承诺。在第五健的带领下，舆次乡的干部不坐机关，他们进乡村，在田间地头与群众一起想方设法发展生产，致富奔小康。第五健等人的事迹多次被省、市报刊宣传报道。

舆次乡地处荆山，第五健热爱这一片山川，每次来这里，他都仿佛感受到了大自然赋予的力量和豪情，领略了大自然荡涤尘埃的非凡气度，以及人性亲近自然的灿烂光辉。他情不自禁地张开双臂，任微风、清流、明月、草树，以及万物的气息与自己相融。

这一天他们要去荆山腹地的打柴沟。前面的桥断了，吉普车不能继续朝前走了。打柴沟人是善良的，小河桥断了之后，人们在那里设置了一行标记，几十面小红旗插在沿路，只要沿着这条线路就能平安过河。第五健带着小杨、小侯一行三人挽起裤腿，手拄拐棍，摇摇晃晃、战战兢兢地蹚水过河。河水打着漩儿，发出一阵阵惊心动魄的吼声，哗啦哗啦的流水似乎在底下撕扯着你，让你如陷淤泥地里，几乎寸步难行。四下里到处是水，让人头晕目眩，似乎水流越来越急了。对面山坡上的牧羊人已经看到这一切了。

"不要慌乱——等会儿——我——来——了——"

山谷里回响着这粗犷、高亢的声音。远远地，一名壮汉朝他们奔跑过来。只见他三下五除二脱去了外衣，扑通一声就下到了河里。水有齐腰深，中游水更急，人几乎站不住。第五健他们手挽手，十分艰难地朝前走。当他们看到老乡时，不禁心头一喜，来人是张黑蛋。

"第五书记，来，我背你过河！"

"不不，咱们走过去。"

"客气啥哩！"话音未落，张黑蛋背起第五健就走。第五健顿时失去了重心，他不由自主地抱紧了张黑蛋。也许是因为水的浮力，也许是张黑蛋本身就力气大，他们俩像一片树叶一样，顺着流水的方向，晃晃悠悠地就过去了。张黑蛋识水性，他随后又轻轻松松地把两个年轻人背过了河。

人都是容易被感染的。张黑蛋把第五健一行三人背过了河，使他们脱离了恐惧和险境。渡河的时候他们大气都不敢出，可以说是把心都提到了嗓子眼。现在看着乐观、豪爽的张黑蛋，第五健的眼圈有些发红，泪水禁不住夺眶而出。

"谢谢张大哥！"

"自家人还说这个？你第五书记跟我太客气了。"

"不，大哥，今天多亏遇到你。"

两个年轻人也是百感交集，他们说要跟大叔学游泳，张黑蛋爽快地答应了。在他们几个说话的当儿，第五健不失时机地调整了自己的心绪。他转眼看了看对面的山头，羊群咩咩地叫着，欢快地在草地上吃草，远处富春湖波光闪闪，好像在招呼着来客，湖边的松林苍翠欲滴，鸟儿欢快地鸣唱，云彩也绽放着醉人的洁白花朵。

第五健被眼前的景物迷住了，但他并未忘记自己的责任，转身与张黑蛋攀谈起来。

"支书、村主任都在吗？"

"应该在吧。"

"你现在养了多少羊？"

"32只。不多，村上还有养100多只的。"

"你们村养的牛多不？"

"不清楚到底有多少，反正每家都有一两头。"

"张大哥，你想不想多养羊？"

"没想过。"张黑蛋摇着头说,他估摸不准第五健的意思,"乡上给钱吗?"

"给,有扶持政策。"

"给别人吧,我过得去就行了。"

"挑头发展,给大家树立个榜样。你考虑一下。"

"不……不着急。"

一群人像落汤鸡一样,就这样边走边拉话。

不知不觉就到了村子了,第五健他们一路上不时跟乡亲们打招呼,他们要去支书张正良家。支书家在村子东头,从村口走过去也就十来分钟。一到支书家,第五健就马不停蹄地开始了自己的工作。他出席了村上的会议,村支书张正良主持会议,村主任张大亮、副主任许贵忠、支委张黑蛋、妇女主任陈桂花等人参加了会议。会上通过了该村发展规划方案,按照方案的精神,打柴沟人用三至五年的时间实现通公路、通自来水、装通信线,确立"用资源换发展,用石头换基础设施""牛羊草树多种经营""开门招商,出门经商""土地集中,人员分流"等基本发展思路,今年集中力量办好三件大事:修路、架桥、办小学。当天下午召开全体村民大会,村干部宣读了村里的发展规划方案,乡党委书记第五健讲了话,他鼓励打柴沟村群众自力更生脱贫致富。

"打柴沟的乡亲们,大家好!"第五健用洪亮的声音说道,"今天我想跟大家说几句心里话。我知道农村人的恓惶,我们为什么穷？不是我们比别人缺胳膊少腿，而是因为我们缺信息、缺技术、缺经营。我们多年来与外界隔绝，不通信息，我们不知道外边的世界都发生了哪些变化，我们守着金山银山没饭吃呀！我们有石头，这是我们的宝贝呀，它可以修桥、铺路、盖房子，可以做工艺品、雕刻石狮子、雕刻石碑，还可以深加工生产天然大理石、人造大理石等；我们这里有成千的牛羊，西京市西大街牛羊肉泡馍馆多少年来最喜欢的就是这种食天然草木的散养牛羊。大家知道为什么西京牛羊肉泡馍味道独特吗？原因就是用的是我们这里的牛羊肉。再就是我们的羊奶每斤才两三毛钱，外边已经是每斤八毛至一元了！我们这里的野菜、草药也是财富，只是我们没有好好利用起来。什么时候我们才能不再为看病发愁，不再为娃娃上学受熬煎，不再为盖不起房子伤神，不再为娶不起媳妇犯难？听说我们村好些人年龄不小了，至今还打光棍儿，姑娘们纷纷朝外边奔。如果我们的村子发展好了，我们的日子过好了、富裕了，上边的那些问题还叫问题吗？要想富，先修路，这既是指看得见的路，更是指我们思想的路。乡亲们！路就在脚下，我们一起朝前走吧！"

"第五书记说得真好，咱们有盼头了！"

"我家塬下的亲戚，去广东打工挣了不少钱。"

"到底行不？"

"风水先生说咱这地方好，动静大了会不会冲犯老祖宗？"

"胆小鬼，怕这怕那，猴年马月能过到人前去！"

"就是的，跟着上边不会错。"

　　万事开头难啊！第五健、罗一楠、张正良他们在打柴沟村北边的山地勘察，还请来了省地质队的专家把脉，最后他们决定在村子东北30里的山坡建立采石基地，那里石质好，沟道宽阔，便于运输，且距离村子较远，不污染村子环境，更不影响富春溪水质。现在唯一棘手的问题是这个山坡上有一座山神庙，每年农历十月初三庙会，香客很多，有本村群众，还有方圆几十里的群众。从山神庙一直向东，翻过一座小山包，再走二十几里就是北山县地界了。

　　一座山神庙牵动了一村子人，老年人普遍不同意在那里炸山采石，年轻人大多赞成，很多一家子人分成了两派意见。看来群众的意见一时很难统一。于是乡长罗一楠带人先走访村里有影响的人物，她基本摸清了村子里群众的意见，然后分头一对一做工作，但却几乎没有效果，反对意见还是占上风。不少老党员和前任村主任王孝义带头反对，说开山劈石就把这里的自然环境破坏了，群众能得到什么实惠呢？不少群众担心炸山会惊扰了先人，对村里人不好。还有那位云中名人张增荣先生也不赞成开发。张老常年居住在云中，他80多岁了，依然精神矍铄，他是打柴沟村的光荣和骄傲，曾任云中市委书记。打柴沟人多年来形成了一个不成文的规矩，凡是有解不开的疙瘩都要去找张老。

　　打柴沟村的事情暂时卡住了，第五健感觉自己在这件事上太急功近利，没有充分调研。他甚至想到了自己读过的《封神演义》，想到了土地爷，别小看这个角色，土地爷可是知地情的。

第五健知道问题的症结后，连夜写汇报材料。他准备向县委县政府报告情况，同时请求县委县政府领导出面带他拜会老领导。他想推心置腹地向老前辈讨教化解这一矛盾的良策。刘玉周副市长也非常重视这一情况，他让县上协助第五健他们把相关材料准备停当。如果有必要，他还要请市委主要领导出面。第五健的材料包括发展规划、设计方案、考察报告、年度工作安排以及目前工作进展情况，刘市长看过之后对第五健说："这些材料你多准备几份，可以给张老一份。另外你准备几条工作重点、难点，要简明扼要，讲清楚你想表达什么，希望张老指导什么就对了，别啰唆！"

第五健茅塞顿开，他很快整理了自己的思路。他想改变打柴沟村的贫困面貌，把全县有名的贫困村变为富裕村；他想在打柴沟村发动群众，通过招商引资搞这些事情。希望张老给自己把把脉，看自己的工作还有什么疏漏。把这些想法整理好后，第五健再次与刘副市长、苗书记、马县长会面。刘副市长笑着说："这就转过来了嘛。你要知道，张老是你的救星，不是你的拦路虎。你不问问人家，咋知道人家老领导不支持你们？"第五健心里有了几分底气，因为他从刘副市长的神情里隐约感觉到他似乎已经与张老沟通了，第五健由衷地感谢刘副市长的支持和厚爱。

张老与第五健的会面不是在云中，而是在张老的老家打柴沟村。张老住在一个极普通的小院落，院子朝南，大门口是泥土地，砖铺的一条蜿蜒的小路一直通到了里间，大门是土黄色木门，门不很宽大，但看上去很结实。门楼小巧朴素，一对门墩石威严地横卧着，这是关中平原 20 世纪 50 年代典型的门楼景观。进入院子，映入眼帘的是一株株苹果树、梨树、石榴树、核桃树，它们或亭亭玉立，或婀娜多姿，沿着小路两侧占领着属于自己的生长空间；它们在这座小院里开花、结果，无拘无束地伸展枝叶；它们绿荫蔽日，郁郁葱葱，豪迈奔放，无论刮风还是下雨，总给这个院落带来无限的温馨。

第五健他们来时，这里前天刚下过雨，地面还有些湿滑。特别是张老家的院子，墨绿的地表，青翠的树木，细碎的光影下的院落，给人一种少有的宁静之感。张老夫妇在客厅接见了第五健、罗一楠一行，村支书张正良陪同。房子是砖木结构，土坯墙，客厅显得有些小，一张八仙桌，两把太师椅放在桌两边，对面是两把普通椅子，还有几个小板凳随意摆放着。张老的客厅悬挂着于右任先生的墨宝，石鲁、赵望云等"黄土画派"画家的作品，还有《道德经》（节选）四条屏。张老客气地说："都是些旧家具，也没有收拾，大家就凑合坐吧！"

第五健他们寒暄了几句，问了问老人的饮食起居，询问张老还有没有什么困难。张老哈哈大笑，说："七老八十了，每天两顿饭而已，没什么困难。"张老夫人倒过茶之后就回里屋了。第五健说明了来意，张老又一次大笑，说："第五书记，我举双手赞成家乡发展！你们在完成我没有完成的事情，我巴不得你们快点干！但得看你们怎么干。"老人说话间，拿出了罗一楠他们做工作时的宣传单，"小家服从大家""拆除山神庙，建起幸福桥"，还有一份罗一楠的讲话稿："大叔大婶，你们信佛拜神，这没有啥不对。但那是你们个人的信仰，这办采石场、修公路、架桥是咱打柴沟人的大事情，大家一定要支持政府、支持村里，不能光顾自个儿。我也知道你们心里过不去这个坎儿，你们心里难过，大家可以把山神请回家，自己供奉着。我想神仙也是通情达理的。"第五健看着这些材料，心里忐忑不安，罗一楠脸也红了，张正良的汗水已经流到了下巴。看着窘态十足的年轻人，张老笑着说："第五书记、罗乡长，我知道你们有一股子把事情干起来的激情，年轻人激情很重要，没有激情和干劲、没有胆量，你啥时候能干成事呢？我看你们有些操之过急，就有意给你们降降温。我说得对不对，你们可以想一想，办好事也要动脑子才能办成好事，不然就操着好心把事情办坏了！两位家乡的领导，如果我话说过了，也请你们原谅、批评。"

"哪里哪里，张老您客气了！我们一定记住您的话，一定认真思考，妥善处理这件事。择机我再向您汇报。"

"都别客气啦，今天在我家吃饭，只要你们能把家乡的事情弄好。"

"张老，不麻烦您和阿姨了！"

在县委县政府的指导下，经过与张老的一番接触，第五健、罗一楠心里的疑团解开了。他们及时调整了方案，一是尊重群众意愿，采石基地后撤10里；二是保留山神庙，并维修其道路，方便群众参加宗教活动；三是成立群众监督小组，及时把群众的意见反馈上来。新方案赢得了群众的广泛拥护和支持，前任村主任王孝义还当上了监督小组组长，忙前忙后地做沟通和联系群众工作。让第五健揪心不已的打柴沟村终于要开启它新的历史了，作为这一新局面的推动者，第五健和他的同事们心里很高兴，他们仿佛看到了远方的壮丽图景，看到了富裕的打柴沟村。

一个风和日丽的日子，一面悬崖上，并排三个汉子正在实施爆破作业，张正良、张大亮、张黑蛋他们都上去了，许贵忠在下面负责警戒，第五健、罗一楠亲临现场指挥。炸药放好后，张正良、张大亮撤了下来，张黑蛋以前在别处干过，是个内行，人又有胆量，他负责点火引爆。

随着一声"点火！"的命令，"轰——""轰——"两声巨响，巨石一下子被炸得粉碎，块块碎石滚落山底，有一块碗大的石头端直落到了第五健的脚跟前。张正良眼疾手快，一把将第五健朝后拽了几米。

"怎么只响了两声？"

"哑炮？"

这时张黑蛋不顾哑炮随时爆炸的危险，再次冲向崖边查看。他想这哑炮留着总是祸害，得想办法排除掉，不然大家就会有危险。

"回来！"

"不好——黑蛋快撤！"

张黑蛋朝大家挤了挤眼睛，大声说："没事！"

话音未落，他刚一接近爆破区域，就听到了"轰隆——"一声震天动地的响声。这巨大的爆炸声把人们吓蒙了，飞石似雨，倾泻而下，第五健、张正良、张大亮等人不顾一切地朝山上冲去。

"快，救人！"

人们抬着血肉模糊的张黑蛋下来了，他被立即送往县医院抢救。

第五健这时才感觉自己的腿迈不动了，鲜血从裤管里流出，裤子都被浸透了。他竭力掩饰着这一切，他想把事情都安排好，然后再自己去处理伤口。

"第五书记，你怎么了？"罗一楠问。

"不碍事！"第五健强撑着说，"你跟着去医院看看张黑蛋，我留下善后。"

"不！"罗一楠果断地说，"快！第五书记负伤了，赶快送医院！"

罗一楠这时像一个女将军一样，率各路人马紧急处理突发事件。

经过全力抢救，张黑蛋的命保住了，省城大医院的专家给做的手术，他的头部、腿部、胸部多处受伤，失去了一条胳膊。第五健左腿被石头砸伤，缝了七八针，张正良、张大亮等人也受了轻伤。

此事非同小可，市、县两级非常重视，媒体更是持续跟进。

一时群众情绪激动，各方人士密切关注。封建迷信言论四起，说什么"神仙发怒""冲犯了龙脉遭了天谴""天意惩罚"等等。陈君梅等人借机生事，向市委告发第五健"为了政绩不顾群众死活"。还有人蠢蠢欲动，企图煽动不明真相的外村群众到省、市上访，他们声称是为了保护群众的宗教信仰，为了使山神庙这一文化遗产不受破坏。一时间夏州省的各路媒体聚焦舆次乡，他们采访知情人，了解爆炸事故过程，跟踪报道不断见报，省电视台在黄金时间"特别报道"，舆次乡这回可把天捅了个大窟窿。当第五健还躺在医院病床上的时候，罗一楠独自挑起了千钧重担。她有自己的处事原则，以女性的细心、冷静应对八方挑战，她接受省台采访时不回避、不遮掩、不推责，把事情真相告诉大家，把解决问题的方案告诉大家。她耐心地接待群众来访，争取大家的理解；对于不怀好意的寻衅滋事、胡搅蛮缠者，她绝不留情，及时联系派出所予以处置。在这段艰难的时期，罗一楠和她的同事们努力使乡上工作大局保持稳定，各项事件处理措施有序推进。随着事情的演进，县委县政府在充分了解情况的基础上，按规定处理了舆次乡打柴沟村安全生产责任事故相关责任人。第五健、罗一楠等分别受到了党纪政纪处分。第五健受记大过处分，他自请降为党委副书记，组织上没有同意，罗一楠受严重警告处分。

一场风雨过后，第五健感觉人世间的事情似乎十分微妙，不知怎么回事，他忽然想到了张增荣先生，于是专程去云中市拜访了张增荣老前辈。老书记是个人缘很不错的人，退休多年，很多晚辈还是常常去拜访他。张老对第五健出师不利表示遗憾，但他还是鼓励第五健说："屁事情都不干就没有任何错，所以干事情求发展就会有风险有阻力。就是这么个理儿。"张老懂得第五健此刻的心境，他也是从沟沟坎坎中过来的人。张老问第五健有什么打算。就此换一个地方，还是继续把打柴沟的事情干好？第五健说："哪里跌倒哪里爬起！"张老拍拍第五健的肩膀说："我支持你！有什么事情你就说，我还能动弹，能给你们出出主意、尽些力。我也有个小小的私心，就是想给我的家乡弄些实事！"

时间能抚平伤痕，日子久了，打柴沟村民的心情渐渐平复了。他们似乎回过神来了，明白发展才是硬道理，不发展一切都无从谈起。那些庄稼人求发展的心又悸动了、跳跃了，他们在村支书、主任的带领下，主动要求上级大力支持打柴沟人致富奔小康，他们想过舒心的好日子。县政府招商引资工作任务下来了，舆次乡的目标任务是争取到5000万元意向资金，当年到位资金必须达到2000万元。第五健、罗一楠发动各方力量招商引资。张增荣老爷子也出动了，他和几位舆次乡在外老干部牵头组织了"农村经济文化发展研究会"，为家乡发展献计献策，为招商引资牵线搭桥。

第十四章

　　金秋时节，东西部投资贸易洽谈会在省城国际会展中心开幕，那座椭圆形的乳白色大楼洋溢着一片欢乐祥和的商业气氛。国内外的企业家来了，各地分管招商的官员来了，媒体记者穿梭其间，市民们也来参观，都想看看今年的会议有什么亮点。此刻人们的心里风起云涌，西部大开发战略关系着西部地区的发展，也牵动着全国人民的心。作为国家的一项重大战略，东部率先发展，已经聚集了人才、资金、技术、信息、管理等多方面优势，而西部的资源丰富，发展空间广阔，环境承载量大，具有很大的发展潜力。东西部合作交流、协调发展可以实现双赢，更是国家长远发展的需要。

　　为期三天的贸洽会，迎来了八方贵客，也给西部带来了无限商机和人气。会议的最后一天，在西京商贸大厦的豪华会议厅里，故城县新闻发布会召开了，此次盛会故城县引进资金9

个亿，成为云中市招商引资最多的县。故城县成功与南方水泥集团北方建材有限公司签约，该集团将投资 5.7 亿元建设西部最大的现代化水泥生产基地；江苏扬子集团将投资 1.2 亿元与故城县合作生产矿泉水。此外还有医药、电子、旅游、乳品加工等行业的十几家企业牵手故城县，故城县成了投资创业的热土，成了加快发展的试验田，那里良好的生态环境、宽松的政策、淳朴的民风，为客商所青睐。

贸洽会让故城县成了人们瞩目的焦点、云中市的排头兵，而在故城县各乡镇各部门中，舆次乡更是一枝独秀。第五健、罗一楠的喜悦自不待言，舆次乡在招商引资工作中的突出表现引来了全县上下的目光都聚焦于他们，省市县电视台、报纸轮番采访。在庆功酒会上，刘玉周副市长亲自给他们敬酒，县委书记苗翰文亲自给他们戴大红花，那一刻第五健居然止不住激动的泪水，仿佛一切辛酸苦辣此时全都涌上了这位铮铮汉子的心头。

贸洽会其实只是表面的风光，走走程序而已，更为重要的是幕后的大量工作。本来南方水泥集团并没有看上故城县，省内先后有四五个县区争相与其谈判，而且有的还有过前期合作。按理说故城县不具备竞争优势，但第五健抱着试试看的心态，希望参与这次竞争，见识一下大场面，积累一些招大商的经验。马建海县长起初担心他们拿不下来工作，反而影响了全县任务的完成，后来在刘副市长的建议下也同意了。刘玉周副市长说："让第五健他们试试。初生牛犊不怕虎，说不定能干出个大成绩！"马县长让招商局积极配合，对接好这个项目，并且授予了第五健他们"必要时可以先行事后汇报，可以有所突破，随后规范"的尚方宝剑。第五健决心闯一闯，他仔细研究了这些年各地招商引资的情况，对那些假招商、不落地，以及那些招了商不负责到底的做法深恶痛绝。他想，老板的钱也不是泥片子，人家投资要挣钱理所当然，政府招商引资更要讲诚信讲责任讲服务，不能为了私利坑国家坑投资人，贻误当地发展良机。他知道老板创业是万般不易，找合作伙伴也如同找媳妇过日子，需要万分谨慎。第五健了解到南方水泥集团老总鲍智仁曾带人多次徒步考察了参与谈判的各县、区的山区，并有了自己的初步意向。当第五健半路杀出时，鲍智仁开始没有在意，他是个目标专一的人。第五健先后 18 次约见鲍智仁都被挡了回去，他不甘心，最后索性在鲍智仁房门外蹲守了三天三夜。在这期间鲍总的合作对象已经敲定了，他将与 B 县在贸洽会签约。第三天深夜，他才发现自己的房门外还有人守候着，他知道这人是想谈生意的。不知是于心不忍，还是命中注定的缘分，鲍智仁先生让秘书招呼第五健进了他的房间。第五健迈进了这一步，也就敲开了希望之门。鲍总的秘书说："先生，我们老总今天谈了一天，很累了，您有事情尽量简短些，时间不要超过5 分钟！"

第五健受宠若惊，他没有细看周围环境，只见倚靠在太师椅上的鲍总微闭着眼睛，轻轻招手说："上茶。"

秘书倒茶的间隙，鲍总睁开了眼睛，他目光炯炯地审视着眼前这个充满活力的年轻人。恰好此时第五健也注视着对方，当两个人的目光相遇时，都有一种似曾相识的亲切感。

寒暄片刻，第五健便表明了自己的来意。

"第五健先生，您来晚了。我可以给您透个风，我们将和B县合作。"

"首先，我祝贺鲍总！但我既然来了，还是想请您听听我们的情况，买卖不成仁义在嘛！"

面对第五健的锲而不舍，鲍智仁心里十分赞许，他饶有兴趣地说："您请讲吧。"

第五健言简意赅，从市场需求到企业运营谈南方水泥的发展，从资源环境、优惠政策到人力资源、销售市场谈故城县的情况。

鲍智仁是个精明人，他从第五健的谈话中知道故城县是这一带石料质量最好的，他想在故城县建设未来的新材料加工基地，但他需要带上专家考察。鲍总在与第五健谈话之后，就火速组织力量考察了故城县的发展环境，还与夏州省、云中市、故城县的领导进行了多次接触，并组织召开了企业发展战略研讨会，组建了南方水泥集团故城基地建设指挥部，把主要投资方向放在了故城县，B县只是他的一个分基地。

贸洽会签约时，鲍总开玩笑说："我选择在你们这里投资，主要是看你们罗女士漂亮！"

"老总过奖啦！我们这里的人喝的是'富春泉水'，女人们个个水灵！"

"哈哈哈，精彩绝伦，有些创意！以后我们的产品就叫'富春'牌水泥！"鲍智仁笑道。

"'富春'牌水泥？"

"对。"鲍总又微微颔首，然后他对第五健说，"第五书记，你很优秀，有我年轻时候的影子，执着、诚恳、勤奋，像个干事业的！"

"我比不上您呀！"第五健认真地说，"鲍总，如果还有好项目也请您给牵牵线。"

"我可以为你们牵线扬子集团。"

"太好啦！"

舆次乡招商引资大获成功，"揽金"近7亿元的消息不胫而走，打柴沟这个平静的小山村再次沸腾了，乡亲们兴奋起来了。第五健、罗一楠他们带领乡上一班人为了项目顺利推进，吃住在村子里，办公在村子里。他们和村干部勘察公路路线，开山劈石，疏通障碍，这回他们求助武警指挥学院的爆破专家，科学施工。为了支持重点招商引资项目建设，打柴沟村男女老少齐动员，都加入了修路大军，砸石工地上人声鼎沸，到处都是叮叮当当的声音。

市委市政府领导来了，县委县政府领导来了，当地驻军闻讯赶来了，附近村民也自发来参加劳动了。就这样，大约1000人的义务修路大军在荆山脚下摆开了阵势，这是十几年来少有的壮观景象。同时，市、县交通部门的铲车、挖掘机等大型机械参与了修路建设，南方水泥集团、扬子集团提供了数十辆汽车支援，社会各界以及舆次乡、打柴沟村的在外工作人员也纷纷捐资助力。

一年后，经政府投资、企业资助、社会捐款、群众集资的一条22.8公里长的双车道柏油路建成了，这条路被命名为"爱民路"。随着全县最后一个村庄打柴沟通了公路，故城县终于实现了"村村通公路"的目标。打柴沟村还新修了两座石桥，一座是阳春溪上的"幸福桥"，另一座是村口小溪上的"小康桥"。两家大型企业援建了一所学校，打柴沟村终于拥有了自己的小学，村民们敲锣打鼓地把锦旗和感谢信送到了南方水泥集团、扬子集团，感谢他们对山区教育事业的支持。南方水泥集团故城分公司基地一期工程已经竣工，高大的烟囱已经矗立在打柴沟村东边的泾河岸边，在河流的上游，打柴沟泉群附近的扬子集团故城矿泉水厂基础设施建设已经到位，正在进行设备调试。如今的打柴沟，孩子们琅琅的读书声在山间回荡，富春湖水倒映着蓝天白云，成群的牛羊在草地上吃草，多年不见的白嘴鸥、野鸭再次出现了。

1997年，香港回归祖国怀抱，举国上下欢欣鼓舞。这是一个幸运的时代，也是一个追赶潮头的时代，更是一个风流人物竞相争奇斗艳的时代。这一年，罗一氓任中共江源省委副书记、省长；李清明任岭南省委常委、组织部部长；罗一新任禹州市委书记；刘玉周任林东市委常委、组织部部长；范宏图任云中市委副书记、市委党校校长，传说他可能还要当选市长；苗翰文任云中市政协副主席；马建海接任故城县委书记，杨宏运任县委副书记、代县长。这些接踵而来的消息对于第五健来说既高兴又忧心忡忡，眼看着自己熟悉的罗一氓、李清明、刘玉周、罗一新等人一个个都去了遥远的外地，心里真有些恋恋不舍；而眼下的云中市似乎范宏图、苗翰文、陈君梅他们得势了，好在故城县还有一个干实事的马建海书记和代县长杨宏运。第五健知道马书记重实际，希望故城县有大变化，杨县长也是信心满满。想着想着，第五健笑了，心里对自己说，小人物你能干啥？大环境你变不了，小环境也不行，干好自己的事情，无愧于心足矣。

这一年，林洁的事业大踏步地前进了。明面上，她当上了市电视台副台长，被推选为省人大代表、三八红旗手、省级劳模，背地里，她还打理着"星云美乐城"的生意。她是"星云美乐城"的股东之一，尽管名义上这家商业机构有董事长、总经理、副总经理、领班，但实际上是范宏图、陈君梅、林洁这些人在后台操控，这家公司是荆山商贸集团有限责任公司的子公司。林洁自己还有一家"美娇娘"健身俱乐部，也是有人替她打理着，这个俱乐部是女性有产者联盟，这家机构集美容健身、投资理财、旅游休闲活动于一体，要成为这里的会员必须经过半年以上的培训，还必须有一定的经济实力，有人戏称她们是千万级富婆俱乐部。对自己身边的这个女人的飞速变化感到最为诧异的当数第五健了，她让第五健无法理解，一个人究竟应该走什么样的道路呢？光她自己感觉体面行吗？她能赢得大家的尊重、信赖与喜爱吗？林洁性格外向，积极发展本无可厚非，工作是生命的一部分嘛，它不仅仅是谋生的手段，同时也是为了推动社会持续发展，为了良好的社会秩序而贡献自己的光和热。第五健觉得自食其力很值得赞扬，但肆意弄权、私欲膨胀，那就会走向事物的反面。

第五健越来越觉得自己与林洁道不同，他们经常很久见不了一次面，他只是在学校看一眼孩子就悄然离开。最让他担心的是弟弟第五强与林洁走得挺近，他们可能正合作干着什么秘密事。一天，马建海书记来调研，问第五健下一步的打算。第五健滔滔不绝地讲述自己的宏伟蓝图，讲自己要如何发展舆次乡经济。马书记笑着说："你心里不能只装着你的这个舆次乡。你为什么就不考虑大一些？比如整个故城县。我只是打个比方。"哦，第五健知道了，马书记可能对自己有了想法。在乡机关灶上吃完中午饭，马书记说还有事情要赶紧回县上。临上车，他问第五健："你愿意回县委吗？想好了就回话。"

第十五章

第五健做梦也没有想到第五强承包了乡上一座荒凉的山头连同两边的沟道，面积将近 5 万亩，只需每年交 2 万元费用，承包期限 70 年。

"胆大包天！这么大的事情也不事先打个招呼！"第五健怒气冲冲地说。

"哥，争的人不少……很划算的，不信你明天看看。"

第二天，第五强带着第五健来到了荆山北麓的一个叫十里白蟒塬的地方。那里属黄土高原与关中平原的过渡地带，自然条件十分恶劣，荒沟、荒坡纵横交错，海拔 400 多米，年降水量不到 300 毫米，生态环境脆弱，水土流失严重，自然灾害频仍，是一块荒山野地。

"你准备干什么？怎么干要有规划。你资金怎么解决？劳动力怎么解决？"

"哥，我的想法简单：一是打井、种树；二是养牛、养羊；三是办奶粉厂；四是建设赛马基地。"

"不简单啊！我看呀，士别三日，当刮目相待。"

"什么也甭说，你们有钱就投过来，我干活，我……我给你们分红！"

第五健想了想说："我看是这样：一是造万亩生态林，使这里的山坡、沟道成为天然氧吧；二是植万亩经济林，种些像枣树、葡萄树等耐旱作物，同时兼营绿色无公害蔬菜、水果及高品质小麦；三是养万头奶牛、10 万只羊，全部放养在山沟；四是建设一家现代化挤奶站、一座奶粉加工厂；五是按照现代人追求的回归自然的生活理念，建设回归生活本色那样的生态体验园区，比如打造窑洞宾馆、地坑窑宾馆、农家小院宾馆、北方传统农业劳动体验基地、农耕文明博物馆、民居世界大观园，建设中华风味小吃一条街，让大城市人到这里休闲、吃喝、娱乐。"

"大哥，我咋一提个头儿你就啥都知道了？我也是这样想的。"

"这事你一个人干不了，非得合作经营，找本事大的人帮忙。"

第五强讷讷地说："有人……想投资。"

第五强没把话全说出来，但第五健知道林洁正在谋划这些事。第五健提醒弟弟要慎重行事，并劝告他："自己有一个也是自己的，别人有九个那是别人的。不要眼红人家有钱。"

第五强说："哥，我心里有数。"一听弟弟说他心里有数，第五健自己反倒觉得心中没数了。

其实这个事情已经是板上钉钉了。林洁、第五强早已和当地政府签了合作协议，第五强是承包经营者，林洁是投资商，还有其他合伙人。政府一次性收了林洁 140 万元承包款，林洁已经着手全面规划，分步实施。中央和省级农业发展项目资金也开始运作了，水利、农业、林业、扶贫等部门都开始与他们合作，主动提出投资计划，还有几家私人企业有兴趣参与开发建设。林洁和第五强他们的公司叫"云中莽原绿色生态有限责任公司"，法人代表是第五强。

第五强对第五健说："林洁的灵感来源于你的短篇小说《狼与狗》，她让西京的设计界按照这篇小说的意境设计出充满野性、灵动，释放出生机与诗意的山庄形象。她要把山庄的绿色品牌打出去，也要把你弟弟我包装成知名企业家，把山庄打造成国家 5A 级旅游景区，让大家因山庄而骄傲。"

第五强还给第五健透露了一件事情："惠英妹为家乡学校捐赠了一座教学楼，投资 120 万元呢，还引进公路项目给山庄修了柏油马路，你都看到了，看咱山庄的路变样了。你说这个惠英妹还就是神通广大，她把教学楼命名为"崇文楼"，惠子耕老先生亲笔题写。你说山庄人有福气不？出了一个好女子。"第五健察觉第五强说话遮遮掩掩，自始至终他都没有提到范宏图，但实际上这里处处有他的影子。第五健感觉自己很失败，自己的两个女人都成了人家的。好在，第五健感觉林洁和惠英妹做这两件事的出发点是好的，都是想做一些好事情。第五健始终相信她们，哪怕她们已经离自己很远。

从白蟒塬回到山庄后，第五健与父亲坐在自家炕头上进行了一次畅谈。第五强不愿意听父亲和哥哥啰啰唆唆地谈话，就独自出门了。

"健儿，你对强儿做的事情怎么看？"

"事情看起来有前景，只不过强儿恐怕啃不动。"

"强儿翻不起大浪。他就是个农民，折腾起来了算他运气好；折腾不起来，就算弄得灰头土脸，大不了再回家种地。他的那点墨水把他圈住了。你兄弟几斤几两，别人不清楚你还不清楚吗？"

"凡事要求稳健，不能胡来，也不要火中取栗，被人利用。"

父亲笑着说："强儿心地善良，他的事情，我看就由他去干吧。再说咧，弄开发这么大的事情，肯定还有主儿领着。他们也是为后山添点树木，有啥不好呢？"

第五健隐隐感觉父亲早已经同意了，而且知道弟弟的棋该怎么下。

谈了第五强承包白蟒塬的事情后，父亲又说起了他的老朋友惠子耕先生，他总是感觉第五家欠人家的情。父亲说："你惠伯人好，一家人都对咱家好，英妹的事情是你对不起人家娃在先。"

"都过去了，说那些陈年旧事有啥用？"

"唉，我们老哥儿俩都这把年纪了，我看他们父女的举动，感觉他们八成是想离开云中了，不然他急着铺路建学堂干什么呢？"

"为家乡做一点事情有什么不正常的？我没想到这一层。"

"这事你就看将来是否按我的话来了。至于你媳妇林洁，她现在做这些事，我看也是在留后路。林洁也没那么大的本事，她后边的那个大王厉害啊！"

"……"第五健听父亲说起林洁，一时无语。

"林洁在为你儿子着想，你也清醒一下，想想你们将来怎么办。"

"我感觉她的一些做法跟以前不一样了。"

"对，你这才说到点子上了。你自己得谨慎些，千万别搅进去。"

"可她与强儿在一起合伙，我替弟弟担心。"

"这个你放心，车走车路，马走马路，我跟强儿有交代。我就是担心你，让人操不尽的心啊！"

看着父亲忧心忡忡的样子，听了父亲的话，第五健越来越感觉心里不踏实，总觉得心里慌慌的。也许不久的将来又要经历一场变故吧，他的心中这样想着。

第十六章

　　又是一个金果飘香的秋天，由罗一楠带队，组织舆次乡的30多名村干部去山东省寿光市三元朱村参观学习。在出行的路上，罗一楠对参观团成员说："我们去寿光有三个任务，一是用眼睛看，好好看看这里的真实情况，回去做好群众的动员工作；二是了解科学种植蔬菜的办法，为下一步聘请技术员做准备；三是用头脑思考，借鉴人家成熟的经验，想一想我们的步子怎么走。"

　　罗一楠一行人来到享誉全国的三元朱村后，在这个以"绿色蔬菜"为名片的村子，他们知道了这张绿色名片的不平常历程——该村党支部书记王乐义在成功研制冬暖式蔬菜大棚技术之后，将技术无私传授到全国11个省、自治区、直辖市，结束了我国北方冬季吃不上新鲜蔬菜的历史，带动了全国各地以先进生产技术及装备为核心的设施农业的发展，促进了以生物农药、生物肥料、生物防治为主要内容的生态农业的发展，为亿万农民提供了一条致富增收的新途径。农民思想的转变要经历一个十分艰难的过程，当初发动农民进行产业结构调整时他们也克服了种种困难，吃了不少苦头。

罗一楠在参观结束后对大家说："应该说，我们目前的状况比寿光当年的情况要好，我们现在应该奋起直追。"

"对呀，舆次乡要给县里带个头。"

"这才是农民致富的路子。"

罗一楠又问："大家想想，这里发展得这么好，主要靠什么？"

"关键是有技术，还得有人领着干！"

"靠群众，靠发动起来的群众。"

"还有资金。"

"改变落后种植习惯。政府支持。"

就在大家七嘴八舌议论的时候，罗一楠的心绪已经飞得很远了，她非常希望寿光的技术人员能够到舆次乡传经送宝，她甚至想到了建立对口支援协作。罗一楠望着窗外整齐排列的蔬菜大棚，心想，什么时候舆次乡也能让大地披上这五彩的装饰呢？什么时候舆次乡的百姓也能成为种菜能手呢？

参观回来后，舆次乡各村干部摩拳擦掌，准备着手发展大棚蔬菜。乡党委、乡政府全力支持引导，并拿出专款聘请寿光的多名技术员进村入户服务，精心指导舆次乡的反季节大棚蔬菜生产。当时草帘子缺口较大，为解决草帘子问题，乡长罗一楠还带人到南方组织加工了一批，帮助群众解了燃眉之急。为了规范服务，乡上出台了《舆次乡关于大力发展蔬菜大棚的若干意见》及工作细则，决定全乡动员，全民动手，发展大棚菜，增加农民收入，带领群众致富奔小康。

当时是农历八月份，玉米已经接近收获时节了，但那年的玉米长势不好，玉米秆上结的玉米棒又小又瘪，很多地里的玉米秆都是空秆。为了推动大棚菜发展，罗一楠带领干部逐家逐户做工作，乡上还出台了青苗赔付办法，第一年个人免缴公粮、集体给垫缴等措施。在县、乡领导的支持下，信用社的干部上门贷款，服务到田间地头，全力以赴支持舆次蔬菜产业发展。第五健亲自带领全体乡干部下乡入户，并硬性规定每一名机关干部每周必须参加两天义务劳动，主要任务是给群众整地、栽菜苗，解决各种生产问题，提供技术服务。各村干部也是如此，必须到地头去现场指导。技术员、专家指导也是当面锣对面鼓地在田间地头解决问题，干部的表现由群众来评价，由群众来打分。在干部与群众齐心协力的努力下，全乡共建成了108座蔬菜大棚，其中桃家庄一年就建起了58座反季节蔬菜大棚。舆次乡成了全县发展大棚蔬菜的排头兵。

夏州省故城县舆次乡的设施蔬菜产业异军突起，在西部农村产生了影响，中央电视台及《人民日报》《西京日报》《云中日报》等多家媒体都报道了他们的事迹。一时间，第五健、罗一楠因发展大棚蔬菜成为省内外的大名人。

　　故城县设施大棚蔬菜的较快发展引起了社会的广泛关注，省、市有关部门高度评价他们的工作成绩。故城县的蔬菜在短短的几年时间不仅迅速被摆上了省城市民的餐桌，而且走向了全国各地市场。省歌舞剧院的艺术家还编创了以蔬菜为主题的艺术歌曲《最美的菜乡是故城》，在省电视台播放。这首歌还在西京第七届西部农业博览会上演唱。

　　春风拂面哟柳丝儿长，最亮丽的风景在故城。万亩大棚闪银光，绿油油的菜苗泛波浪。清凌凌的泾水哟红红火火的希望，蔬菜长廊里珍珠翡翠堆满筐。啊，故城，最美的菜乡，四面八方都有你绿色的嫁妆。
　　春风拂面哟柳丝儿长，最亮丽的风景在故城。青山绿水传美名，嫩生生的蔬菜富一方。亮闪闪的品牌哟风风光光的景象，蔬菜大棚里姑娘的歌声在飞扬。啊，故城，最美的菜乡，千家万户都有你绿色的梦想。

　　在博览会上，第五健遇到了不少自己家乡的熟人，他们有的是庄稼人，有的是机关干部，这些乡党希望第五健他们把大棚蔬菜的种植技术传授给北山县。面对乡党的请求，第五健赶紧笑着说："学技术随时来，我们欢迎！"
　　"故城就是能人多，你看看人家，说干啥一下子就成气候了。"
　　"第五健是咱北山人！"

"这个事就是要有个带头人。"

"对，咱们也试试，收入比种粮食能提高几倍。"

"那个女乡长也厉害。"

"漂亮得很，她还亲自在西京几个社区推介大棚蔬菜，引起轰动了。"

"像这么标致的女子，人家本身就是品牌！"

"哈哈，美女加蔬菜，能不火吗？"

"你说一样的条件，人家故城咋就火了，咱就躺着不动弹？"

"眼红有屁用，你看看西京市几个街道上的公交车、公交站广告牌上都是人家的蔬菜广告。"

"电视和报纸上的广告也被他们承包啦。我的神，这得花多少钱！"

"人家还是把钱挣咧，要不他们又没有摇钱树。"

"咱们赶紧去学学人家，也让腰包鼓起来。"

"就是的。"

第七届农博会之后，组织上选派第五健参加省委党校青年干部培训班，第五健以自己出色的工作赢得了人们的尊重和上级的肯定。一般人也知道，是金子总会发光的，第五健这个人迟早要被重用起来。

就在第五健潜心乡镇工作，沉浸在蔬菜产业取得巨大突破的喜悦之中的时候，林洁也仕途得意。随着范宏图副书记调任林东市委副书记，担任副市长、代市长，林洁也跟着沾光了，她和儿子第五远随同范宏图去了林东，而且她很快要当林东市文化和旅游局局长了。让人不可思议的是，她与范宏图就这么不明不白地在一起生活着，他们这种非正常关系已经维持了好几年。面对这么大的事情，第五健和林洁产生了严重分歧。第五健不想让儿子离开，可是自己又顾不上照顾娃；林洁说自己完全能够确保孩子学习、生活不受影响，并放言说有她照看，第五远将来考重点大学一准没问题。其实他们之间的矛盾不仅仅是孩子上学的问题，林洁与第五健的三观有了不可调和的矛盾，他们的生活产生了严重问题，第五健无法原谅林洁的不忠，林洁也看不上第五健的迂腐木讷、不谙世事，所以他们其实早就是名存实亡的夫妻，几年间他们几乎很少在一起住，偶尔在一起了也是两句话说不到一块儿就吵架，竟至第五健一听见林洁的声音就心烦，林洁一看见第五健的身影就不舒服。

在林洁打算离开云中的时候，她与第五健协议离婚，他们以最快的速度把手续办了。婚姻就如同一座山，有阴坡也有阳坡，又如一个"人"字，有一撇也有一捺；一阴一阳相互平衡，一撇一捺相互支撑，如果打破了平衡，失去了支撑，毁灭就不可避免。

离婚之后的一天，第五健去市里开会。下午看过儿子后他正欲离开，林洁回来了。她不顾儿子在场，一把拉住第五健的手说："可以住一晚吗？我有事情问你。"

第五健默不作声，他没有反对也没有任何意外的反应就糊里糊涂地留下了。那天的夜，第五健感觉很长、很郁闷。尽管林洁的床很豪华、很宽敞，足足有 70 平方米的大卧室还散发着紫罗兰香气，但所有这些似乎都更沉重地增加了第五健的痛苦。虽然离婚前的林洁和离婚后的林洁没有太大变化，但第五健在和她做爱时却感觉不到丝毫的快感。人呀，这就是情绪的反作用力，如果是动物、花草，恐怕就没这么敏感了。第五健迅速逃离了林洁的房间，在客厅沙发上躺下后就昏沉沉地睡去了。到这时，第五健似乎才真正明白了爱情的炽烈火焰熄灭后的可怕和婚姻死亡后的无尽痛苦。

与第五健和林洁息息相关的另一个女人惠英妹早在去年就离开了云中市。她和父亲惠子耕老人一道去东海生活，父女俩在那里开办了一家"惠氏书画院"。惠英妹的儿子正在东方医科大学就读，范宏图先房的女儿范倩倩在东海师范大学外语系上学。

去年惠英妹就与范宏图协议离婚了，惠英妹没有要范宏图的财产，也没有提其他任何非分要求，她只要求把儿子的姓改过来跟她姓，范宏图不答应。最后还是惠英妹让步了，她知道范宏图的隐痛。由于惠英妹并不想为难范宏图，而且还以宽容心、同情心对待他，为他着想、替他分忧，也真心实意地关心着他的女儿，范宏图虽然心里并不爱这个女人，但他无法抗拒这个女人的亲和力。他让女儿范倩倩、儿子范惠林都围着她转，使她不觉得孤独。作为补偿，范宏图给儿子、女儿在上海各买了一套房子。

正当故城县蔬菜产业蓬勃发展之时，县委马书记头脑发热，这个外号"马大棚"的故城县当家人坐不住了。他在心中盘算着自己的政绩。他让全县一齐动员大种蔬菜，每个乡镇都下达了硬性指标，每个村子都有铁任务，机关事业单位也要做示范，一个单位至少建设一座蔬菜大棚，甚至动员干部捐资种菜。对此第五健有不同意见，他主张因地制宜搞产业开发，不能不分情况一哄而上，有的乡镇处于山坡地区，缺水，土地也不肥沃，地块狭小，你让人家发展千亩蔬菜园就不合适；有的乡镇工商业发达，商业服务业基础好，你让人家种菜，那能行吗？有群众抱怨说"大棚菜把人害，光投钱没利润"，还有的群众下不了那个苦，觉得大棚里的温度太高了，种大棚菜是"用人肉换猪肉吃"。从科学的角度看，种植蔬菜需要轮作，大棚菜也需要几年就更换一次种植的地块，所以这里还存在土地流转的问题。第五健对故城蔬菜的未来表示担忧，他希望加快产业升级，生产优质生态品牌蔬菜，推行公司化、产业化、智能化发展模式，不希望违反自然规律、经济规律搞人为拔高。马建海书记没有采纳第五健的意见，他声称扩大蔬菜种植规模是压倒一切的政治任务，相信规模效益那一套，结果让故城的蔬菜产业发展走了一段弯路，出现了很多负面效应。譬如千亩机关示范园全部荒废了；有一个村子搞家家户户种大棚菜，干部强迫"五保户""贫困户"贷款种大棚菜。大棚蔬菜在不适宜的地方强行推广，非但没有产生任何效益，还对群众造成了沉重的负担，大量信用社贷款无法偿还，这些事被省电视台《百姓热线》曝光。

关于故城县蔬菜的发展方向，第五健与县委书记马建海意见相左。第五健从故城县蔬菜产业的发起人、积极推动者变成了故城县蔬菜未来发展的意见保留者、不受领导欢迎的人。马书记对第五健耿耿于怀，他一再告诫第五健不能因为过去的成绩而沾沾自喜。

第十七章

　　空气里弥漫着泥土的气味夹杂着庄稼、草木的清香，在皎洁的月光下，富春湖像少女一样沉静，有时候微风拂过，波光粼粼，鱼儿跃出水面，摇晃着金光闪闪的尾翼，搅起绿波细浪。罗一楠记得临行前，她与第五健在风景迷人的富春湖边话别，她把那段难忘的记忆装进了自己的行囊。

　　1999年夏秋之交，罗一楠走了，到云中市当团市委书记去了。不久她又作为交流干部到南方的润江市当市长助理挂职锻炼。马建海书记，这个因发展大棚蔬菜而闻名全省的故城县的当家人也当了省农业农村厅副厅长，杨宏运县长顺风顺水地接任故城县委书记。

　　自从罗一楠走了之后，第五健一直忙于他的"打柴沟旅游风景区规划"，好长时间都在山沟里泡着。他似乎要用忙碌的工作来掩饰自己苦闷的心情，实际上，他经常一个人发呆，时常忘记东西，甚至手里拿着钥匙还到处找钥匙。出现这种骑驴寻驴现象的根源在于心不在焉，他的心事太多了。第五健无法忘记与罗一楠朝夕相处的日子，更不会忘记那个如梦似幻的夜晚。

罗一楠虽然去了新的工作岗位，但她舍不得故城县这方热土，留恋这里的一草一木。她先后参加了全国青联会议、妇联会议之后，又到省委党校学习了两周，还随同团省委领导去沿海考察了浙江、福建、广东等地的经济发展情况。在那些日子里，她特别想念舆次乡那个小地方，巴不得一下子飞回到第五健的身边。他们已然是"哥们儿"了，彼此的透彻了解，有时会让人感觉无保留空间的尴尬，她隐隐约约感觉他们之间缘分的危机，在事业、前途、婚姻等问题上他们顽强地挣扎着，对事业、工作的无限忠诚、忘我地投入，对爱情的无比忠贞和完美追求，似乎是他们共同的方向；也可能因为太多的相似，使他们反而失去了互补的美感，她需要宠着自己、爱着自己的丈夫，他也渴望有一个幸福安恬的女人来温暖自己那颗失魂落魄的心。罗一楠感觉自己近乎中性的表征似乎不合第五健的口味，她甚至想到了退缩——自己后退吧，别在外边忙忙活活了，就当一个家庭主妇吧！可是内心另一个声音却说，不！第五健为什么不为了你而去当一个作家或学者，支持你呢？第五健能为了你而牺牲自己吗？他会选择你而心甘情愿地离开他的妻子林洁吗？那时罗一楠还不知第五健已经离异。就在短暂分别的那一个月，罗一楠才知道牵挂的滋味，"青青子衿，悠悠我心"，她日日夜夜都想着第五健，在梦中，她感觉第五健从背后拥抱着自己，深情地说："一楠，我们结婚吧！"在罗一楠的梦中，他们正在走向婚姻的殿堂，幸福的婚车上载着一对情侣。可是婚礼刚开始就有人把他拉走了，好像是一群妖艳无比的女人，她们忘乎所以地笑着。罗一楠失声痛哭，她疯狂地跑到了那个绿色的山顶，从那里跳了下去。啊！掉下去啦！她似乎掉入了无穷无尽的冰窖，没有尽头，没有阳光，没有声音，黑乎乎的，只是一直向下沉降、沉降，耳边风声呼呼，令人不寒而栗。

罗一楠几天前看过自己的父母，就在家里住了一宿。那天她爸爸又提到了他的学生汪小为，他是罗一楠的大学同学，北方大学国际商贸学院硕士毕业，最近又考取了留美博士，不久将赴哈佛大学深造。伯父还打电话给她介绍了几位处级干部，希望她主动见见人家。罗一楠的家庭成员中没有人希望第五健进入她的家族，第五健出身草根家庭呀，况且他还结过婚、有孩子。反观罗一楠，她的伯父曾任夏州省委副书记、省长，她的堂兄罗一岷现任江源省长，堂姐罗一新在禹州当市委书记，她的叔父一家在美国从事教学与科研。总之在罗家人眼里，第五健与罗一楠根本就不般配，其中罗一新也是竭力反对者之一，她甚至后悔自己介绍妹妹给第五健，并迁就她去了故城县。罗一楠中邪了，她谢绝了一切纷繁的教诲，逃命似的回到了舆次，她就是想第一时间对第五健倾诉自己心中的烦恼和痛苦。

汽车在进山的公路上疾驰着，罗一楠的心也好像被碾碎了。当她摇下车窗玻璃的时候，看见富春湖上自由、舒展地贴近水面飞行的水鸟，听见了画眉、斑鸠等鸟儿婉转悠扬的歌声。鸟儿啊鸟儿，你们怎么那样欢快？可我们的一楠姑娘却心事重重，她要是能像你们一样该多好啊！第五健骨子里有一种清高，一种骄傲，他欣赏徐悲鸿先生"人不可有傲气，但不可无傲骨"的箴言，罗一楠喜欢《简·爱》中的名句——"我们的精神是同等的"。第五健立志要像拿破仑、贝多芬、保尔·柯察金那样扼住命运的喉咙，他是这个物欲横流的时代少有的那种希冀成就英雄伟业的人，那种愿意为公众利益舍身忘我的人，当然他也有农民般的识见和偏狭；罗一楠则乐观、浪漫、自信，她相信奇迹，喜欢挑战，面对来自家庭的压力，她毫不畏惧，仿佛心底里总有一种你说不行而我偏不的执拗。无限的差异是多样世界的真谛，两年来，第五健和罗一楠关于乡上发展的一些决策也出现了分歧，第五健在成功面前变得有些骄傲、专断，听不进去不同意见。罗一楠主张着眼大多数农民，将工作重点转移到菜奶和养殖上；第五健却主张加强旅游开发，扩大经济规模。这些本来只是眼前和长远的区别，也不难解决、调和，但是他们却出现了少有的不和谐，他们的感情因素在吞噬着理智的思索与判断，这是他们所不愿看到的。

西山，残阳如血，天色冷清，风儿摇摆着罗一楠的裙裾，她抬眼看着遥远的天际，河流犹如一条金色的锦缎在飘动、飞舞；第五健双手叉腰，俨然一尊威风八面的兵马俑，他棱角分明，器宇轩昂，晚霞中，他的剪影，刀刻般留在了她的记忆里，她似乎有好多话想对第五健说，可到了嘴边又说不出来了。罗一楠急匆匆地回来后，就约了第五健去舆次乡最西端的打柴沟北坡一带，那里山谷清幽，树木茂盛，是一块外人很少去的荒凉之地，只有山区的人知道这条翻山路，走上两个小时就到了北山县地界。

"我……我们分手吧。"

"嗯，迟早的。"

"我们不合适。"

"唉，这个我知道。"

"你傻呀……"

她失声地伏在他肩头哭泣。他也想哭，但他没有立刻表露出来，他强压着巨大的悲痛，而此时此刻他的心里已经血泪交融，他的心口在隐隐作痛。是的，那句话，压在他心底的那句话，他一直想说……可他怕伤害她。爱呀，深沉的爱是多么折磨人！彼此都是为了对方着想，既有今日，何必当初？她终于鼓足勇气说了，她宁肯自己承担"负心"的责任，于是大家都解脱了。此刻她和他不约而同地想到了"汽笛一声肠已断，从此天涯孤旅"，想到了"桃花潭水深千尺，不及汪伦送我情"，还有那些相依相伴的日日夜夜，那些绕梁三匝的歌谣，那些曾经的依偎呢喃……唉，"曾经沧海难为水，除却巫山不是云"呀！

下山的路比上山的路还难走，人们啊！爱是把双刃剑，伤别人的同时也伤自己，但是否痛并快乐着，又有谁知道呢？一想到《上邪》中"乃敢与君绝"，罗一楠有些支撑不住了，她的泪水、汗水浸湿了衣襟，第五健一路上几乎是架着她走路的。

走了一段路，罗一楠心情渐渐平复了，她对第五健说："今晚我们就在山上吧，我想夜宿荒野，过一下原始人的生活。"

对于罗一楠的这个要求，第五健毫不犹豫地答应了，他们不顾天色已晚，又开始朝进山的方向出发。若明若暗的道路上，已经没有行人了，农人们早就赶着牲口，回到了自己山下的家里。进山的路曲曲折折，沿途松林也逐渐浓密，坡度平缓的山脊上冷风飕飕，第五健带着罗一楠登上一座山脊，又下到了一条幽静的山谷，沿着山谷的石子路穿行。过了一会儿，他们到了一处芳草萋萋的幽谷，那里地势相对平坦一些，附近的潺潺溪水流过一片石堆，漾起了一股股碧波，远远看去白花花一片。在草地与小溪流之间有一块大石，它上面平展、光洁，像一张巨大的床笫，虽然没有仙女来临，但也没有牛羊徜徉、人群吵闹。这么一处清幽圣洁之地，仿佛是上天为他们造就的婚房，这里松树的枝枝叶叶虽不古朴苍劲，也绝对称得上蓊蓊郁郁，密密实实地给他们建造了隐蔽的林中空地。在这片空地的北面、东面可以看见遥远的苍穹和斑斓的星空。在这里过夜是最理想的地方了，罗一楠看到这个场景居然咯咯地笑起来了："第五健，你怎么知道这个地方的，是否早就预谋好了？"

"哪里呀，还没有你熟知这里呢。"

第五健和罗一楠收拾着准备过夜的场地，罗一楠的旅行包里准备了很多东西，毛巾、牙具、水杯、纸等日用品，以及方便面、饼干等食品一应俱全，第五健就显得贫瘠了，他就一个军用的绿色大水壶，再就是一根精致的九节鞭，那是他的防身之器。罗一楠把那个天然石台擦拭了几遍，还在上面铺上了一条素色的小床单。第五健在溪水里把水壶灌满，又从溪水边抱来三块石头，它们大小不一，但都表面平缓可以坐，也可以作为小桌子。不仅如此，第五健还弄来了几十个色彩斑斓的小石块，有白色的、青色的、黑色的、红色的，这些可以作为观赏石，关键时候也是战斗武器。最令罗一楠感动的是这个家伙居然在山谷地带找到了兰花，他用一个有凹槽的石块，在凹陷处填上泥土，把河谷的兰花移栽在上面，这样就人造了一个景观。后来第五健还采集了新鲜的松枝、树干，把床第三面围起来了，只留下东部可以观看天空。完成这一切后，他把松树枝铺在石头上，他说这是他献给罗一楠的席梦思弹簧床，罗一楠笑着捶打他："就你鬼精，骗子！"然后两人又铺上单子，唯一的缺憾是他们没有睡袋、没有被子，夜晚也许会很冷吧。等把一切都拾掇停当，第五健已经浑身冒汗，罗一楠也感觉身子热了。这时暮色更加浓重，整个山谷完全被白蒙蒙的烟波笼罩。

"娘娘，就寝吧！"第五健俏皮地说。

"去去！傻乐吧，今天不准你上床，跪着吧！"

"嗻！遵旨——"第五健边答应边单膝跪地。

"爱卿，请起！"罗一楠嘻嘻笑着说，"快来呀！傻瓜。"

室内的夜晚是现代人所习惯的，但相比于野外的夜晚，那简直不可同日而语。无论是五星级宾馆，还是超级商城，无一例外地把人与自然隔绝了，在摩天大楼里，在豪华别墅里，在喧嚣、嘈杂、混乱、污染、蒙昧未开的城市，人几乎变成了自己的奴隶，变成了自然的敌人。城市的夜晚是何等单调、烦闷，有时候是表面浮华下的贫乏，人造的小太阳、灯景、街景晃着人类的眼睛，钢筋水泥的房子像铁链子一样禁锢了人的思维和创造力，好像人生就是为了这么一个东西而来。而在芳华凝露、繁星点点的野外，在微风怡人的旷野，黑夜轻轻地流逝着，大自然的面貌时时变幻，如山里的空气和云彩一样，清新中透露着妩媚。想一想我们的居处，四壁严严实实地包围着沙石、钢筋、砖块，墙面依附着壁纸、壁布、帷幕、帷帐，各种有毒有害的气味把我们从头到脚的每一个细胞都几乎充塞，你能不憋闷得慌吗？难怪人们都说，黑夜几乎就等于短暂的死亡。露宿野外者，你的感受如何呀——弛然而卧，恬然舒适，充满生机，如诗如梦。是啊，第五健和罗一楠在大自然的怀抱中入睡了，他们的意识世界已然融入这一片林子、这一方山水。于是他们可以整夜听闻大自然深沉酣畅的呼吸，并与之和谐同频。大自然即使在休憩的时候，也会频频回首，时刻绽放灿烂笑颜，它是通灵的，是与人息息相通的。

那一夜，第五健和罗一楠都睡得很熟，他们无拘无束地睡在夜空下，这是在他们的小院落。在人群密集的居住区，你绝对见识不了旷野的清晨，万物的世界。当金鸡第一声鸣叫响起时，大地便从睡梦中苏醒，万物一起挺直了身子；鸟儿们起来了，叫醒了贪睡的孩子；远处的犬吠声起了，羊群已经上了山冈。这片山区的清晨就如同我们的学校、幼儿园，军营的士兵，以及 8 点半以前准备开业或上班的忙碌市民、工作人员，当听到了起床的军号或哨音，士兵或者学生会快速地穿衣服、穿鞋子、扎皮带、拉拉链、系鞋带，立正——稍息！齐步——走！一二一，一二一，一二三四，而上班族也会奔跑着吃饭，飞也似的赶车、挤车。

　　一觉睡到天色微明时分，四五点钟的样子。当第五健、罗一楠睁开了惺忪的睡眼，他俩如同与禽鸟共眠的流浪汉一样，头发乱蓬蓬，还沾满了树叶。不去管它，他们赶紧起身欣赏大自然的清晨光景。虽然他们不知道大地为什么会忽然一起灵醒过来，但至少刚刚过去的一夜是他们感觉最美妙的最心旷神怡的一夜，尤其是当他们想起了自己和远远近近的生灵息息相通，远离喧嚣的尘世，放下一切羁绊，心里便充满了无限的幸福与快慰。

　　黎明时分，第五健坐在小石凳上燃起了一根烟，烟头在一明一暗闪着，罗一楠重新躺回了他们的床笫，她亮晶晶的目光注视着头顶熠熠生辉的星斗，那些明灭不定的星星，宛若一颗颗镶嵌在天幕上的璀璨宝石，但它们看起来神情怡然，是那样淡定、欣然自在而又不傲视众生，不过分炫耀自己出身上界的高贵身份。她自言自语地说："我们人是否都有一颗对应的星星？天上有多少星星，地上就有多少人。"罗一楠到底年轻，她仿佛感受了大地母亲体内所蕴蓄的激情和浪漫，她幻想着如果在深邃而浩瀚的银河边，有一方巨大的舞池，那么她将会像冰之舞者一样与第五健翩翩起舞，在银河上再划一道云烟氤氲的白练，飘舞到恋人们的心间。第五健在抽着烟卷，空气中很快有了一丝丝烟味。第五健细心谛听着露珠滑落草根的声息，分辨着溪流渐强渐弱、由远及近持续不断地漫过青石蜿蜒行进的流水淙淙声；偶尔第五健也用眼睛瞥一眼周围山坡黑魆魆的松树，松树忠诚而坚定地挺立在他们的身后，像护卫这片幽谷的卫兵。

这时第五健想起了一个故事，他问罗一楠："一楠，想啥呢？"

"没想啥。"

"我忽然想起个故事。"

"你说吧。"

第五健讲述着自己的故事，罗一楠还是静静地平躺着，像神女一样，几乎听不到她的呼吸和心跳，她深情地注视着第五健。第五健这样说——从前有一对夫妇住在一座城市，他们恩恩爱爱十年，可就是没有孩子。他们都很难过，丈夫一心想要一个自己的孩子，妻子很理解他，于是他们就准备离婚，好让丈夫与另一个女人结婚生子。离婚之前他们去拜访了当时的智者，看他有什么建议。智者说："既然你们已经决定离婚了，那就好聚好散，聚散都是缘嘛。我建议你们像当初结婚一样举办一个晚会，庆祝一下。"

对于智者的建议，这对夫妇深信不疑。他们像结婚一样举办了庆祝晚会，那天丈夫喝得酩酊大醉，他对妻子说："亲爱的，在我们分手之前，挑一件你认为最珍贵的东西，等你回你娘家住时好带上。"

在丈夫醉后呼呼大睡时，女人命仆人把他带到了她娘家，并安顿到床上。半夜丈夫醒来了。

"我这是在哪儿？"

"在我娘家。你不是让我带上自己认为最珍贵的吗，这世界上有什么比你还珍贵呢？"

丈夫为妻子的爱情所感动，决定维持婚姻，从此他们继续幸福地生活在一起。

罗一楠微微笑了笑说："我不会离开你的，我的爱，一辈子都在你身边。"

第五健与罗一楠并排躺在一起，他们在那一方石头上窃窃私语、亲密无间。阵阵清风不时掠过这片林地，爽冽的气息、迷人的氛围几乎超越了第五健曾经在山外所见的一切美。在第五健的眼里，京城人太多、风沙太大，东海市只不过是个海滩，香港的道路有些狭窄，西京人看重房子和衣着。人头攒动的大型集会、夜总会、表演活动、节日庆典、庙会宗教活动，那些夜不归宿的夜游人、大学生、老板、打工者、自由职业者，鱼龙混杂、热火朝天的演艺圈、体育圈、书画圈，空气污浊、乌烟瘴气的洗浴中心、洗发廊、洗脚屋、小旅馆。第五健庆幸自己一念之间，得以享受如此恬静旷达、超然物外的仙境。在一个不经意的瞬间，第五健甚至狂妄地宣称自己发现了通往宇宙人生的真理，那就是人与自然和谐共生，回归自然。这是村夫莽汉、山野之人尽人皆知的道理，千百年来却屡屡被掩盖和歪曲，不为外人所知。试想想，达摩祖师面壁九年，玄奘法师西天取经风餐露宿，老子、孔子等圣哲，哪一个是居住于精舍美宅而得真经，哪一个不在自然中摔打、浸润？而我们一些所谓的政治家、经济学家却一再追求消灭野狼谷，灭绝大自然，全面人工化，然后向天空移民，再造一个地球，这简直是对全人类的犯罪。

第五健的意识还在漫无目标地飞快旋转着，这时他吻了吻罗一楠，甚至他的内心深处都漾起了一种小小的得意。在他这个年龄，这样的遭际下，居然还赢得了仙女的芳心。在灿烂的星光下，在明月清风的幽谷，在绚丽多姿的黎明之际，他的伴侣就躺在身边，他想此生今世能和一位自己挚爱的女子同宿于露天，实乃最纯真、最美好、最自由的生活，是他前世修来的福报，是上天的馈赠。

在第五健和罗一楠的窃窃私语中、遐想中，东方地平线上出现了一抹晨曦，东边的天际一大块橙色、红色、紫色、白色的云团镀上了一层金辉，妩媚的白昼翩然而至，天光由晦暗转向明净，给万物注入了生机，给生命注入了和畅的气息，也使第五健、罗一楠感受到了未曾有过的欢畅和清新。啊！一个新的日子开启了。

有一天午后，习惯每天小睡一会儿的第五健正在屋子里休息，弟弟第五强来了。第五强说："大舅家又要过事了，准备给妗子过三年。"

第五健打着哈欠问:"啊——你吃过饭了吗?"

"吃了。后天的事,你要是有空就去看看。"

"知道了。强儿,你们先一天晚上来,我安排那些事情。你们人来就行,叫妈不要激动,她血压有些问题。"

第五健的妗子第五春于1996年秋季去世,当时她的丈夫张小亮在外边给人打工,儿子、儿媳也在外地打工。那一年她儿子刚把孙子转到他们打工的地方去上学,家里就剩第五春一个人,按理说可以享几天清福了,没承想有一天第五春睡了一个晚上,突然就没呼吸了。一周后等人们发现时,她的尸体已经有味道了。开始邻居几天都不见第五春的面,心想她也许是走亲戚去了。又过了几天,有人找她时发现门从里面关着。那人心生疑虑,就从邻居家过去,想了解下情况——哎呀!那人大吃一惊,老婆子已经死在了炕上,人都硬了。第五春去世时年仅57岁,转眼间就过去三年了。按照故城的习俗,过三年跟埋葬时礼数差不多,还是要穿白戴孝,花圈、纸扎、吃桌一应俱全。如果立碑还要唱大戏,这就复杂些,人员客主更多,需要组成执事人员团队,由大总管统一管理,主人家主要是负责迎来送往,以及在各种礼节上多操心。由于第五春去世早,而且死得可怜,她一辈子吃苦受累,没享一天福,亲戚朋友、家里姊妹,以及儿女都过意不去,大家主张热热闹闹给她过个三年,立块碑,演两天三晚上大戏,请全村老老少少看戏、吃席。

第五健的大舅家在故城县城关镇南柳村。第五春的两个妹妹都是西京著名演员，第五夏在省戏曲研究院工作，丈夫是文化厅干部；第五秋在易俗社剧团，丈夫是省军区军官。她们主张把事情过热闹些，并把省戏曲研究院剧团请来了，还请了省内的著名演员出演，任哲中、全巧民、郭明霞、李爱琴、郝彩凤、刘茹慧等名演齐集故城同台献艺。由于第五健在故城县任职，县剧团也参与了演出，县电影公司放映了几部电影，县公安局负责维持秩序，镇政府、村委会也派人过来帮忙。过事的那几天，南柳村广场人山人海，大家拥挤着看名演员的演出，第五健很多年没见过这样火爆的场面了。

看戏的人太多了，上厕所成了大问题。在张小亮的右隔壁住着一户人家，房屋比张家气派，庄基也宽敞，有五六分地大，两家中间有一条小过道，可以直接通到后边地里。晚上看戏的人没有地方上厕所，就跑到那条过道处解手了。这下子可热闹了，张家房子是新盖的，墙体也是砖墙；他家隔壁是古色古香的旧院落，是一座设计精美的北方四合院，只不过周围界墙的墙体为砖包土坯混合墙。上厕所的人多，尿水横流、臭气熏天不说，最要紧的是隔壁的墙体老旧，自然受了影响。那家的老爷子是名退休老教师，他看着这种尴尬的情形，就用大毛笔在墙上留诗一首作为劝诫。那首风趣的打油诗这样说："列位乡党听端详，将心比心都一样。此地不是你家房，好比你家祖宗堂。平日不知敬父母，老了摆个大排场。呼喊一声你的娘，两眼哭得泪汪汪！"此诗一出还真有用，人们不好意思啊，去的人就少多了。张家人一看自己家过事影响了邻居，就赶紧在那里设置了一块木板把过道全部堵死了，免得大家都难堪。

第一天还算顺利，人来人往，井井有条，远近乡邻络绎不绝。第五健外公家在故城县虽然是外来户，但后辈们比较争气，出了不少人才。那天林洁回来了，她已经当上了林东市文化和旅游局局长，她儿子第五远也回来了，与他们一同回来的还有现在已经是林东市市长的范宏图。当然林洁是双重身份，从娘家来说，第五春家是她姑婆家；从前夫家来说，第五春家又是她大舅家，第五春招的上门女婿就是第五健的大舅张小亮。第五健兄弟姐妹四个都来了，除了弟弟第五强一家外，妹妹第五敏、第五惠也带着女婿、孩子来了。看着儿子第五远，第五健心里有些难受，自己的骨肉却几乎见不到面。第五远到底大了，懂事了，他主动上前与姑姑、姑父、叔父、婶婶们打招呼。就在这一天，几家重要亲戚为了出礼钱发生了矛盾。第五春的两个妹子说鉴于姐姐的不幸离世，她们想多表达一点心意，请大家谅解，她们每人多出一点钱。第五健还没有说话，第五强就率先放炮了："咋了，你们都是当官的有钱，欺负农民呢？你说一家多少？什么当姑的，我不认，我还是外甥！"

"强儿，你听姑说，你们就一家200元标准，我们姊妹500元。"

"我不同意！我看一家5000元，我们兄弟姐妹四家共2万元。说好了咱就回家拿钱！"

"大嫂，你来掏钱，你也是第五家的媳妇。"

"强儿，我掏钱也只替你哥掏。"

"不不，你是大款，你全部垫上，随后还你。"

"你个无赖！"

第五健始终没有说话，他知道第五夏、第五秋是做样子的。其实早上第五健已经将3万元亲手交给了记账先生，他特别叮咛不要张扬出去，按官礼只写100元就可以，但名字要把第五健兄弟姐妹四个全写上。他只想让舅舅家的事平安过去就心满意足了。林洁知道前夫第五健做事大度也实在，按照他的做事风格也许早就安排好一切了，用不着大家在这里磨牙。林洁也是个大方人，她把2万元交给了记账先生，并交代说记到第五健家名下，她是第五健家的媳妇。大总管找到第五健问究竟，第五健说各人尽各人的心，这个事千万不要声张，礼钱多少是个够？要顾全大局。就这样，第五健按照父母的意愿，把大部分事情都扛下来了，他舅的孩子没有实力，顶不住事情，他不能让故城县的人笑话。第五春舅母的两个妹妹最后每人给姐姐上了500元礼钱。这也是她们的心意，别人不好多说什么，但第五强似乎还不服气，嘟囔着说："还亲姐妹，一个娘胎所生，小气鬼！"

这边，亲戚们为礼钱正在争多论少；那边场地上，老门正在地上打滚哭闹。原来司机发现林洁的宝马车被人划了一道印，有人看见刚才老门手里拿着一个肉夹馍边走边吃着从此经过，司机便断定是老门干的。老门捶胸顿足，哭喊不已，他高声呼喊冤屈："婆呀婆呀，你的魂灵在……在上，我……我若有半句假话，天理不容！"

"人证物证俱在，你还抵赖！你说咋办！"

"我没……没干！你冤枉人！"

"我不打你狗日的，你就不认账！"司机揪住老门就要动手。

"住手！"

"不要欺负可怜人！"

司机还愤愤不平，口里不住地嘟囔着，但不得不停手了。他见围拢的人越来越多，只好灰溜溜地走了。

老门一骨碌爬起来，抹着眼泪，嘴里还咕哝着："冤枉人！老……老天做证，明……明天下大雨，下大雨！"

第二天，也就是过事的正日子，那天几顶大帐篷里大师傅正在准备中午饭，广场上戏才开了半个小时，天空中没有一点要下雨的迹象，天色有些灰暗，但云层并不厚，可以说微风不起，只是空气让人感觉憋闷。忽然，狂风四起，暴雨如注，雨声风声吼成了一片，那倾盆大雨一下子就把广场淹了。不一会儿，地势较低的广场区域，积水已经超过人的膝盖，大帐篷里的锅碗瓢盆、菜蔬水果统统被水冲走了。人们抱头鼠窜，屋檐下站满了人，广场附近家家户户的屋里屋外到处都是避雨的人。

这场暴雨大得出奇，多年不遇，而且来得突然，去得也利索，20分钟之后就雨过天晴了。但降水量很大，到处是哗啦哗啦的流水声，一些低洼地段，车辆几乎无法通行。红白喜事讲究个时辰，但遇到这种情况也是天意，人们无能为力。大约3小时后，路上基本可以行走了，这时大家才到墓地去进行了祭奠仪式。昨天的墓碑基座已经凝固好了，基本无影响，墓碑也顺利立成，一切总算过去了。

　　舅母第五春的三年就这样磕磕绊绊地过了，第五健心里很是不安。儿子第五远回了趟北山县看望了爷爷、奶奶，还算娃有孝心。第五远军训刚结束，正好在家休息，就赶上了妗婆过三年。第五强趁着这个机会邀请大家去他的白蟒塬参观，他管吃管住管旅游。在那里，第五健发现弟弟的项目进展飞速，他已经建起了一栋三层办公楼，一个饲养基地，打了两眼机井，平整了一条沟道，改造了 5000 多亩土地，绿化了近千亩荒山。第五强说："林洁等人的投资已经超过 3500 万元！"

　　现在云中莽塬绿色生态有限责任公司已经有了办公的地方，添置了两辆汽车，一辆三菱越野，一辆东风大卡，还招聘了十几个园艺学、畜牧学专业的大专生。第五强的办公室很大，比第五健的阔气很多，他的桌椅板凳都是崭新锃亮的。这是第五强干的事情吗？第五健简直不敢相信眼前的事实。后来他又听说林洁经常回来亲自督战，她从树苗采购到栽种，从项目规划设计到具体施工几乎全程监管，第五强基本就是协助她完成各项工作。第五强的另一个重要任务就是负责公司的安全保卫工作，监管人员到岗，晚上值班巡逻。

　　一年以后，第五健还在他的舆次乡做事情。在这一段时间，罗一楠到中央党校读研究生了，而她的父母则回了四川成都，老人希望在那里定居。罗一楠曾想跟随老人回四川，但她最终还是选择留在云中。2002年秋季，罗一楠获得中央党校硕士研究生学位，随后被任命为云中市委常委、副市长，她是云中市级班子里最年轻的干部。

第五强现在已是省人大代表、省劳模了，在林洁的策划指导下，他的造绿计划正如火如荼地开展着，省、市、县政府机关的绿化基地设在了白蟒塬，国家林业局的示范基地设在了白蟒塬，副国级的领导都来视察指导第五强的荒山荒坡绿化事业。第五强"当代愚公"的形象正在树立。第五强有了名望、地位，也有了些钱财，就翘尾巴了，看不上自己的妻子了，嫌弃她没文化、不时髦，拿不出手。第五强与他的秘书兼办公室主任好上了，父母骂他、第五健劝他，都无济于事。他干脆就住在白蟒塬上不回家了，他说："你们的媳妇个个都是大学生，都有文化，多好啊。咱这个没文化的也想要个有文化的嘛。"第五强最后还是和他的媳妇王小凤离婚了，他娶了秘书严晓莲。第五健不知道弟弟的选择是福还是祸，但王小凤还住在老家，她离婚不离家，依然照顾着第五强的父母，依然是这个大家庭中的成员。

第十八章

2002 年冬季，有一天《夏州日报》、夏州电视台等媒体曝光了故城县舆次乡中心苗圃种苗以次充好的严重问题。该苗圃承诺给群众提供进口西红柿种苗，结果却换成了其他种苗，致使群众蔬菜减产，造成严重损失。

第二天，一些不明真相的群众把自己地里的西红柿收集起来，用架子车拉到乡政府示威，一些不会侍弄蔬菜、根本就没有使用该类种苗的人也来浑水摸鱼。群众中看热闹的更是成群结队，反正西红柿收成不好的，不管什么原因都怪到种子上来了。

第五健耐心地给大家解释，他用麦克风高声说："请大家相信政府，我第五健跑不了，我会给大家一个交代的！我们一定会查清问题，对个别害群之马一定严肃处理，对群众的损失乡政府会做出补偿，请大家放心！"

看来第五健不知是得罪了哪路神仙，舆次乡又一次引起了社会的关注。不过事情慢慢有了转机，有了第五健的正面回应，有了乡政府干部的分头工作，聚集的群众纷纷散去，大家边走边议论。

"个别人日的鬼。"

"舆次乡这个猴不好耍呀。"

"可不是，群众一茬子菜瞎咧！"

"第五书记呀，你得把那些害群之马好好治一治，不然老百姓就没法活了！"

"便宜没好货，我看进口的种子保险。"

"包皮货，咱谁知道种子的瞎好？"

"总得有个管用的办法吧？要不然这个事情还会发生。"

"干脆就上公安局，不信制不住那些人咧！"

一天晌午，县委书记杨宏运紧急找来第五健。第五健刚一跨进书记办公室，杨书记就黑着脸对他说："第五健呀第五健，你也是见过大世面的人呀，咋把这么点事儿都抹不平？你们派人看住那些闹事的人不就对了？贴大字报，他们贴，你们就揭嘛，怕啥？你看看现在……捅到省上了，谁还有啥办法呢？"

"杨书记，我……没把工作做好，给县上和领导丢脸了。"

"嗯。"

第五健局促不安地站着，像一名犯了错的小学生。那会儿的他，后脑勺直冒冷汗，脸色煞白煞白的，甚是难看，面部肌肉也不自觉地抽搐着。骤然间，尴尬、羞愧、自责等多重感觉一下子袭上了他的心头。

"你坐下，坐下说话。"杨书记点着了一根香烟，然后慢悠悠地说，"麻烦是你们惹下的，还得你们自己处理。"

"杨书记，你放心，我会处理好的。"

"嗯……你还有事吗？"杨书记面无表情地说，"你走吧，我还有个会。"

第五健小心翼翼地退了出来，他不知道自己是怎么走出那间令人窒息的办公室的。他的脑子里一片混乱，回到机关后，第五健一头钻进了房间，蒙头大睡。他头昏脑涨，心似浪翻，他感觉自己仿佛是第一次走进那个陌生的村庄，啊，那是他家乡的屋舍，又好似打柴沟的村巷，看着横七竖八地堆放在柴房的那些物件，第五健心里阵阵泛酸，那里有取暖做饭的铁炉子、核桃木案板、大小不一的锅碗瓢盆、大立柜、床头柜、桌椅、沙发，还有粮食、农具、木材……深夜，残雪在已经融化了的黄土地上与月光相映，显得更明亮。第五健莫名其妙地走到了柴房门外，他仿佛听到那些东西开始说话了。一盘石磨先开口说："你们知道吗？我可是老功臣了，给他们家几代人干活，给他们磨小麦、玉米。眼看着就要退休了，人家现在用电磨了。有时候我就说，人呀，你们也不要忘恩负义，你们扪心自问，我们对你们可是不薄呀，要是掉个过儿，把你们的肉体、灵魂撕裂开了，在磨上磨，你们看看受不受得了！"这时，案板、锅碗瓢盆以及杂七杂八的东西都开腔发言了："我们的主人呀，你给我们痛苦，用菜刀凶狠地剁我们，还不许我们喊叫一声，这公平吗？""你们烤我们，就好像我们就丝毫没有痛苦。你们用炭火、用煤气、用电烤我们，有时候把水都烧干了，你们还在一直烤着我们，你们就一点也不感觉脸红？！""就是的，如果把你们架在炭火上烤，让你们体验这种痛苦，你们愿意吗？""你们也太自以为是了，以为自己什么都可以办到，其实离开了我们，你们将寸步难行！"

奥次乡这回闯大祸了，省政府授权媒体公布了一批计生黄牌警告乡镇，奥次乡榜上有名。在全县计生工作大会上，县委县政府给奥次乡发了一个黑牌，并罚款 3 万元。乡上没有钱，第五健当场打了欠条。新的危机来临了，第五健面临更加严峻的考验。新任乡长陈松岭借口有病，迟迟不上班，他怕蹚这浑水。要看第五健笑话的人更是喜出望外，巴不得他出事情。

在通往下马杨家的乡村道路上，第五健带人正准备去解决一件棘手的事情，给云中市委组织部常务副部长翁世才的大妹妹翁彩梅做绝育手术。翁世才的大姐夫就是林东市委副书记、市长范宏图。真是冤家路窄，躲都躲不过去，第五健现在是左右为难、进退维谷。他们刚一走进翁家大门，就被人劈头盖脸地骂上了。翁彩梅躲藏在娘家，往常只要报出哥哥的名号，那些县、乡干部没有不畏惧的，这回还真有个吃了熊心豹子胆的来了，也不照照镜子！

"你弄啥的？"

"这是第五书记！"

"我管你狗书记还是驴书记，不许在我家里拉人！"翁彩梅的小妹翁亚梅很不客气地一马挡定。

"这是你姐姐的事情，你不要管了！"

"你也是国家干部，难道不懂政策？"第五健他们七嘴八舌说着这个在县税务局工作的翁亚梅。

"都给我滚出去！"翁亚梅大声吼叫着。

第五健灰头土脸地出来了，几个副职愤愤不平，决心强行解决这件事情，便再次冲进去把翁彩梅拽走了。翁亚梅疯也似的抄小道跑过来，她堵在第五健的小车前面，第五健刚一下车她就扑过去撕扯住他。见第五健有所顾忌，她更是得寸进尺，开始没羞没臊地撒泼了，只见她跪下身子一把抱住第五健的腿，还抓住他的要命处使劲地捏。第五健羞愤交加，奋力想掰开她的手，但她非但不松手，反而狠狠地咬伤了他的手。

看来这回第五健摊上大事了，即便他浑身是嘴也说不清咧！有人说他胆大妄为，打击报复，竟然敢在太岁头上动土；也有人说他是"见了群众浑身都是本事，见了歪人、恶人、干部家属就是不行咧"。

陈君梅私下里有一股势力，她可是云中市地面的重量级人物。听说市委常委、市委政法委书记黄新民要调走了，陈君梅打起了自己的盘算，她想尽快给外甥余兴盛减刑，就约请黄新民吃饭说事。黄新民是范宏图的关系户，他在云中市跟陈君梅相处得不错，陈君梅时常给他好处，他也照顾了陈君梅不少事情。

这天下午，在云都帝豪大酒店的 7 号雅间里，陈君梅、翁世才等人陪同黄新民吃饭。席间，喝得醉醺醺的黄新民拍着胸脯说这事包在他身上了，陈君梅满意地笑了。

与此同时，在云都帝豪大酒店 6 号雅间里，第五健、罗一楠正在邀请张增荣等云中市的故城籍、北山籍老干部吃饭。张老建议第五健离开故城回到市里，随便在哪个部门工作就行了。第五健说自己有些不甘心，还想搏一搏。

云都帝豪大酒店是高档酒店，在这里就餐的都绝非等闲之辈。不知谁传出去的消息，黄新民知道隔壁的情况后立即过来给老领导敬酒，陈君梅也热情地给老首长们赠送"星云美乐城"的金卡。

从帝豪出来，第五健询问几位老领导："要不要去泡个脚？"

张增荣说："不麻烦你们啦，不必咧！"

司机送走了老领导，罗一楠对第五健说："你，要不泡泡脚？"

"哎呀，算了。"第五健讷讷地说。

"今天我请客，想必先生这些日子憋屈坏了。"

"好呀！"

第五健和罗一楠走进了"星云美乐城"，陈君梅第一时间就知道了这个信息，打招呼让人好好招待他们。

凌晨1点半，省公安厅扫黄打非"雷霆行动"突击检查了"星

云美乐城"。据说这是公安部统一部署，各省市交叉使用警力
采取的果断行动。就在那天晚上，陈君梅给黄新民精挑细选的
那个年轻漂亮的外乡女孩在疯狂做爱时因突发心脏病死了，就
这样，黄新民被抓了个正着。结果导致了云中市政坛的一次大
地震，黄新民等几名干部被免职，陈君梅的"星云美乐城"被
查封。

"星云美乐城"一向生意红火，平安无事，为什么第五健
一来就出了这么大的事情？这能不让陈君梅心生疑虑而记恨在
心吗？陈君梅一直跟第五健过不去，她外甥余兴盛更是对第五
健恨之入骨，他们的明争暗斗一直没有停止过。

其实三年前，就在第五健将要被提拔之时，就是因为有人
向组织部门、纪检部门告发第五健所谓作风问题而搁置下来了。
上级对这些情况是不清楚的，等问题弄清后早已时过境迁了。
对此，第五健的父亲曾提醒儿子："健儿，你就是命不好，一
提拔就准出事情。看来还是默不作声的好，干好你的本职工作。"

"星云美乐城"的事情虽然让陈君梅心痛不已，但她不敢
吱声，小心翼翼地做着善后工作。正在这时，舆次乡的陈松岭
给陈君梅送了20万元，他想当乡党委书记。陈君梅疏通了云
中市委某领导的关系，市委某领导就给故城县委打招呼，县委
书记杨宏运扛不住上边的压力，就决定调整陈松岭的职位。就
这样，决定第五健命运的县委红头文件下发了，他的乡党委书
记被免，调回县里任职。

第五健离开舆次乡的那天，乡亲们自发地来了，有好几百

人，打柴沟、桃家村、白家寨等村子的支书、主任带着不少群众来了。

"第五书记你是好人！"

"第五书记你不要走！"

"天地做证，第五书记没错——"

"书记呀，我们惦记着你，常回来看看！"

第五健的心头滚起一阵热浪，他的眼睛湿润了，他在心里反复说着这样的话："父老乡亲呀，你们就是我第五健的衣食父母，你们心里有我比什么都好！"汽车开动的一刹那，有人"哇"的一声哭开了，不断喊着："第五书记——"

第十九章

第五健回到了县城工作，担任了县人大常委会副主任，他转了一个大圈，似乎又回到了原点。也许是年龄的原因吧，他明显感觉到自己体力下降了，他的眼睛开始有些发花，白发也增添了不少。第五健现在经常住在云中市，他和罗一楠终于走到一起了。双方家人开始都不同意他们的结合，认为这是胡闹。后来他们还是认可了，因为罗一楠早就与第五健相爱了。罗一楠毕竟是个女人，她在那个令他心醉神迷的山脚下与第五健缠绵过，她辗转多地，无论走到哪里都一直没有忘记第五健。他们祸福与共，命运相关。2003 年年底，大龄产妇罗一楠冒着生命危险在云中市剖宫产生下了儿子第五明。大家说第五健官场失意，情场得意，赢得美人心，喜得贵子，此生足矣！第二年，罗一楠雇了保姆料理家务，自己很快又投入了工作。她是一个热爱工作的人，她不可能把自己完完全全变成一个家庭主妇，因为她是党的干部，还有很多事情在等着她去处理。有时候她感觉自己的命运似乎不完全属于自己，她是有社会使命感的女人，是注定要为这个社会做事情的。

　　罗一楠星期一早上要开会，就回云中市了。第五健也随同县人大常委会主任甄富兴一起到省城去办事。在路上，第五健接到了第五强一个电话，原来他弟弟购买设备的 150 万元被人骗了！第五健心里咯噔一下子，这小子又捅娄子了。后边的事情他指望第五健哩，免不了啊，第五健又要给第五强擦屁股，帮他摆平这堆烂事情了。

　　"甄主任，事情紧迫，我得请一周假，帮弟弟解决点私事。"

　　"行，有事情你就忙你的，如果有什么需要我帮忙的你招呼一声。"

　　"谢谢领导！到时候再说，我先摸个底。"

　　第二天，第五健便着手处理弟弟的事情。他先回到北山找弟弟，查看合同协议，了解签约背景。第五强支支吾吾说不清楚，只说是他的一个朋友介绍的，人家是禹州人。第五健又问林洁知道这些吗，弟弟说林洁只对她点头的事负责，至于第五强惹出什么麻烦自己解决。第五健知道弟弟与林洁之间有了矛盾，要不就是林洁故意耍心眼，给第五强好看。第五健又去咨询了律师，看此类事情如何解决，他想听听专业人士的意见。第五健连老家都顾不上回就星夜赶赴禹州，一路上由一名司机和第五强换着开车，第五健在后边睡大觉。

罗一新在禹州大酒店接待了第五健一行，并安排他们住宿。晚上罗一新在酒店洗浴中心招待第五健，她说："你第五健有本事啊，现在是两个身份，一个是老同学，一个是妹夫。"

"行啦，你少挖苦几句吧。"

"哼，你到底把我们老罗家的女子弄到手了。"

"你这是什么话？怎么话一到你嘴里就变味咧？"

"我说得不对吗？你喜欢无知少女，看人家善良，你就胆大妄为。"

"我比窦娥还要冤，别人不知道你还不知道？"

"我知道什么？我知道我的同学、好友，半辈子什么都干不好，还整了三个女人！"

"好你个罗一新！"

"你跟我急？你该叫我大姐！懂吗？"

"好啦，我的罗大书记，你就给我留点面子。我的姐姐，我这是不得已呀，我有苦衷！"

"什么苦衷？被爱情冲昏了头脑吧？"

"对对对！"

"一楠咋样？"

"好着哩，老罗家的人个个OK（很好）！"

"你就贫吧！"

第五健知道罗一新的感受，他承认自己的感性和任性让大家不能理解，但他爱罗一楠是真心实意的，没有丝毫掺假。

正在这时，罗一楠来电话了，跟她姐叽咕了半晌。女人打电话就是啰唆。

罗一新听过电话后才恢复了庄重的神色，她认真地跟第五健讨论这件事情。后来他们商定先找到那个骗子，然后再议对策。另外她还有一个计划——在北山县合作建厂，由禹州市大刚乳业集团投资建设，并负责购置设备、乳品生产与经销；第五强负责土地、奶源基地，其他不用多费心。第五健说："希望县领导参与，就是有个仪式，也算招商引资。"

罗一新笑着说："处江湖之远则忧其君。你的家乡与你还有关系吗？你看看你都成什么样子了？重色轻友，你为了我妹妹，把我们多年的情分都不顾了，直到现在我还是反对你们这桩婚姻！"

"先天下之忧而忧，后天下之乐而乐。"

"你就乐吧，有你忧愁的时候，到时候别来烦我！"罗一新说，"不数说你了。这样吧，先与大刚乳业老总见见面，然后再参观大刚乳业集团。具体你们谈，我就不介入了。"

"罗一新，你还真来劲啦？你得陪我。"

"行行，你第五厉害！"

罗一新陪同第五健一行考察了大刚乳业，参观了他们的无菌化生产车间、挤奶站，进门消毒，全过程标准化、无菌化生产。大刚乳业是大品牌，全国前十名的地位。第五健对这个现代企业很感兴趣，他们的管理模式、运营流程都很高效、科学。

第五健请云中市委市政府领导、北山县委县政府领导参加在禹州市举办的大刚乳业北山分公司合作项目签字仪式，一个投资 2000 万元的项目成功落户北山县。中国农业银行北山县支行也作为投资方参与项目，首期投资 150 万元，作为大刚乳业项目启动资金。第五强的后顾之忧解除了，他还成了分公司的副总经理。

与此同时，罗一新让人暗中调查第五强被骗的事情，后来警方在新疆抓获了犯罪嫌疑人梁某。该嫌疑人曾是大刚乳业采购人员，此人经常行骗，扰乱正常经济秩序，已经涉嫌犯罪，被公司开除后流窜社会，继续做违法乱纪之事。经查，他骗取第五强的 150 万元已经转移至外地，大部分未用，公安机关成功追回了 130 多万元。

第二十章

风雨凄凄，鸡鸣喈喈。既见君子，云胡不夷？

风雨潇潇，鸡鸣胶胶。既见君子，云胡不瘳？

风雨如晦，鸡鸣不已。既见君子，云胡不喜？

2004 年年三十晚，于小叶打来电话，第五健一听声音就知道是她，多么熟悉的声音啊！他们竟然聊了 1 小时 40 多分钟，直到第五健的手机没电了。于小叶现在在某军区后勤部工作，丈夫是团级干部，据说很快要升副师级了，她有个女儿。于小叶要在西京医科大学附属医院住院了，她年纪轻轻就患上了乳腺癌，已经到了晚期。她对第五健隐瞒病情，只说自己出差路过，想见见第五健，第五健愉快地见了她。他们在西京约了几个同学开开心心地玩了几天。不知怎么的，妻子罗一楠知道了这些。这些日子罗一楠对第五健很有意见，说第五健不忠诚。

其实是第五健的一个朋友出卖了他，还说他亲眼看见第五健与于小叶拥抱了。

夏秋之交，于小叶带着丈夫和孩子来了，认了第五健这个哥哥，也化解了第五健夫妻之间的矛盾。当罗一楠知道第五健和于小叶确实没有什么旧情复燃的迹象的时候，她这才心安了，生活终于回归正常。其实罗一楠也知道于小叶是重病晚期的人了，她的日子正在一天天减少，这就如同佛国所谓的生命递减规律。于小叶曾亲口对罗一楠说："在这个世界上，我忘不了三个男人，他们一个给了我生命，一个给了我爱情，一个给了我家庭，他们都是我生命中的一部分。"当然，罗一楠知道于小叶说的是爸爸、恋人、爱人，这几乎是所有人都面临的问题，可是于小叶的恋人千不该万不该是第五健。作为第五健的妻子，罗一楠心里总感觉怪怪的，很不自在。

第五健和于小叶两家人在一起吃饭、游览、照相，他们快快乐乐，如兄弟姐妹一般亲热。

于小叶走了，回到自己的生活地了。第五健失魂落魄，他的眼窝似乎都深深地凹陷了，眼神也失去了几分光彩，面貌似乎苍老了几岁。你看，一个人对另一个人的影响有多大？问世间情是何物，直教生死相许？爱情啊，真不是个好割舍的东西。

一天夜里，第五健与妻子的生活进行曲过后，他舔着嘴唇，胜利者一般笑着，罗一楠索性赤身裸体拥抱着丈夫。

第五健说："凡事皆有定数，天下万物皆有定时。"

"啥定数、定时的？你个鬼就不定时，想咋样就咋样，害得我心里闹得慌。"

"哈哈哈！"

"你笑！问你个事。"

"啥事？"

"一个人的性格怎么判断呢？"

第五健略微思索了会儿说："看他喝醉酒时的样子，看他愤怒时的样子，看他花钱时的样子，看他在危险时刻的表现。从这些方面判断他的性格。"

第五健说着话，罗一楠眯着眼睛，静静谛听。过了一会儿，第五健还在侃侃而谈，罗一楠用嘴唇亲了亲第五健的肌肤，仔细感受她男人说话时呼出的微微气息。她纳闷第五健这人怎么这么精明，天上地下好像都了解一些，可就是上不了大台面，他的命运究竟是什么呢？他是文曲星还是滚刀肉？他说生有时，死有时；拆毁有时，建造有时；哭有时，笑有时；爱有时，恨有时；哀恸有时，欢乐有时；怀抱有时，放手有时；战争有时，和平有时。可他自己什么时候能走出自己生命的低谷呢？罗一楠对自己的丈夫突然有些陌生了。

第五健发现妻子在想着别的事情，突然他有了一个新发现，他发现赤裸着的罗一楠很美，她的手足小巧、纤薄，最诱人的是罗一楠的臀部很丰满，人常说臀部大的女人好生养。第五健下意识地把手放在了妻子的臀部，感觉如凝脂一般光洁、细腻、柔和。

　　"你怎么不讲了？我在听着哩。"

　　"我看你跑神了，你想啥呢？"

　　"我在想你这个人。"

　　"怎么？"

　　"你是一个怪人。"

　　"这话咋讲？"

　　"我读不懂你，你太复杂了。"

　　"哦？你是提醒我简单生活？"

　　"反正我也疑惑。"

第二十一章

那一年的冬季是第五健的伤心季节，第五健接二连三地失去了几位亲人，先是第五健的大姑过世，紧接着是二姑病故，再后来 88 岁的奶奶第五辛氏老夫人也撒手人寰。

第五健因为老表的事情曾经低声下气地给林洁说话，希望她能够相机帮帮他们。林洁的能力是有限的，她不经意间把信息透露给了已经是林东市委书记的范宏图。范宏图对林洁说："这种小事情你也关注？这些私人企业的事情以后你就不要过问了，好好做自己的事情。你还嫌事情不多吗？"

让林洁自责不已的是，她自己成事不足败事有余，非但没有帮到第五健的老表，反而加速了他们企业的灭亡。范宏图表面上不动声色，暗地里却差人捎话给第五健二老表，希望见面谈一谈。第五健二老表知道意思，马上求见范书记，给人家毕恭毕敬地送上了 30 万元的厚礼。孰料范宏图在玩心眼，他推说自己最近忙，没有答应立即见面，也没有把话给死，只是说缓缓再说，但他让秘书把第五健二老表的"意思"退回来了。人家是嫌少，还是有更大胃口？谜底很快揭开了，第二天林东市晚间新闻节目报道了这么一条消息：范宏图书记出席市级重点项目 K 工程奠基仪式。第五健三老表也出现在现场。老三这个浑蛋出卖了自己企业的情报，出卖了他的哥哥。他与对手合作，人家承诺分他若干股份，事成后还有很多好处。更为严重的是公司分崩离析之后，债务安排、职工去留等一系列问题会引发"多米诺骨牌效应"。在这种危急情况下，老三夫妇带领人马，闯入老二家兴师问罪，向老二索要属于自己的那份财产，这就意味着老三与老二正式分道扬镳。在众叛亲离、兄弟反目的情形下，老二万念俱灰，在自家公司库房里上吊自杀。老三逼死了老二，然后撬开了公司保险柜，一把火烧了账目，抢走了现金，还把老二家媳妇打成了重伤。老三夫妇已经严重触犯了法律，等他们去对手公司邀功请赏时，人家对他嗤之以鼻，说："你连自己的亲兄弟都出卖，我们还要你这种畜生干什么？"老三夫妇带人打砸别人公司被拘留，将要被判刑，第五健的大姑家又要面临一场灾难。第五健的大姑心里明白她儿子的是非，但她已经失去了一个儿子，尽管老三死有余辜，可她不愿意失去自己的最后一个儿子。她就硬是把二儿子之死的罪名背在自己身上，还花钱让人把老三两口子从拘留所弄出。

看着不成器的儿子死的死，作孽的作孽，第五健的大姑心死了，她让老伴把她带到西京最好的宾馆，在最好的房间住着，她说自己想好好一个人住几天。她不让其他人陪伴，甚至连老伴也被赶走了。她就这么一个人在宾馆里静静地住着。她本来不信神佛，可是自从家里一连发生了那么多事情后，她似乎改变了，她悄悄地延请铁佛寺、弥陀寺的和尚轮流给自己念经。她天天虔诚地听着，她要洗心革面，她说自己在赎罪，在忏悔。一个月后，第五健59岁的大姑安详地死在了宾馆，她的遗言是："把我埋葬在泥土里，千万不要火化。"

　　二姑，第五健以前没见过，她被第五健的爷爷过继给朋友了，后来才找到的。她家在遥远的甘省，在一个土山坳里，那里交通不便。第五健的爷爷叫第五便，本来老字是"昪"，因为不好认读，人们习惯称他"便"。早年，第五健的爷爷曾长期在甘省跟着别人做木匠活、下苦力，当时还带着奶奶和二姑。人家说第五便是喝酒、耍钱，把娃输给人家了。不管怎么说，二姑是被留在甘省了。二姑小大姑4岁，她儿子结婚时第五健去过一次，生活很拮据，居住的是一间简陋的草房，一家人挤在一起，连个像样的厨房都没有，他们就在炕脚垒了一个简易灶台。随着经济的发展，山区有了变化，他们家买了拖拉机，跑运输，生活有了改善。谁知一场车祸毁了他们家，第五健的老表从此失去了生活能力，老表媳妇也走了，这个家里的一切都没有着落了。二姑无法接受这个残酷的现实，忧劳成疾，引发了心脏病，55岁就去世了，从此她再也不用为生活操劳了。

　　第五健的奶奶信佛，很虔诚。她相信吃亏是福，今生修行，来世就必定有好的结果。当第五健还是个孩子的时候，就看到奶奶双膝跪地，双手捧着香，恭敬地举过头顶，嘴里还念念有词："大慈大悲的观音菩萨保平安。"她上香时不许旁边的人嬉笑、说话，并且神秘地朝他们努努嘴，仿佛在暗示着什么。奶奶早晨起得很早，洒扫房间院落，洗刷完毕后，第一要务就是烧香、敬神。奶奶善良、勤劳、隐忍，在第五健的爷爷去世后，她用她那纤弱的身躯毅然撑起了一个风雨飘摇的贫困农家。据说第五健的父亲当时也就 13 岁左右，伯父 18 岁，当时已经在外当兵。奶奶死的时候是安详的，也是遗憾的，她没生病，就在平静中睡着了，从此再也没有醒过来。第五健的父亲说他是一直陪伴着母亲的，她老人家很精神，先一天还说自己要去灵山拜佛，第二天早晨就起不来了。老人家似乎已经奄奄一息，只有出来的气没有进去的气，但她似乎又还有气息，家人就用棉花蘸些米汁、奶汁喂她，可是喂不进去，打点滴也打不进去。她的身体是温热的、柔软的，她的神色也很平和，就像安静地睡着了一样，一动不动。这种状态持续了将近一个半月，她的生命之火才渐渐熄灭。她是 88 岁的时候离世的，之前她在一个晚上跟第五健的父亲说，她很自豪孙子们都长大了，成才了，她四世同堂，了无牵挂了，只可惜女儿家里的事情让她不能安心。她的长子第五泓多少年杳无音信，早就不愿意提及了。她只说自己有一个儿子、两个女儿，当然，考虑到老人年龄大了，有些事情第五健的父亲没有告诉老人，她到死都不知道她的两个女儿其实都已经先她而去了。

第二十二章

　　失去亲人的苦楚，加之半年的辛劳，导致第五健在上厕所时意外跌倒，数小时昏迷不醒。随后他被送往云中市第一人民医院。第五健也可能是心脏不好吧，医生们还在观察、会诊，他们无法确定是否脑颅内还有少量出血。罗一楠从西京请来了脑外科专家。

　　第五健被安排在市第一人民医院的高档病房，住在豪华的单间。这个病房就像宾馆，门口有人值守，一般人不让进入，房间内空调、电视、沙发、卫生间、陪护床一应俱全，铺盖被褥也是崭新的，而且经常换洗，卫生条件好，设备也比较新，还有专门的护士。在云中市能住上这种病房的就意味着身份、地位。在这里工作的医生、护士也是全医院最好的，他们会自豪地说："我在一号楼上班！"一号楼鲜花最多，每天都有很多鲜花送来，这些鲜花按照医院要求不能在病房摆放，所以就移到外边走廊一带，甚至移到食堂去，而在医生办、护士办里时鲜水果也不少，几乎每天都有不少馈赠。探望病人没有空手的，况且在这里的病人都是有身份、地位的人，送礼那就更不用说了。医院这种地方既是生死场，也是人生的另一个交易场，这里各色人等登场，上演着生与死、情与爱、法与理、罪与罚及科学与伦理的较量。

住进医院的第一个礼拜，第五健的心灵就经受了非凡的考验。一天晚上，第五健蒙眬中似乎听到了千里之外的禹州湖边的动静，一对情人在湖边小屋喁喁私语。起初屋外繁星满天，一会儿却有潇潇雨声传来，不，好像是禹州湖起伏的波浪荡涤沙堤的冲刷声，还有夜来静寂时老树底下蚂蚁在洞穴边的忙碌穿梭声，如同西京钟楼的交通走廊。在病中，第五健梳理着日子的痕迹，思考着人生的遭际。生活是充满挑战的，在经历了人世的生离死别后，人也好像成熟、老练了许多。当无情的白发爬上鬓角的时候，第五健又常常回想过去的自己。妻子罗一楠一直请假陪伴着丈夫，同事、朋友、乡亲都来探望了，礼物堆了一病房，好多人罗一楠都不认识。市、县不少领导关心、探问第五健的病情，希望他配合医生治疗，安心养病，早日康复。医生说第五健有冠心病、低钾病什么的可能性，第五健才懒得关心呢。第五健相信中医平衡论，他认为自己是机体平衡失调了，调理一段时间就好了，他知道自己的身体，他相信奇迹。

"你是心病！"妻子开玩笑说，"现在你是我们家的大熊猫，一级保护动物啊！"

"是啊，没有我这个人了，谁还认你们妻儿老小呀！"

"啧啧，恓惶加可怜，好像离了你地球就不转咧！要不要通知他们？"妻子问道，"你的那些哥们儿。"

"不，等出院了吧。"

"你当心人家知道了骂你。"

"没啥。"

那一夜，第五健又失眠了，他知道自己可能是神经衰弱。他总是浅睡眠，甚至一夜无眠。他又一次梦到了那个遥远的群山环绕的湖畔，不过这一晚上又好像把场景搬到了云中医院的某一个角落。夜深以后，第五健仿佛发现了数万年以前这里曾经是一座高山，它的根基扎于大地深处。那时这座山赫然矗立在东方的地平线，每天它都在那个地方矗立着，昂首矗立着。它高高地举起自己那巨石嶙峋的臂膀，向着天空炫耀武力；它又俯下身子向着深邃的河谷倾诉温情。它是自由而强大的空气、阳光和水中的岛屿，是远行航船的停泊口岸，也是人类避风的港湾。第五健宛若一丝微尘，飘逸于九万里高空，他站在高处俯视那山峦，恍若罗一楠眉头里隐藏的一颗小痣，几乎微乎其微，若不留神根本无法找见。高空的笔直的光线照着地面，地面也像反射镜一样照着天空，太阳激吻着它的大山，便留下了一抹抹绯红；风从它的身旁走过，撕扯着它墨绿的春衫；雨水清洗它的颜面，侵蚀它的峭壁，沿着蜿蜒的山谷向大海低头。大海说，没有必要向我低头，你们最好向上，向高高的天空致敬，注视光的方向，吸收光的营养和能量！光是最厉害的武器，是太阳的能量，在人类注视光的时候，山不再崔嵬，水不再清澈见底，鱼不再自由游弋。树木、花草、虫鸟、野兽、石头，都无法逃离光的世界，生命的光在分解着万物，人类的光在瓦解着存在，岿然不动的大石头在光的注视下逐渐温热、发烫，微微动摇，最后在石头缝隙里伸出了一根树枝。光在移动着身子，山岩也在随着移动，寒风、热风都随之变化，灌木与大树、山巅与峡谷都是雕塑家的杰作，有时候山和依附于它的生命一起欢歌，有时候山谷也会发出古怪的喘息声、哭泣声。在第五健目光所及之处，那山的模样渐渐从高大威武变得矮小了，好像风把它搬离了原来的地方，水给它打扫了战场。这山已然变得光秃秃的、赤裸裸的，不消说树木，亦荡然无存，草原、河谷寻它不见，仿佛被什么人打磨过的小馒头山，或者大海中刚露头的小岛屿，最后就变成了一个略有起伏的高原或平原。第五健彻底崩溃了，他惊异于人类的眼睛，人在树上的时候关注的是脚下，而人直立及躺下的时候就向着前方，向着上空，向着遥远……无怪乎道士说东西南北上下的分别，与和尚说十方世界一样，那是指目光的换位，角度的变化。

　　文明啊，人类啊！你们总是看啊，看着光与山的故事，看着光与地球的秘密，其实你们也是光与地球世界中的一员。第五健的精神世界是丰富多彩的，他徜徉于自己的无极世界，他在幻觉中感受那飘摇的不可触及的美。那夜空里的星辰，那幻梦一样可大可小的山峦，它可以是亚洲大陆的喜马拉雅山脉、帕米尔高原，或者我们心目中巍巍的昆仑山、喀喇昆仑山、天山、祁连山、秦岭，也可以是一个房间里的那盘山地模型，甚或是第五健心目中的女神一样的山脉——荆山。它是那样巨大、强悍，不会空虚、恐惧，也不会畏惧死神，它的石质，它的形态，它的跌宕起伏，它的呼吸、震颤、愤怒、欢喜、哭泣、呐喊，都似乎有章可循。当然了，第五健最感兴趣的是它有思想、有感情，你对它怎么样它就回报你同样的分量，甚至还超出你的想象。在那片山水之中，在林泉瀑布、山石错落的缝隙间，在石头的岩画里，你可以发现许多神秘的符号、图案……正如天气的变化一样，这山的模样四季不同，时时都有新的花样。时间、空间、规律、寻找，这就是宿命。在暗夜中摸索，他的手掌硕大，他似乎抚摸到了山的汗毛、头发、眉眼，那是垂直分布的树木、河床、草地。鸟儿在高峡上盘旋，悬崖在气流的穿行中晃动，风在隐蔽的罅隙中低吟浅唱，溪流如少女的眼泪，漫过了赤脚的河流，发出了温柔清朗的声音。大自然啊，金、木、水、火、土相生相克、相辅相成的自然规则，告诉我们一切皆有定数，由此而生，由此而灭，它们熊熊燃烧如火山，它们缓缓而流如水底。在第五健的目光里，起雾的时候，山是迷蒙不清的，他所见的山体其实只是一部分，他也许就像盲人摸象一样，只可以看见山的臀部、腰肢、乳房和肩膀的柔美曲线，以及飘飘若仙垂落于山谷的长发，大有"白发三千丈，缘愁似个长"的意境。恍恍惚惚间，第五健又听到了一个女人的哭泣声，他感觉这个女人是生下小孩后，孩子没保住，她在哭孩子。

不一会儿又听见好像是手术台上走了一个病人，是个男人，他把那个明晃晃的金属平台作为自己最后的归宿。不知过去了几个时辰，第五健又隐隐约约听到了一个老妇人的声音："我快闷死了，赶紧放我出来！哦，我的罪孽该有个头吧？"第五健虚汗淋漓，他想向病房狂奔，但他走不动路，仿佛有一根无形的绳索在捆扎着他，他呼喊——救我！救我！眼看着后边追赶他的那个老女人马上就抓住他了。那妇人边走边唱道："天地变化，草木蕃。天地闭，贤人隐。我说呀，贤人，闲人，都是无用人。括囊括囊，快快收手，完结完结，早晚节制。无名无利，无忧无虑，哈哈哈！"

"醒醒，第五！"罗一楠捏捏第五健的鼻子，把他弄醒了，"你怎么了？"

"我怎么了？"

"放屁、打嗝、说胡话，你的臭毛病全了！"

第五健一看自己的睡相，乐了。自己把被子都蹬到地上了，枕头也落在地上。

"准没干好事情。"

"真的是梦到你了。"

"去去！"

第五健随口念出了梦中的诗句："美人绝色原妖物，乱世多财是祸根。"

"神经！"

第二天，第五健一个多年不见的老同学来探视他。那会儿第五健正在上厕所，罗一楠打开了房门，来人一见张口就说：“女子，你爸呢？这个大谝客老不要脸的钻到医院里躲清闲来啦！”

“……”罗一楠惊异地瞪大了双眼，“他、他……在卫生间。”

等第五健出来时，罗一楠已经尴尬地走出去了。来人开口又对第五健说：“你咻女子长得真漂亮！”

“你们这些坐办公室拾鸡毛的，蚊子叮了当疮害，就是闲得慌。你这病有什么大不了的？我村咻老几昏了三天三夜，起来都没啥事情。你要是脑梗早就不动弹了，还这么欢实。”

“你这㞞式子，说话还是这么尖酸。”第五健说。

“嘿嘿，哪像你，都弄这么大的事了。我们那些人就你有出息。”

来人是第五健的中学同学，他只认识林洁，根本不认识罗一楠，这个人絮絮叨叨地说了半天话，第五健也不想多解释。那个老同学的中心意思是想给女儿找工作，希望第五健给他指一指门路。

来人走了以后，罗一楠又回到了病房。

“我的第五老先生，你、你……笑死我啦！”

“有那么可笑吗？看来以后我也要和你保持距离，不然又乱了辈分。”

“说什么呢！还真有你的。”罗一楠把嘴噘起来了。

“本来就嘴巴上翘，你再噘我就不爱你了。”

“酸！”罗一楠若有所思地说，“我最近要出差了，去法国、比利时、瑞士三国访问，是省政府组织的文化产业发展考察活动。我想征求一下你的意见，你一个人行不？”

“你去吧，我行。有护士照顾，就是按时吃药。”

“别老是抱着书看，另外看能否调一个病房，不要让别人打扰你。”

“知道。”

罗一楠的行程很近了，明天的飞机。先一天她陪同第五健在医院的院子里晒太阳，第五健想到公园转转，罗一楠就带他去了附近的东方公园。他俩在一个长条椅子上并肩坐着，一个阿姨推着卖冰棍的自行车过来了。

“冰棍——钟楼小奶糕——”

“要不要？”

“来两根。”

“凉冰冰的，我不要。”

“哟哟，看把你啬皮的，人家娃就比你大方。”

“……”第五健气得翻白眼。

“好了，好了，阿姨，你走吧。”罗一楠笑着说。

卖冰棍的阿姨刚一走，罗一楠又咯咯咯地笑开了。

第五健生气地说：“瓜人的笑多，乳牛的尿多。”

话音未落，罗一楠就失急慌忙地说：“哎呀，还真让你说中了，我去趟厕所。"

　　为了多陪陪第五健，罗一楠又带他坐出租车去了趟清虚观。据说那里的签很灵验，罗一楠坚持要第五健抽签。道观里大殿上端坐着一个清瘦的中年道士，他面色平和。在罗一楠给功德箱捐钱时，道士用木槌在法器上轻轻地敲击了一下，立时那铜质的器物"当"的一声响了，随后第五健不言不语地抽了签。一看竟然是三六九等中垫底的下下签，上面的文字不知道意思。道士说解签要收费，第五健说不解也罢，意思早已知晓。罗一楠正欲离开，道士说："女施主何不试试运气？"罗一楠一抽签，她抽到了上上签，罗一楠下意识地看了第五健一眼。

　　"贵人。"道士和第五健两个男人几乎一齐说道。

　　罗一楠内心惶惶，赶紧离开了大殿。路上罗一楠问第五健咋知道的，第五健说："好签配贵人，犹如骏马配英雄，书上都这么说的。"

　　"你就吹吧，我还不知道你？"

第二十三章

第二天罗一楠出国访问去了。这次出访罗一楠刻意穿着打扮，试图让自己更加成熟，显得年老些，孰料青春的气息总是掩饰不住的，她的神采更加丰盈了，成为整个代表团最显眼的明星。

妻子罗一楠走了，第五健仿佛解脱了。罗一楠啊罗一楠，你总是给第五健一种威压，这个女人的各个方面都具有先天优势。在第五健眼里她有贵气，但又不高傲；她有才气，但又不张扬。她有别人羡慕的家庭环境，出生在高级知识分子家庭，还有一定的家族背景。更重要的是她年轻，有气质，有男人最看重的姿容。

就在昨天晚上，第五健刚躺到罗一楠身边，正要尽自己的职责。他忽而想起了那个"下下"签，折腾了半天第五健居然没了兴致，如此反复再三，第五健全然没有了兴致。罗一楠心里直想哭，可她原谅了第五健，他也许太累了，还是让他恢复健康吧，别把老黄牛累死了。人家都说美女就是一把刀子，第五健感受最深。

那一夜，罗一楠睡了，她均匀的呼吸，优美的体形，散发着玫瑰一样芬芳的体香，让第五健如痴如醉。到半夜时，第五健忽然感觉自己来了精神，但看到睡相可爱的妻子，他只好苦笑了一声。

第五健终于沉沉地睡了，罗一楠蹑手蹑脚出门的时候，他还在打呼噜，他似乎又在做美梦了。他仿佛正站在一道戒备森严的军营门前，士兵在门口把守着，出出进进的人都必须出示证件。第五健大摇大摆地朝里面走，士兵敬礼，并很有礼貌地说："请出示证件！"士兵查验过证件，第五健得以进入院内。

进得院内，第五健开怀大笑，心想：我以为什么神仙洞府、神秘所在，不过尔尔。原来里面几乎全是熟人，第五健向他们打招呼："你们这些个鬼鬼，啥时候都溜进来了？""呆子，你还用证件，我们在人家换岗时就从偏门溜进来了。""这个院子太庞大了。""你还不知道吧？这是过去的民兵师指挥部，后来交给军分区了。""啊，那今天开啥会？""拥军爱民、拥政爱民双拥表彰大会。""那还等啥呢？""军区领导、市级领导还没到达，我们早到了半个小时。最近管理严格了，前天开会罗一楠还把几个县的干部罚站了。这个女魔头厉害啊！第五健，你认识不认识她？""我、我……"第五健先点头又摇头。"你不用怕她。"这时一个熟人又上前跟第五健握手。第五健从嘴角挤出几分笑意，但他很快发现自己怎么也记不起这个人是谁、在哪里见过了。那人笑眯眯地说自己已经被高新区录用，下周就可以上班，最近高新区招干部，待遇优渥。第五健还没有顾上和他说话，就听见有人大声喊："第五健，有人找你！"哦？第五健一看，是自己多年以前的老校长，他记不起是小学还是初中的，但这个人他的确认识。老校长夫妇邀请第五健到家里坐坐，第五健愉快地答应了，他想带点小礼品，可周围没有商店，他只好紧随着老校长两口子向前走。后来到了教师公寓小区，老校长夫妇一起艰难地爬楼梯。第五健真的见识了如何"爬楼梯"，那是真正的手足肘膝并用，像虔诚的宗教信徒一样，一步一步地爬行。第五健想上前搀扶他们，他们以非常痛苦的神情告诉他："别动，你弄疼我了！"也不知过了多久，终于，他们回到了自己居住的楼层。第五健纳闷，十几层的高楼，怎么就没有电梯？老校长说电梯被商户用了，住户只好爬楼梯。第五健似乎看到了不堪入目的一幕，他走神的当儿，老校长老两口已经不见踪影了。他急忙去敲门，进去一看不是这家。人家说校长在隔壁，第五健去隔壁一看，又不是。"你真傻！也不问东隔壁还是西隔壁，就乱闯乱碰。"第五健心想。正在这时，第五健看见一群女人在一个房间里大声说笑，就上前诚恳地问道："我找校长家，不知是哪一户？"这时一个黄头发妇女说："校长家孙女正好在这里，你让她领你去见校长。"第五健于是吃力地瞪大眼睛扫视着，看哪个是校长的孙女，这时一个高高大大的女孩过来了。那女孩皮肤白皙，个头很高，第五健要仰视才能跟她交谈，他估摸女孩得有1米8左右。

"你找我爷爷吗？"

"是的。"

"我爷爷在床上躺了三年了，你是第一个来看他的。"

"……"第五健惊异得说不出话来，他刚才明明看见了老校长夫妇。

"那你奶奶在吗？"

"我奶奶死去多年了，我都没见过她长啥模样。"

"哦？！"第五健越发惊奇，他的所见到底真实吗？

听到有人来了，老校长大声说："妞儿，是你叔叔第五健吗？"

"叔叔，你叫第五健？"

"对。"第五健一边回答，一边朝屋里走，他见到了久病的老校长。

老校长对第五健说："可惜我不能动，要不然你们就不会分开了。现在我看我无法让你们复合，但你要知道她已经到了火山口，很操心呀，迟早会爆发！"

"老领导，您保重身体。"

"我好得很，除了不能动。我什么都知道，林洁是失了根的人，就像风筝快要断线了。"

"老校长，您还有什么要求和愿望吗？"

"我想看海，去海边转一转。"

"啊？"第五健突然一惊，但很快就镇定了，他说，"老校长，有机会我带您去。"

"你有这话，我就知足了。"老校长说，"林广田的女儿迷失了心性。你有贵人，有前途。"

第五健说："老领导，听说您有很多古籍资料，您是落架的凤凰，当年在师大农场您喂猪、种地。"

"是啊，那时候最幸福、最快乐。我和村里人关系好，他们喜欢我给他们讲四大名著，讲历史。"

"您是宗教专家，您给我补补课，我想知道一些，可以吗？"

"没问题。"

老校长对第五健粗线条地讲解了中华文明的根脉。他讲之前先说了几句话，如同前辈的说书人那样。有诗云：

黄帝功德华夏源，广成仙道深无边。礼崩乐坏人心变，名医治世百家现。

素衣尘灰孔少年，殷都拜会藏书馆。李耳托付古经典，青牛奋蹄函谷关。

函谷关下留诗篇，关尹追随到秦川。楼观有台道德传，老子神游葱岭山。

如来牵手忙问仙，空境因果东土缘。如来菩提精舍苑，达摩面壁悟参禅。

法显陆海西天环，罗什译经莲花现。九宫八脉歧义见，玄奘印度觅法言。

皇家雁塔藏经卷，三教合一天下安。无为而治留悬念，空有空无观大千。

大同梦幻繁华刹，十方时空不落凡。茫茫世界清静地，明月轮回万里圆。

老校长的诗句很长，第五健就记住了这么多。他不想打断老人的思绪，只是不住地点头称是，想尽量多吸收一些知识的营养。

"黄帝是中华民族的始祖级别人物，现在神州四面八方的人都纷纷祭奠，这里公祭轩辕黄帝，那里也公祭黄帝。感觉这是一场人生的大宴席，就如同一位阔佬回到了家乡，人人宴请他、巴结他。总之感觉对文化的随意性在增加，对文化的功利性割裂、曲解、篡改都在增加。随心所欲地改变历史、消灭英雄、诋毁传统文化成了时髦的新形态。有人炫耀男人可以变女人，女人可以变男人，无所谓呀，反正你喜欢就得了，你高兴就行了。文化也一样，什么逻辑呀、传承呀，可以不用，可以不讲求……我可能偏激，但我不能原谅这种对民族文化的背叛和歪曲！"老校长说得对，第五健也深有同感，他们地方上经常有人说自己是什么名门望族之后，某某大人物之几十几代孙子，谁知道呢？！真相也许只有那些孙子知道。老校长继续说："现在时兴什么人家就是什么，仿版超过了原版。"

"哈哈！原谅我跑题了。我还是讲文化的事情，但凡文化必有源头，我们民族有几千年的文化史。我先讲一个"黄帝问道广成子"的故事。相传黄帝得了天下，战胜了炎帝、蚩尤，成了中原一带部落的实际统治者，之后，他去向崆峒山广成子仙人问道。广成子问他：'你今年多大了？'

"'117 岁！'黄帝信心满满地说。

"'那你知道我多大了？'

"'您，高寿？'

"'1200 岁！你的岁数还没有我的零头多。'

"于是黄帝便开始跟广成子学道。

"古之学者必有师。我再举一个例子，当年孔子拜访老子学习礼仪时，你知道老子说什么了吗？老子说：'周礼死了，你知道吗？'孔子说：'我知道，但我的意志不改，岁寒知松柏而后凋也。'老子说：'我看你是个人才，就把这些东西给你了，希望你把咱们华夏一脉的精神传承下去。'老子骑青牛西去了，据说留下了五千言《道德经》。后来的人让孔子评价老子，孔子说了"飞龙在天，神龙见首不见尾"之类的话。这是我们民族文化中道家和儒家的联系，或者说是我们文化传统的两大基础来源。你可以读一读《周易》《道德经》《论语》《孟子》《荀子》等书，浏览一下也行。我送你一联：'卫灵公遣公冶长，祭泰伯于乡党中，先进里仁舞八佾；梁惠王命公孙丑，请滕文公《离娄上》，尽心《告子》读万章。'"

哈哈！老校长就是博学多才，他还给第五健看自己绘制的中华文化风行图。第五健看不懂究竟。老校长说："文明是有传播线路的，如同西北风、南风、大陆风、海洋风都有自然的线路。我举个例子你就明白了，两山之间的谷口、峡谷地带风就大，野地里、荒山谷地的树木就茂盛高大，庭院中就难以生长参天大树，山里女人的声音就比办公室的女人大。"老校长滔滔不绝地讲着，第五健费劲地听着，他不愿意打断老人的话，更不愿意失去千载难逢的学习机会。

"你见过下雪吗？见过吧。可你见过铺天盖地的大风雪吗？我说的是你站在空中俯瞰，站在山顶看，在山野里看雪景，欣赏雪花飞舞，看雪乘着风，像滑雪者一样飞翔的样子。不过这些都不甚要紧，要紧的是你必须知道"风道"这个概念，古时候的人很注意这些大自然的东西，他们的生产、生活、战争都与之息息相关。"老校长接着说。

随着老人的描述，第五健仿佛置身于自己所体验过的冬天，朔风在空中呼啸，凛冽彻骨，田野里雪花飘舞，万物都屏住了呼吸。他也见识了山地的风雪，在山里他才知道什么是积雪盈尺，什么是雪国世界，山头、河流、树木都被雪花覆盖。就连男人和女人，如果站在冰天雪地里，雪花也要给你化妆打扮。第五健曾跟着一个猎人走雪天的山路，这猎人知道风的路线，知道雪的深浅。他说风雪的运动就如同战争的轮番冲锋，总是一波波、一阵阵，时而疾飞而过，时而缓缓而行，时而一下子就飘过了半面子山野，时而却柔缓飘落。有时在地形的作用下，风儿还会裹挟着雪花，兵分几路，一路向东边席卷而起，一路向西边曲曲弯弯推进，在另一个地方几股气流还会汇合。

在第五健思绪万千之时，老校长说："令人叹为观止的是，大自然的现象与人类历史息息相关。你知道吗？每一次文化冲击、民族融合都是沿着风道演进的，草原民族总是凭借着暴烈的西风，挥舞着手中的大刀，向农耕民族进攻，向中原文化挑战，但几乎每一次都如同雪花一样，总是会融化于中华大地，强烈的风暴之后总是会风平浪静一阵子的，几乎无一例外。""那么中华文明是如何演进的？它沿着什么路径进行呢？"第五健心里思考着。当他把这个想法和盘托出后，老校长哈哈大笑，说："看来你还是个急性子，我本来打算后边跟你说这个。也罢，咱就在这儿讨论。"老校长说："文明也像风道一样有路径，中华文明在夏商周时期、秦汉隋唐时期是基本依照黄河的流水故道东西方向延展、推移。你看看《两京赋》，如果了解一下东京与西京作为国都的历史就明白了。你知道隋朝修建大运河，沟通了长江与黄河两大水系，使南北经济文化交流得以实现，特别是南方地区发展起来后，中华文明的历史走向便成为南北方向。元明清及民国时期，国都在南京与北京之间转换。

"下面我给你说说释迦文化或叫佛教文化的来由。如来本是古印度北部迦毗罗卫国的王子，放弃了继承王位的机会，于菩提树下苦修成正果，创立了佛教并迅速在印度地区传播。佛教的盛行与当时的一个国王阿育王有关，他把佛教定为国教。后来佛教东传、南传于东亚、东南亚南亚地区，后来十字军东征，伊斯兰教兴起后，南亚次大陆的印度河流域、恒河流域均遭到了后来的两大宗教的冲击，于是佛教在印度本土逐渐衰微，而在东亚、东南亚得以传承与发扬。佛教的东来机缘与这几个大人物有关：第一个是法显，他第一个去往印度求法，在印度停留了 9 年之久。第二个是鸠摩罗什，他是西域人，小乘、大乘都有研究，大乘佛教研究更深，西域 36 国讲法影响深远。后来为了他，前秦、后秦先后发兵打仗。为了一个重要人物发兵打仗的，除了战国时期秦国曾为韩非子而发兵攻打韩国外，再无第三家了，可见这些大人物的举足轻重。鸠摩罗什在户县草堂寺译经，他曾说过自己翻译的经典一定是尊重佛的意思的；他死后火化时，如果违背了佛意就会被烧焦舌苔，如果不违背就会口吐莲花。大师圆寂时，果真如他所言口吐莲花。还有一个大人物，就是玄奘法师，他在印度停留了 17 年，也是一个海归派，他特别厉害，与唐朝两代皇帝都有关系，才使佛教取得了很高的地位，融入中华文化的大海。关于历史文化，你第五健懂一些；关于世界文化、西方文化你也知道些。我想一些事情我只是提供个思路，譬如尼采说：上帝死了，他死于对人类的怜悯，怜悯是钉死爱人类者的十字架。于是有了希特勒的法西斯之流的张狂。当代的牛人霍金说：哲学已死。你信不信？反正现在的人都没规矩了，想咋样就咋样，想骂谁就骂谁。我们有些人也曾发飙说：传统死了，你还张什么？呜呼哀哉，我实在无话可说，我感觉时间太无情了，我们所谓的永恒都是不着边际的，我们不知道遥远之外的人世间，我们无法与永恒对话，我们只有寻找一个又一个的代言人，或者借助于文化的外壳，其本意是留下真正需要的精髓，给后来者以启示，给来路做好标记，除此之外就都是多余的。"

老校长后来叹息着说："七十三、八十四，阎王不请自己去。孔子 73 岁亡故，孟子 84 岁亡故。在漫长的封建社会中，孔子被尊为圣人，孟子被尊为亚圣。孔、孟两人都是思想家、政治家、教育家，对中华民族影响深远，老百姓认为 73 和 84 是个'关口'。其实圣人有言：人生一世，草木一秋，溪水流淌，万念皆空，往来云烟，没身山中。"

"老校长，敢问您今年高寿？"

"我正好 84 岁。"

"哎呀，怪我多嘴！"

"哈哈哈，我是唯物论者，生死有时，规律嘛。不过我也研究其他学问。我心空旷，广大无涯。醉心修持，神思泰安。无为处处，不生妄念。天地自然，鸿蒙不显。人人自然，万物灵验。不过有时间了，你最好自己好好翻翻黄石公的《素书》。"

"啊？"第五健非常惊讶于老人的达观，他仿佛预感到了什么，他手里分明拿着一幅用宗教黄宣纸书写的字，上书："敬赠第五健先生：读书启智，陋室养廉。书不读人，人实读书，故曰书可读，书无不可读；室难容我，我能容室，果何室足云，陋室之足云！"落款是老校长的亲笔签名，还有篆书体，一个大大的方章——这也是老校长的杰作。

第五健睁开眼睛时，天色已经大亮，值班护士大声说："我的神！我叫了你半晌你都不起床！你就知道赖床。"

"呵呵，你这个女子天天叫床！"

"好我的叔哩，今天院里要来人检查，你可不能乱说！"值班护士慌忙说道。此时她脸色微微发红，赶忙跑出去了。

不一会儿，打扫卫生时间到了，两个保洁员照例清扫、拖地，还擦洗了窗户，抹拭了屋子里的家具。总之，这天的卫生打扫得最为彻底，几乎角角落落都照顾到了。

"您看，还有哪些地方不合适？"保洁员问。

第五健说："我还有个建议，咱们的水管接口松动了，偶尔晚上能听见那里发出的刺耳的嗡嗡声。你们给医院反映一下，看能不能尽快解决。"

"马上给您修理！"

又过了大约 10 分钟，医生查房时间到了，医生、护士一大帮人呼呼啦啦地走进来了。

"感觉怎么样？"

"好多了，就是睡眠还差点。"

"今天上级检查你知道吗？"护士长问。

"知道，"第五健俏皮地说，"只能说好的，不能说坏的，呵呵。"

"呵呵！我再提醒一下，你的主治医师、护士长叫什么名字，你在什么病区，你是什么病，你对我们的工作还有什么建议，这些你都得心里有数。"

"知道，坚决完成任务，请护士长放心！"

"这还差不多。"

查房的医生走了以后，病房里静得出奇，这时第五健回想着自己做的梦……

一天早晨，第五健还在休息，就听见有人在使用卫生间。什么人进来了？是护士，还是其他人？第五健正在疑惑的时候，一个身材高挑的女子从卫生间出来了。

"叔叔，您的条件真不错，单间真舒服！我们几个人在一个屋子，还有孩子们哭闹，一整晚都睡不好觉。"

"你是谁？"

"哦，你看我忘了说了，我是老校长的孙女。我生了双胞胎，两个小子，我招婿了，我们家有男娃了！"

"你是我见过的校长孙女？"第五健仿佛在梦中见过。

"我爷爷几天前刚去世，他得知我生儿子后就咽气了。他让我把他的书都给你，你出院后找我，这是我的地址和电话。"

说完，那女子在门口用深情的目光向第五健瞥了一眼，然后挥挥手就走了。

第五健正在发呆，冷不防护士进来了。

"怎么不声不响？"

"第五健！"护士故意大声说。

"到——"

"查体，量血压，吃药，打针。"

"今天几瓶？"

"就两瓶。"

"昨天晚上医院没有发生什么事情吧？"

"你咋知道的？主任的手术失败了，死了人，是个老头，家属还在闹事哩。还有一个妇女难产，孩子活了，妇女死了。唉，倒霉死了，这几天我们医院就是不顺。

"不许乱说啊，我和你熟悉才告诉你的，你可要注意自己的嘴。好我的叔叔，有好吃的吗？"

"有有，都拿去。辛苦了，孩子们。"

"谢谢叔！"

于小叶、李清明、白丽、罗一新等人，也不知从哪里得到的信息，急急忙忙地赶来了，他们轮流"骚扰"了第五健一天。儿子第五远与第五健通了电话，他还专程来探视了父亲。第五健的父母也让第五强带着一起到医院来了。第五健很怪弟弟粗心大意，他说过不要跟父母讲，可弟弟架不住父母追问就说实话了。第五波对儿媳妇罗一楠这个时候不在儿子身边很是反感，都成官迷了，丈夫不要了，孩子不管了，转过身还出国了，你说怪不怪，换了谁家媳妇能这样干？谁能忍得了这种事情？在国外的罗一楠经常打跨国电话询问第五健的病情，操心儿子第五明的学习情况，她害怕自己不在家保姆管不住孩子。那时还在欧洲考察的罗一楠做梦也没有想到，省委已经召开会议确定了她的最新去向，回来后她有可能成为夏州省某市的主要领导，一个正儿八经的正厅级女干部，反正罗一楠肯定是要动一动了。当罗一新把这个消息告诉第五健的时候，他说了这么一句意味深长的话——"吉人自有天相"。

第二十四章

夜晚的医院，灯光有些昏暗，冷色调的洁白的墙壁，死板生硬的未经雕饰的天花板，给人一种陌生感和距离感，这里的床、桌子等物件都那样地不合人的胃口。第五健竭力想闭上困乏的眼睛，进入昏睡状态，可神经却异常敏锐，任何细微的响动都会让他察觉，他的思绪再一次开始神游了。

在第五健的记忆库里，总有一种心音，一直响个不停。屋外传来陇海线火车经过的隆隆声，还有西兰公路上大货车的鸣笛声，风儿轻轻地敲打着门窗，发出微微的战栗，有时候感觉床也似乎动了动，渭河浪花已经不似从前了，声音那么细弱，是否已然成为暗流？但第五健感觉血管里涌动着河流。第五健仿佛置身于渭河与泾河交汇的三角地带，一个叫陈家滩的地方，千百年来，那里呈现一河之中一清一浊"泾渭分明"的自然景观。从一个历史时期来看，泾水清澈，渭水浑浊，而从另一个历史时期来看则又变成了完全相反的模样，但两条河流前行数百米，就如同天边的云彩一样最后完全合二为一了。令第五健担心的是几座大桥正飞架于两河之上，嘿嘿，后世的人恐怕再也见识不到芳草萋萋、水鸟翻飞的"泾渭分明"的自然美景了。

第五健的神思忽然流落于地处渭河北岸的某一个地方，他不知道自己是否在那个地方生活过，不管怎么说，他有记忆，他有比较清晰的印象。他记得陇海线旁边还有一个小型飞机场，他不知道飞机场的大小，但他知道农民经常在那里晒庄稼。他的梦中有一条河流的印痕，他似乎感觉自己并不是出生在北山县的山庄，他的记忆中有另外的声音。有人说娘胎里的娃，娘走到哪里，他就走到哪里，娘有什么记忆，他就有什么记忆。小时候他和母亲经常挽起裤腿蹚水过河，也坐木船到对岸走亲戚。那时第五健感觉渭河那么广阔，河水浩浩荡荡的，一个漩涡连着一个漩涡，浑黄的河水，曲里拐弯地朝东方去了。他爱这条河流，这条河流给他幼小的心灵带来了无限的遐想。多少回他坐在松软的沙地上，望着昼夜不停的流水，听着渭河澎湃的涛声，他就傻想，要是能顺流而下那该多好，会不会一直漂流到大海？大海到底有多大呢？那时他还有一个乐趣就是看火车，站在高高的黄土塬畔，目送着一列列客车、货车，大声数着车皮的数目，偶尔也做些坏事情，用土块朝火车开火，临了还哈哈大笑："打中了！"如果是一个外地人，最不能忍受的当然就是夜晚火车扯着嗓子长鸣了，"呜——轰隆隆——"，震得门窗玻璃都嗡嗡乱响，加之有时候天上飞机的震天巨响，好像马上就要落到头顶了，让人胆战心惊！可是居住在这一带的人们似乎早已习惯了，他们甚至能听出火车的车次时间，"刚过去的是什么车，现在大致几点了。"多年以后，就是在任何嘈杂的地方，只要困乏了，第五健几乎都能倒头就睡，这可能就是环境对第五健的塑造吧。后来由于环境的变迁，第五健离开了嘈杂的故土，生活于相对平静、安逸的泾河流域，反而不得安宁了，他神经衰弱，经不得吵扰，再也无法像从前那样倒头就睡，而是时不时还要借助于安眠药片入睡。

在遥远的意识王国里，第五健反叛着自己的父亲。他在设想自己的母亲，或者不是父亲的原配，或者她有一个生活于渭河流域的家庭，要不然她的儿子如何会有如此清晰的关于这条河流的记忆？还有一个可能——第五健的前生，或者更加遥远的过去与那里有一段渊源。再一个就是阅读与联想惹的祸，或者就是思维错位、紊乱。看来那一跤，把一个天才的平凡人生，变成了一个疯子的不平凡人生。

时空再次变化，第五健恍惚感觉到——那一年，大致是在20世纪90年代，渭河滩遭遇了一次空难事故，两架飞机在渭河滩附近轰然相撞，死伤了好多人，人机残片散落一地。当第五健看到了女人、孩子的眼泪的时候，他心碎了。在他的印象里，飞机永远安全的神话被打破了，在儿时的记忆深处，他像敬神一样看飞机，他甚至叫它神鹰、大鹏，但那次空难教育了他。仿佛泪泪流淌的河水都更加浑浊了，它里面融进了死者的血。私下里人们演绎了那场空难的起因，一名技术一流的空军军官亲自带领飞行员训练，军官那阵子正与妻子闹离婚哩，可能心绪不宁，导致操作失误。对了，还有一个妇女正在玉米地里锄草，飞机的残骸击中了她；另外一个人坐在家里，也不幸被飞机零件击中，房子燃烧了，他在烈火中变成了灰烬。人的情感可以让机器失灵，让心智迷乱，也可以改变飞机的航线。阿弥陀佛！如此灾难，不知毁了多少人的幸福，军官有父母有妻子有兄弟姊妹有子女，有上级有战友有同学有乡亲，还有那些无辜的百姓，也有父母和兄弟姊妹。生命无常，生死无定，在什么时候寂灭、以何种方式寂灭也不得而知。东汉大将马援所谓："男儿当死于边野，以马革裹尸还葬耳，何能卧床上在儿女手中邪？"第五健的思绪不知怎么运转的，他忽然间又想起了《周易》，想起了古人的乾卦思维，赋予了它天道、君道、夫道、阳刚、主导等属性，而对应的坤卦则是具有了地道、臣道、妇道、阴柔、从属等属性，古人对自然、社会、人生的了解有他们的局限性，但很多认识是具有先见之明的，方方面面的规律性是客观存在的。譬如古人说夫唱妇随，就是讲一种家庭组合模式，就像秦腔戏里有主角、配角、花脸、小丑，他们各有各的轨迹；现代人恰好不一样，阴阳颠倒，角色错位。在什么位置就干什么事情，这是大地的法则，过去人如是说。现在一些人总想随心所欲，这就违背了自然法则，违背了人伦道德。过去人很讲究抬轿子，给谁抬轿子这个问题不简单，会不会抬轿子，只要看看结局就知道啦，这就如同选老板、招女婿、找媳妇，跟对人与跟错人差别大得很！要不然人们咋说，宁为君子牵马坠镫，不与小人提灵长智。哎呀呀，这个家事嘛总是与国事紧密相连，唐玄宗把杨玉环宠坏了，皇帝的后宫乱了营；他纵容安禄山，激发了他的狼子野心，惹下了一河滩的烂事，导致大唐江山江河日下。

第五健鬼使神差般又想起了父亲，这个给他生命也赋予他无限父爱的人。小时候第五健贪玩，经常逃学，父亲一个人束缚不住他，就叫侄儿们帮忙。于是第五健的几个堂兄抬胳膊提腿脚硬是把他弄到了学校，后边父亲气昂昂地跟着，手里拿着儿子只装了语文、算术两本书和一根铅笔的那个花布书包。父亲敬重文化人，也希望他的孩子有文化。听父亲说，他认识一个老革命第五信，是民国十八年（1929）年馑逃难时走失的第五家族的一个远房亲戚，他与第五健爷爷同辈，后来那人在西北参加了革命，新中国成立后在西府当领导。由于没有多少文化，他批阅文件时就知道画圈，而且总要秘书全文复述，他讲话从来不用稿件，全凭记忆力和想象力。那位爷爷的临终遗言就有这么一句——"第五家的娃娃一定要念书识字。"这句话也成了父亲对自家娃的起码要求。

罗一楠已经回来几天了，她发现第五健的失眠症状还是没有根本改变，她心里有些着急上火。这时有人给她介绍了一种进口安眠药，说那种药效果不错，建议让第五健试试。一天晚上，罗一楠询问过医生后让第五健吃了四分之一片安眠药，她希望奇迹发生。可是第五健还是不能安然入睡，没法子，他自己又偷偷吃了一片药。在药物的作用下，第五健终于进入了梦乡，罗一楠不敢打扰他，也静静地躺下，不一会儿就睡熟了。

虽然安眠药的催眠作用在显现，但第五健的意识依旧活跃。躺在这幽静的病房里，第五健想起了故乡的小屋，想起了一些陈年往事，想起了北山县的大洪水。据老人说北山县山庄一带溪水河有一年发了大水，当时村里人都在河谷居住，那里比较平坦，多年都没有发水了。第五健的祖父第五便在外干活，正走在回家的路上，他见天上阴云滚滚，就加快了步伐。走到距离家里十几公里处，已经开始下雨了，滚滚洪水正朝山庄溪水河汇集。事不宜迟，他借得一匹骏马飞奔回来，敲响了大庙的铜钟。村民闻讯立即行动，青壮年一马当先，把全村男女老少都转移到了高坎上，当洪水来时全村无一户受灾。据说第五便就是在那次义举中受了累染上病，山庄人说第五便是护村的英雄，也有人不以为然。但第五健对于自己的祖父还是十分赞赏的，他为祖父那不大不小的业绩而自豪。

睡梦中第五健的牙齿咬得咯咯响，他睡觉时总会发出一种阴森恐怖的低吟，还经常说胡话打呼噜。罗一楠这个女人就是睡眠质量高，她全然没有受影响，睡得稳稳当当的，倒是她如果不在身边第五健就睡不安生，第五健某种程度上对这个女人很依赖。

第五健起来上了趟厕所，回来后就又睡不着了。第五健一个劲儿翻身，在另一张床上的罗一楠被他的响动吵醒了。

"几点了，还没睡？"罗一楠睡眼蒙眬地说，"不要命了？"

"睡不着啊！"

"那药片没顶用？"

"吃到猪肚子里去了。"

"呵呵，你承认自己是猪八戒了？"

"嘿嘿，天蓬元帅嘛。"

"什么天蓬元帅，你就是——色鬼一个！"

"哈哈哈！"第五健开怀大笑了起来。

罗一楠稍微整理了一下头发，用手摩挲了两下面部，起身就到第五健床边坐下了。"喝水吗？"她握着第五健的手说，"睡会儿吧！"

"我们说会儿话，我睡不着。"

罗一楠勉强同意，但只给第五健半小时。

"你那个同学发了呀。"第五健说。

"柳云芳吗？"罗一楠漫不经心地说，"鬼知道她怎么弄的，听说很能折腾的。"

"那回在西京，我们遇上了。"

"她和强儿熟悉。"

"是吗？"

柳云芳是罗一楠的高中同学，她身材苗条，模样俊秀，鼻翼左侧长着一颗棕色的痣，显得别有风味。她开过理发屋、贩过菜、批发过苹果，还当过服务员，之后去深圳、海南发展。

听说她跟一个香港大老板结婚生了一个男孩，那个大老板在香港还有家，经常往来于两地。几年后他们分手，柳云芳带着儿子回到西京，开了一家四星级大酒店。

"强儿请我们在云芳的酒店吃过饭，档次的确不低，在西京算一流的。"

"云芳还真是个人物了，她的经历很有戏剧性嘛。"

"她现在发展顺利吗？"

"听说她和林洁、陈君梅、强儿等人开发的大河湾清水居楼盘已经销售完了，高新区的华美芙蓉园又开始动工了。他们那一帮人很能折腾，西京市的头头脑脑都比较熟悉。"

一时，他们都默然无语，第五健思忖着，罗一楠也在想心事。

"起点决定终点，虽说不很绝对，但也能说明些问题。"第五健感慨地说，"生活啊，生并快乐着不容易！"

"你看大城市，人家的起点就高些，接触面就广些。"

"二元结构下的城乡差距是很大的，农村总慢半拍。"

"对！就说教育吧，"罗一楠说，"城里娃争着抢着上重点学校的时候，农村人还不知道为什么一定要上它，等农村人知道了上重点学校的好处的时候，城里人却已经一大群一大群地送孩子到国外读小学、中学、大学……"

他俩说着说着，第五健迷迷糊糊地就睡了，直到早上日出东方，天色大亮的时候才醒来。

当清晨第一缕阳光照进病房的窗户的时候，罗一楠早已坐车上班去了。

这天早晨，罗一楠刚走，第五健在医院认识的几个病友就串访来了。这几个人都是病情恢复得差不多的人，他们中有一个商人，一个乡干部，一个农民。第五健泡上了浓香的茶叶让大家喝茶，接着他们的闲聊就开场了。

那个商人说他有糖尿病，肚子上的伤口不好愈合，已经折腾了几回了。他是泌尿系统问题，身上时常挂着一个应急尿袋。那个年长的农民说自己吃大亏了，本来想节省几百元钱，就把自己原来的二人间病房换到了三人间，这下可惨了，当晚来了一个肾病小孩哭喊了一夜，自己血压就上去了，伤口也是愈合不了，都快一个月了。众人七嘴八舌地说着："你说世界上的事情有样子吗？没有，教授都解决不了的问题我娃解决了，我大女子胆大，她看着我的伤口不愈合，就在外边买了膏药给我用了，最近还好些了，我看有希望。"

"最近还送院长水果不？"

"不送了！验收已结束，谁还送它做什么？纯粹就是装个样子，糊弄一下上边人。院长也不用给大家每天赠送一根香蕉、一个柑子、一个苹果、一袋奶、一个鸡蛋作为早点了。"

"反正咱病号还享受了几天，不享受白不享受，我看挺好的，要是能多验收几天，那才叫过瘾。只可惜这'五个一'形象工程结束了。"

第五健知道准备迎接验收这种事情，这是各个行业都司空见惯的，他早就见怪不怪了。第五健忽而想起了接受护士培训时的情景——

前几天，为了迎接检查，护士一次次来到病房，对患者进行培训。

"11床，你的主治医生是谁？"

"杨教授。"

"主管医生、护士是谁？"

"马医生、刘护士。"

"你知道腕带的作用吗？"

"病人身份识别。"

"你知道自己的治疗方案吗？什么是一级护理？"

"有些我知道，有些我不知道。"

"呵呵呵！"一群小护士笑着耐心地向患者解释那些医护术语。

第五健这样一想，自己都禁不住想笑。

大家正在唾沫横飞、大声说笑，护士长来了。

"你们不要吵了，这里还有重病人呢，请回吧！"

第五健房间的几个人不好意思，纷纷撤离了。

第二十五章

又是一年到头了，第五健还在医院里休养，罗一楠忙得焦头烂额。

这天早晨9时许，司机正在帮第五健办理出院手续，这时第五健的大学同学刘刚元来了，第五强陪同着。

"我都不知道，你狗东西捂得严实，也让大伙看看你嘛。"刘刚元开口就抱怨。

"不不，我婆刚过世，麻烦同学、朋友帮忙，我都没有来得及感谢大家，你看我这不争气的身体又病了，不好意思再说。"

"你这就不对了，看不起人嘛！我问你，罗一新咋知道的？还有李清明比我还远都来了，你咋还越人哩？不够意思。"

"请原谅，哥们儿，回头我请客！"

"我不要你请客，你那几个闲子儿够干啥？请客也要人家罗大美人请。"

"我嫂呢？"第五强问。

"忙着开会，干她的事呢。"

"哈哈，你家罗市长比美国总统布什还忙。"

"你小子，对人家罗家人一直都耿耿于怀，酸葡萄效应。"

出院手续办完后，第五健准备离开医院。他想邀请刘刚元吃饭，刘刚元说："我给你接风洗尘，咱们在新开的'金柳大厨房'坐坐，如何？"没等第五健说话，罗一楠的司机说话了，他说："罗市长叮咛说家里饭菜都弄好了，几个老人都在。"

"老同学，我们一起到家里吃饭，你看咋样？"

"我算看透了，你也是'妻管严'！"刘刚元有些不高兴地走了。

第五强没有继续跟刘刚元走，他跟着哥哥回家吃饭，他看第五健的脸色有些不对劲，知道他哥有话要对自己说。在回家的路上，第五健问刘刚元的事情，第五强说："他……刘刚元是找大嫂的，大嫂不见他。"

原来是云中市职业技术学院投资超过两个亿的教学楼、实验楼、文体中心楼、操场、宿舍及相关配套工程正在招标之中。刘刚元想让罗一楠给自己说话，他想揽这个工程。罗一楠是主管这项工程的副市长，她是闻达书记信任的人，所以刘刚元的丈人云中市现任市长李继友让他架罗一楠这座桥来了。

第五健说："你离这件事远些，你嫂子可能要调动工作，这件事情就不要说了。你看看这是人家在利用咱，咱心里要清楚，不能糊里糊涂的。"第五强对他哥坦白说自己在西京参与这些人的房地产开发了，林洁、陈君梅都有份。另外刘刚元还是第五强北山企业的股东之一，势力大得很。第五健说："你还是小心，别陷进去了，要知道进退，吃饱了要知道丢碗……"对于第五健喋喋不休的引导、苦口婆心的叮嘱，第五强很认真地听着，后来他就睡着了，第五健自嘲自己是对牛弹琴，跟石头说话呢。

第五健到家时，见岳父岳母、罗一楠、儿子都在等着他，连忙说："等急了吧？爸爸妈妈，大家都饿坏了吧？不用等，赶紧吃饭。"

"咋这么久？堵车了，还是手续不好办？"

"遇到熟人了，说话耽误了。"

"什么人？"

"就是一个熟人。呵呵，我饿了。"

刚吃过饭，罗一楠还没有来得及喘口气，秘书通知说："下午有重要会议。"

罗一楠赶紧收拾了一下，就噔噔噔地下楼了。

罗一楠太忙了，第五健还在县里上班，为了给女儿减负，罗瑞生夫妇不得不从四川搬到云中来生活，他们得给女儿看孩子，他们也在这座小城市里找到了生活的乐趣。罗瑞生每天坚持跑步5公里，有时候也写字、画画、打太极，老伴蒋慧琴喜欢打太极、跳舞。罗一楠家里有保姆做饭、看小孩，所以两个老人只是辅助一下，偶尔帮帮忙。现在第五健的家人不少，老人儿孙满堂，满屋欢声笑语。

终于逃离了医院，回到了家里。结束了一个多月的医院生活，第五健感觉天空更加明澈、湛蓝，空气也散发着茉莉的芬芳。自由啊！自由的滋味只有在失去的时候才倍感重要。

家，是一个人的再生之地，是一切的渊薮，那里温暖、温馨，那里有爱有情有亲人，有属于自己的天地空间。在家里似乎你的每一个毛孔都舒展了、开放了、通融了。在那里，泪水、汗水都甜蜜，整个空气都有着浓情和雅致，所有的物件都放射出五彩的光芒。

这天下午两点一刻，云中市委大楼外整齐地停了一排汽车，市委常委会正在七楼会议室召开。这是新任市委书记闻达到云中市两年来，第一次召开有关干部人事工作的专门会议。闻达书记刚到任时说过"人员不动，工作不变，重视实际，重视才干。能者上庸者让，谁不想干不能干不会干都可以辞职，我不会跟大家过不去的"之类的话语，于是云中市长期人事冻结，谁也不知道闻达书记葫芦里卖的什么药。在这次会议上，组织部门宣布了几个重要局、几个区、县一把手的调整方案，并汇报了有关干部考察材料，以及组织程序安排。在这样的会议上，大家的表情是严肃的、微妙的、富有深意的。在副书记、市长李继友，副书记张若寒，常务副市长冯虎臣发言后，本来按照排名惯例闻达书记会让罗一楠发言，作为常委、副市长，

她的排名在常委、宣传部部长和常委、组织部部长之前，可是
今天的会议，常委、组织部部长许文彬却抢先发言了，还大讲
公平、民主、公正原则，重实绩，重民意，看表现，大有欲盖
弥彰之势。罗一楠实在听不下去了，她大声说："许部长，你
能不能讲讲真话？你们组织部门整天都在干什么？！"

"罗市长，你把话讲清楚，你不能在这里泄私愤啊！"

"好，我问你，在刚才的拟任副县级领导干部名单中，你
们审查了没有，调研了没有？"

"我们以组织的名义担保，完全合法，没有任何问题！"

"但据我所知，有人档案年龄造假，有人去年刚刚受过党
纪政纪处分，有人本身就有犯罪前科。请问这样的人我们为什
么还要在这里以市委的名义任命他为领导干部？同志们，这是
严重的失职行为！"

"你胡说！罗一楠，你这是诽谤，无中生有！你是在发泄
对组织的不满，不就是你丈夫第五健没有考察通过吗？"

"是啊！怎么啦？你给个理由！"

"冷静！不要吵了！都注意态度！"闻达厉声喝道，"我
们是领导干部，要讲原则，要服从大局，要重视事实依据，不
能违背事实。"

"我对自己说过的话负责，请组织核查。"罗一楠态度强
硬地说。

"罗一楠同志！"闻达拍着桌子说，"今天的会议不做任
何记录，不准外传！"

"我保留个人意见。"会议一时陷入沉默。

闻达书记说："人事问题以后再议。"宣布散会。

晚上，罗一楠回到家里，脸色很难看，没有吃饭就睡觉了。第五健询问她，罗一楠说累了想早点休息。第五健知道她准是遇到不顺心的事了，就没有打搅她，让她一个人静一静，第五健则在客厅里陪老丈人聊天。后来第五健自己钻到书房去看书，他也想自己清静清静，他感觉今天的事情有些蹊跷，他需要冷静地分析。第五健梳理思绪，他感觉刘刚元有些来头，他是否嗅到了什么味道？还是罗一楠得罪了什么人？反正这些事情有一定关联性，罗一楠回家的表现也说明了问题的严重性。哦，第五健突然间明白了很多以前的困惑，为什么自己在医院里总是梦到渭河，刘刚元就是渭河边的户县人。刘家是木工世家，爷爷、父亲都是当地有名气的木匠，第五健去过他们家，见过他们家祖传的门尺、墨斗、斧头、锯子、刨子等工具，也见识了他们祖先的雕花木门、木窗，还有保存基本完好的庭院楼阁。在大学时刘刚元与第五健就是"情敌"，刘刚元追求过罗一新，当时第五健喜欢于小叶，可罗一新不喜欢刘刚元，刘刚元认为第五健吃着碗里瞧着锅里，同时霸占着罗一新、于小叶，就寻机会给第五健找碴儿，这才有了渭河滩的决斗。打闹过之后，他们相互也没有再起事，似乎井水不犯河水。多年以后罗一新没有跟他俩之中任何一个恋爱结婚，于小叶也另嫁他人。呵呵，刘刚元反而感觉自己当初错怪了第五健。大学毕业后，第五健与刘刚元同时分在了故城县教育局，刘刚元提前做了功课，就留在了县一中，这是该县最好的学校。第五健没有关系，被分到当时的故城县干部进修学校，因进修学校位于原五七干校旧址，人们仍习惯地称"五七干校"。这里聚集着从外边回来的各色人等，有外地调回故城的公安局局长、教育局局长、高中校长、初中校长、教务主任、骨干教师、外籍大学本科及专科学生，总之，这里是一个真正意义上的五湖四海。这里出过好几个在全国有影响的作家、诗人、杂文家和剧作家，也出过几个市级领导。不少县级领导、中层干部，还有不少企业家和名教师都有"五七干校"的印记，那些重要人物的中专、中师文凭，专升本、研究生进修都从这个小地方成就。从近处讲，故城历任教育局局长、文化局局长，他们都是与这里有渊源的。呵呵，这里可真是藏龙卧虎之地呀！

刘刚元何许人也？他就是现任云中市市长李继友的女婿。当初刘刚元大学毕业在故城县工作以后，首先追求陈君梅的女儿任菲菲，后来转而追求相貌出众、父亲是副县长的李晓莹。刘刚元与李晓莹结婚后，李继友就把女婿调出了教育界，安排到县委办当秘书。刘刚元受不了那份苦，干不了那种伺候人的差事。政府允许干部带头创业那会儿，他就辞职下海，先是给一家公司当采购员、司机，后来成立了"云中钢圆建筑工程有限公司"。靠着老丈人的人脉，他在故城县干了不少工程，譬如：县政府综合办公大楼、县一中图书馆、县档案馆、县职教中心大楼、县医院门诊大楼等。刘刚元老丈人主政云中市后，云中市的很多工程都有刘刚元的影子，即使他不干也会先拿下，然后转手盈利。时下有人说刘刚元一跺脚云中市都会震动，他的能量不可小觑。第五健也许还不知道，他出院后的第三天，云中市中心医院在基建时发现了一座汉墓，很珍贵，出土了不少文物，原来的工程被叫停，这个工程的施工方就是刘刚元的公司。

第二十六章

　　第五健躺在书房的沙发上，仰望着洁白的屋顶出神。罗一楠走进书房，也挤在他的身边。两人紧紧挨着，静静躺着，好久都不说话。后来第五健首先打破了寂静，他问："感觉好点了吗？"

　　"还行。"

　　"我猜到了，受委屈啦，压抑、烦闷……别管他，明天就去禹州湖！"

　　"对，请病假，休假，事情是干不完的。"

　　"一楠，愿意听我说吗？"

　　"哦，你说吧，我正想听你说呢。"

　　"人是情绪化的动物，你的一举一动、肢体语言、面部表情都会把你的秘密暴露无遗。"

　　"是吗？"

"你的脸色告诉我，你与人吵架了，而且你很气愤。"

"事后诸葛亮，早干吗去啦？"

"哈哈，你让我说完行不？"

"我就是要给你难堪。"

"行行，谁叫我惹你了。"

"哦，好嘛，你说你的。"

"有的情绪是允许的、必要的。"

"比如？"

"不公正，欺负人。"

"还有吗？"

"当然，一味无节制地闹情绪、发脾气，失去理智就不好了，应该想想后果，以及别人的感受。"

"那么，我应该反省一下自己了？"

"人人都要有时时反省一下自己的心理准备。"

"是吗？还有这个说辞？"

"这就是情绪反应。"

"呵呵，本人洗耳恭听！"

"有的人容易被激怒，怒气也容易平息，就像一根火柴，刺啦一声就燃，但熄灭也快；有的人很难被激怒，同时也很难平息他的愤怒，就像农村老太婆用柴火烧炕，热得慢也凉得慢；有的人很难被激怒却很容易平息，就像汽车安装有合格的刹车装置，可以确保行动自由安全，因为本来他就不喜欢开飞车，所以很难超速，一旦超速，点刹立止，很快就慢下来；还有一种人很容易被激怒又难以平息怒气，这就像点燃的汽油，很危险但也很无奈！"

"我的先生，你讲得太烦琐了，我都搞不明白了。"

"用排除法呀。"

"噢，知道了，火柴、汽油都不行，第二种好像也不对，就是惹不起认死理。"

"嗯，继续。"

"第三种，还可以，引而不发，即使发作也能收住，高人！"

第五健给罗一楠竖起了大拇指，罗一楠哈哈大笑着说："我知道啦！"

第五健的眉头舒展了，他看到罗一楠的神情，心里感觉一块石头坠地了。罗一楠自己拯救了自己，她迈过了一道小小的坎。

罗一楠不知是什么原因，突然间她有了一种发现——第五健太神了，他能揣摩人的内心世界，就像别人肚子里的蛔虫。想到此，罗一楠不顾一切地一把抱住了第五健，忘情地激吻着丈夫。

罗一楠说："老公，我爱你！你有一个好脑瓜。"

"我也爱你，一楠，你的身心、你的一切都是诗意的、迷人的。"

"要是把你的头脑加上我的身体，那该多好啊！"

"那不就成妖怪了吗？"第五健突然冒出了这么一句。但他的内心里想象的是广袤的土地，无边的大海，是船帆，是奔腾的骏马，是翠绿的草原，是无数欢乐的面孔，是雨后清新的空气。

　　在第五健夫妇用他们的方式纾解情绪的时候，云中市委常委、组织部部长、市委书记也度过了一个不眠之夜。组织部门灯火通明，亮若白昼，纪检、公安连夜查案，闻达书记亲临指挥。云中市的一张窗户纸就如同皇帝的新装一样让小女孩罗一楠捅破了，惊醒了很多熟睡的人。大家拼命地发牢骚："怎么搞的，谁会这么大意？都是底下人搞的鬼，你们干什么吃的？连三岁小孩都明白的道理，你们竟然装睡着！麻木、昏聩、放纵、交易，恐怕都有吧？"闻达书记的上升空间本来就不大，他不希望这件事情继续发酵，他要变坏事为好事，彰显自己的决断力，为上级交一份满意的答卷。甚至闻达感觉罗一楠表面是与他对决，实际是在给他扫清道路，是他施政的先锋力量。

　　与此同时，李继友市长也连夜去省城搬救兵，他的老领导给他点拨了一番，第二天他拜访了省委书记沈崇光，主动汇报了情况。闻达落后了一步，沈书记一个电话把他叫到办公室，严肃地批评他工作马虎，险些出现重大失误，并表扬了罗一楠，还说自己果然没有看错人。闻达心里感觉委屈，但事情已经发生，他不知道沈书记怎么看这件事。沈书记要求继续开会，并面授机宜。

　　闻达回到市委立即通知连夜开会，继续研究上次会议的遗

留问题。罗一楠本来想休假，看来不可能了。闻达书记说按照
省委要求，经请示有关领导，云中市此次调整干部工作原计划
不变，继续推进，当然工作存在问题一定要纠正，谁推荐谁负
责，这是省委沈书记的意见。这次会场比上次更加严肃认真，
既然底下同志信任、基层单位能推荐，组织部门有考察意见就
当场宣布，大家听一听也好，把话放到桌面上。这次补充了包
括第五健在内的四个人作为备选，同时公安、纪检部门也出示
了铁的证据，最后的结论一目了然，几个问题干部被当场取消
资格。会议开到后半场，市委组织部常务副部长翁世才不知什
么原因当场昏厥，被连夜送往云中市中心医院，后来他中风、
偏瘫，失去了语言功能。他的这个怪病生得蹊跷，但也恰恰因
此，很多干部都长出了一口气，翁世才只是一个卒子，一个处
级干部他能怎么样？后来市委罢免了两个玩忽职守、贪污受贿
的县委书记，同时查处了一个在工程建设中搞权力寻租的市级
部门一把手，对云中的政治生态进行了整顿，提拔任用了一些
政治清白，想干事能干事的人。

　　云中市的干部圈子又经历了一次洗礼，老市长李继友光荣
退休，传说中关于他将当省府秘书长的话也没有兑现；原组织
部部长许文彬被平级调往林东市，仍然担任组织部部长；原副
书记张若寒、常务副市长冯虎臣，前者去云中市政协当了主席，
后者去云中市人大当了常委会副主任（正厅待遇）。群众说禹
州人抓经济、惠民生、促发展，云中人抓领导、戴帽子、盖房
子，两市发展情况比照明显。在这次班子调整中，罗一楠留下

了，她被任命为云中市委副书记、市长，省委本来准备任命她去省商务厅当厅长，负责全省商贸工作。但就因为那次云中市委会议上的红颜一怒，不仅使她成了云中名人，还让省委沈书记改变了看法，他认为云中需要一个"铁娘子"，一个敢开拓、懂经济、会管理的干部，因为闻达是秘书出身，搞经济有一定困难。当然，罗一楠家的另一件好事情就是她丈夫第五健的任命终于下来了，组织上任命第五健为故城县委委员、常委、常务副书记，并任县人大常委会副主任，主持工作。县人大常委会原主任甄富兴任云中市农业局党组书记、局长。第五健这棵千年铁树终于开了花，对于这项特别任命，知情者说早就该重用了，不知情者以为他是沾了老婆的光。罗一楠坚决反对这个任命决定，但闻达书记一再坚持，大家也一边倒拥护，她只好顺水推舟，少数服从多数。

第二十七章

罗一楠组织人力编修全市经济社会发展规划，亲自陪同专家学者到基层调研，组织召开座谈会，掌握云中市经济社会的基础情况。闻达书记的看法与罗一楠略有出入，他说："稳定压倒一切，不要轻易打破原有格局，只要不出问题就好。"但他同时对罗一楠的努力也不反对，他希望罗一楠试试看。对于老领导的意见，罗一楠是尊重的，她也向省委领导做了汇报，作为她学习归来的收获。沈崇光书记很重视罗一楠的意见，他说就是要有想法，四平八稳能干什么？

在罗一楠不知情的情况下，第五健也在忙一件事情。他在工作之余加班加点，凭寸管之力也在为云中市的发展筹思谋划，他想实实在在地给罗一楠出点子，助她一臂之力。第五健翻阅了《动机和人格》《象与骑象人》《瞬变》等心理学、管理学书籍，他知道了阻碍人们思想和行动改变的原因：看似是人的问题，实则是情境的问题，或者叫路径的问题；看似是人们懒于做出改变，实则是已经筋疲力尽；看似心生抗拒，实则方向不明。他也更加清楚了整个发展环境中的一丁点转变都会给行为带来极大的变化；意志力是一种可以耗尽的资源，总有不济的时候；而含混不清的目标才是改变的大敌，过度解读与分析往往造成精力的浪费。在第五健的规划蓝图中这样描画：其一，云中的发展要转变观念，放下身段，抹开面子，真心实意、虚心地借助西京力量，别不好意思，这是实力和历史地位决定的。云中要瞄准市场要求，配合西京需要，主动服务配套，这方面企业家、民间力量大有作为，民心相通，产业互动，经济共生，需求互补，这些是落实宏观架构的基础。这方面新加坡苏州工业园经验值得学习，苏州就是瞄准大上海发展的。其二，不盲目冒进建大城市，做好中小城市这篇文章，不贪大求洋。在特色、精致、宜居、招商上下功夫，吸引西京人来云中居住、休闲、置业，改善云中城市的服务水平。这方面润江市走在了前列，他们吸引全球徽商，招引各地客商，使润江经济后来居上。其三，采取农村包围城市的道路，各个县、区抓一县一业或一县一品，实现各具特色，错位发展，相互补充，协同推进。鼓励人人创业，各显其能，譬如：北山县突出畜牧业，故城县抓好蔬菜，西山县发展旅游业，东乡县做好建筑劳务输出。这方面江浙一带的民营经济发展如火如荼，小企业撑起了大世界，给我们树立了榜样。其四，云中市做好城市产业调整，纺织业化大为小，化小搞活，转向玩具、工艺品等；制药产业向园区化发展，鼓励外资、外商企业、私人企业入驻。这一方面巴山蜀水的人们走在了前列，他们建立了西部金融中心、新技术中心，我们已经明显落后。其五，干部任用目标化、规范化，奖惩分明，打破论资排辈，杜绝平庸。

第五健终于把自己想做的事情完成了，他回了一趟北山，与自己的父母过个周末，也借机放松一下。第五健的屁股还未坐稳，村干部带着村里的老少爷们儿就来了。他们说，"村子里水塔坏了要维修。""还想打几眼井，修修支渠。""村子的街道要打水泥路面了。""给你媳妇说说还不是一句话的事情？""大市长也要关心一下咱村！"反正乡亲们归根结底就是找你要钱要项目要说法，他们以为第五健可以通天，现在村子每换一任村干部，就都要你帮忙搞项目筹资金，也不管你能否办到。第五健只得一一耐心解释，并指出一些事情的办事程序、渠道。

罗一楠已经彻底把自己交给工作了。第五健也醉心于自己的事业，他回家唯一的乐趣就是和老人说说话，和孩子玩一玩，打扫一下屋子卫生。相比于妻子，他自嘲为闲人。有时候第五健闲着没事就翻看《周易》《了凡四训》《浮生小记》《增广贤文》作为消遣，体会"积善人家，必有余庆""满招损，谦受益""百善孝为先""家和万事兴""天道亏盈而益谦，地道变盈而流谦"的天人同构、天人合一境界，玩味"人似秋鸿来有信，事如春梦了无痕"的情感世界的淡淡忧伤、淡淡思念。

　　罗一楠又去外地考察了，还带着她的五虎上将一行人等，他山之石，可以攻玉；读万卷书，行万里路；求法寻法悟法，可谓费心费力。近一年的时间，罗一楠聘请的西京商贸大学团队负责的《云中市经济社会发展规划方案（征求意见稿）》出台了，这里面也有省内外很多知名专家的意见和智慧，这项研究成果受到了省委省政府的重视和认可，省上决定将云中市定为首批改革试点城市，为全省中小城市改革探索发展路子。

　　让罗一楠大感诧异的是第五健居然独立完成了一部著作——《云中市经济社会发展方略探究》，洋洋洒洒写了30万字。罗一楠为丈夫的工作自豪，他解决了宏观报告所无法顾及的微观问题，正好作为前者的补充和完善，弥补了前面方案的不足和缺陷。当这部沉甸甸的书稿送达沈崇光书记手里时，沈书记爱不释手，连夜阅读。沈书记当面对罗一楠说："有内容，接地气，好！这是一份有价值的参考资料。"他让罗一楠把两者结合起来，拿出一份更高质量的方案。沈书记还说："罗一楠啊，难怪你这么有底气，原来你背后有高人呀！看来我得专门去拜访一下你家第五健先生了，让他也给我提提意见。"

　　"沈书记您太客气啦，我带他来见您，认认门。您也点拨一下他，他这人书生气、死板，不灵活。"

　　"哦，可不能这样说呀，人才都有些个性。"沈书记笑着说，"罗一楠，如果你舍得，我忽然有了个想法。你跟第五健说说，如果他愿意，可以来省委工作。你们考虑考虑。"

"有什么考虑的？我替第五健谢谢您了！我们服从组织安排！"说完话，罗一楠便向沈书记告别，然后笑呵呵地走了。

"这个鬼丫头！"

沈书记独自陷入了沉思，他仿佛做出了一个大的决定，又仿佛还在迟疑中，他拿起电话拨通了罗一氓部长的电话。他们约定周末在一起吃个饭聚一聚，很久没有见面了，沈书记想让罗部长帮他约见一下几家大银行的老总，他要为夏州发展谋一点事，请财神们来夏州共同发展。

燕京城外，一座普通的民宅式样的小餐厅，一桌简单的农家饭菜，让几个见过世面的人称许不已。这家生态小餐厅的主人说："这里的鸡蛋、蔬菜、水果、猪肉、鱼肉基本都是自家园子出产的，粮食自产自用，面粉也是自家磨面机磨的，食醋、葡萄酒都是自家的产品，白酒从厂家直供，真正的二锅头。"这是罗一氓、沈崇光他们和京城几个大银行家、企业家的聚会，支持夏州高新技术开发区建设项目数百亿的合作意向就在这种非正式场合达成了。他们钓鱼、划船，游览了现代生态农业园之后，又品鉴了这些带着儿时记忆的食品。沈崇光高兴地说："如果有兴趣，我邀请大家去夏州做客，大家可以看看夏州发展特色农业的情况，如果把夏州的小吃放到一起，那就很多了，有这里的几倍。秦菜大家一定很陌生吧？这是古老的宫廷传承，千年帝都的饮食文化也是绝无仅有，我们有不少这方面的烹饪大师。"

　　席间有人说夏州人性格就是生、冷、蹭、倔这四个字。当罗一楠的旗袍飘过的时候，不经意间有人提到了第五健的名字，借着酒力不知谁说道："咻货，就是个活宝，说话直接，不讲方式，脾气犟。就是个犟尻，不知道变通。唉，不折不扣的夏州人！"

第二十八章

　　沈崇光书记从京城回来不久，突然心血来潮就去云中市故城县考察工作了。后来在省委的一次会议中，沈书记谈了自己检查的情况，并且说不打招呼检查以后将成为省委的常用做法，直接向群众了解干部的工作效果，你干得咋样群众会发声的。一个月后，省委办打电话让第五健去省委见沈书记。第五健心里犯了难，他不愿意落话柄让别人说自己是凭关系上去的，他愿意在基层工作，这样自己心里感觉实在，但他又不敢得罪省委书记。左思右想，第五健决定去见见沈书记。

　　到了沈书记办公室，第五健拘谨地坐在沙发上。

　　"第五健，你有什么想法？说一说吧。"沈书记问。

　　"沈书记，您就看着安排吧，我保证好好工作。"

　　"你呀，"沈书记笑着说，"没有你老婆爽快。"

　　"就让我跟着您，干什么都行。"

"给我当秘书行吗？"

"行！"

几天后，第五健被"借调"到省委，他经常陪同沈书记下基层调研。底下人猜测第五健迟早要上调，他是沈书记看中的人，第五健感觉自己就是在省委帮帮忙而已。罗一楠知道情况，但她守口如瓶，她想让第五健再历练一下，她为丈夫的前程而自豪，并且在心里默默祝福他——机会来了，你可千万要珍惜哟，郎君！

第五健等几个人是沈书记精挑细选的"笔杆子""明白人""将要重用的人"，或者叫"候补队员"，他们都被安排在省委时代王朝宾馆临时居住、办公，因为这些人经常加班，这里的条件相对好些。那时第五健所在的"农口"资料组就三个人，他与一个叫黄元的退休老县委书记一起在宾馆里看书学习、整理材料，黄书记是组长，负责审核把关，另外还有一名专职打字员，负责为他俩打字、校对、印材料。省委要求他们务必在年底前把有关资料准备到位，送省委领导审阅。

宾馆的饭菜自然是很不错，但他们为了赶时间，不去吃自助餐，也不去吃桌餐，而是经常跑到宾馆附近一条南北向的街道去吃羊肉泡。那条街道古色古香，店铺林立，街道里人群熙来攘往，好不热闹。在外边，第五健才发现原来几天来他们就居住在一座寺庙的隔壁，村民说那里面也没有啥了，就是进去登登塔、看看展室。也不存在晨钟暮鼓、和尚念经、香客云集的场面。第五健说："也多亏了高僧大德，多亏了那一座座佛塔寺庙，你这里才聚集了这么多慕名而来的游客。你们也是在吃先人的饭，享先人的福。"

"呵呵！小兄弟，你这就外道了。俗话说，靠山吃山、靠水吃水，咱靠城市就吃城市，我们这里是寸土寸金。你不知道吧？在我们这里要当一个村主任、村支书，就像你们区县里要当一个乡镇长一样，把头都能挤扁。"

第五健他们吃饭的这家饭店的老板是个快言快语的外地人，这个人在这个村子也算扎下根了，他找了个西京南区城中村——大庙村的媳妇，算是给人家倒插门了。

"老兄，你这三间门面一年不少赚钱吧？"

"那看和谁比呢，我们村主任开工厂、出租门面，挣钱多得拿麻袋装。他经常在这条街面上吃饭、喝酒，喝醉了就顺手摸出一大把钱，哗啦哗啦乱扔，甚至撕扯，整得服务员还要给他收拾摊子。他看上了漂亮的女人就用钱砸，我说这话你们可能都不信，他跑到京城去为了追一个女明星，一次就花了100万！"

"我的天，这'大款'也太招摇、太张狂了！"

第五健啧啧咂舌，真是羡慕死了这里的人。但羡慕归羡慕，他们还得在格子纸上操劳，那时第五健还不会用电脑，他们还得先写在纸上，然后让打字员打印。

眼看着年关将至，已经是腊月二十七八了，第五健给他老婆罗一楠打电话询问家里的情况。他老婆问他啥时候回家，第五健无可奈何地说："无可奉告，还不知道啥时候能完工，人家领导还没有验过。"

时代王朝宾馆——这是一家正在装修的宾馆，一楼、二楼已经启用，其他楼层还不时传来叮叮当当的装修声。第五健住的房间不是很大，逼仄得很，只能放两张床、一张桌子、一把椅子；黄书记的房子很大，但那位仁兄不愿意住，他说晚上没人聊天，不热闹，非要到第五健的房间里挤热窝。他俩都是个"烟囱"，不到一周就把两条烟抽光了。服务员来拿暖水壶时都不敢踏进他们烟雾缭绕的房间。

"叔叔，你们能否少抽一点烟？你看把这里熏得人都进不来咧！"

"写材料要熬夜，靠烟提神呢，没办法。"

晚上一楼大厅演节目，俄罗斯风情演出队。打字员是个城里娃，她晚上一般就回家住了，黄书记邀请第五健也出去放松一下。

第五健也觉得有放松一下的必要，他们就去了一趟演出大厅。服务员很有礼貌地招呼他们入座，并且介绍了座位的档次和收费情况。我的天，好几百元钱！问价之后，第五健苦笑着对服务员说："我们再和领导商量商量，一会儿就下来。"黄书记也直摇头说："这个时髦咱跟不上了！"

其实他们是认为花那么多钱看一场演出不值当。

有一天，黄书记家里有事请了假，宾馆整个第二层就剩下了第五健和打字员。这天晚上打字员没有回家，她说想在宾馆洗个澡，第五健就让服务员把黄书记的那个大房子的门打开了，第五健说自己的房子脏乱差，怕人家女同事笑话。不一会儿，服务员送来了水果，还说晚上 7 点在一楼统一安排了舞会，是省直机关干部与省歌舞剧团联欢，请第五健届时下去跳舞。第五健赶紧拨了罗一楠的电话，让她务必晚上来省委时代王朝宾馆一趟。罗一楠不知第五健又遇到了什么事情，就马不停蹄地赶到了第五健身边。罗一楠赶到时，第五健已经彻底打扫了房间，就这样罗一楠一进门还嚷嚷说："你看满屋子的烟气，窗子好像从来就没有打开过，一股子异味！"罗一楠来了后，第五健说自己出去会儿就回来。

第五健前脚刚走，打字员洗完澡就进来了。她大大咧咧地边走边说："水刚好热乎乎的，你快去洗洗，然后我们一起去跳舞。"

"你是谁？"打字员问罗一楠。

"我嘛，是第五健请来的舞伴，他这人咋这么不着调？明明已经有舞伴了还让我来当电灯泡。"

"他人呢？"

"我怎么知道？"

两个女人正在说道着，第五健大包小袋地买了一大堆吃的喝的回来了。

"第五健！"两个女人几乎同时喊道。

第五健感觉她俩刚才可能话不投机，赶紧介绍说："这是罗一楠，我爱人；这是小刘，我同事，我们一个组的。"

看着第五健的窘态，大家都笑了。小刘去跳舞了，她是个跳舞迷，舞也跳得好，机关人追捧她为"省委第一舞星"。可在众多的歌舞演员面前那就逊色了不少，过去喜欢小刘的机关干部今夜似乎都去追真正的明星了。第五健和罗一楠、小刘各跳了一曲就推说有事离开了，罗一楠过了一会儿也离开了舞厅。

在客房里，第五健正与妻子说着话。他问罗一楠如何考察一个人？罗一楠说："在生活细节和大事面前看本质，坚持用发展的眼光看人处事。"

"对，你说得有道理。我跟你再说说古人怎么看人，"第五健说，"具体说有八种方法。"

"我的天，有那么多？说说看。"

第五健一板一眼地叙述开了，他说："第一，是你提问题，看他的语言表达的逻辑性是否清楚，系统不系统、明白不明白；第二，在紧急逼问、突然发问的情况下，看他的应变能力；第三，在危险时刻看他的忠诚度，在关键时刻看他的担当；第四，作为考核人，明知故问，可看他是否隐瞒事实，这就是观察他的品德的一个手段；第五，用金钱试探，看他是否廉洁、抵得住诱惑；第六，用女色迷惑，看他操守坚定不坚定；第七，危急关头，看他敢不敢冲锋在前，看他的勇气和胆气；第八，醉酒时看他能否保守秘密、保持常态。"

罗一楠明白了第五健今天让她来的用意，他知道沈书记在下一盘棋——沈书记把第五健"请"进省委是有深意的，他让第五健先了解全省的"三农"情况，还让一位资深的退休县委书记给他言传身教。名义上是整理资料，其实是有意栽培，同时也是考验他的过程，说不定沈书记后边还有其他想法哩，不过他暂时必须隐忍一阵子。罗一楠这时突然想到了一段不知是哪里的话，她不记得是哪本书上，或者就是第五健说的——男人的秘密是包含于智慧、知识，或者干脆就说男人是智慧的秘密，女人是理解的秘密，纯洁的性行为是知识的秘密还是智慧的秘密呢？男人、女人，谁是强者？罗一楠还在沉思中，第五健就要动手帮她解衣服了。罗一楠微笑着说："我洗洗吧，这里的水咋样？"

"还行，热着哩！"第五健一边为妻子放洗澡水，一边大声回答说。这是一家翻新改装的旧式宾馆，很多水管、天然气管都是后来添置的，各个房间之间有空隙，所以几乎不隔音，一个房间的动静，在隔壁听得清清楚楚。

罗一楠很快就洗好了，她穿了件宽松的洁白睡衣出来了，第五健如饿虎扑食一样，不由分说上去就要霸王硬上弓。罗一楠低声说："洗洗，我等你。"第五健去洗澡了，罗一楠动手把两张小床合在了一起，她刚洗净的手又沾上了尘土，就再次去洗手盆洗了洗手。这时第五健已经洗完了，他一把拉过妻子，就像饿死鬼讨食一样，哼哧哼哧地动作着。罗一楠耐心地配合着。第五健陶醉在温情似水的世界之中，他们有两个月都没有尽情耕耘自己的土地了，在家里孩子在身边，还有所顾忌，老人在家里他俩也不敢过分喊叫，怕惊扰了老人。

他们把那张拼凑的床折腾得发出了一阵阵尖锐、刺耳的叫唤声。第五健恶狠狠地对床说："你添什么乱子？我老婆叫唤我爱听，你叫唤让我心烦！"第五健下床踢了床一脚，结果受伤的是他自己。

"哎呀，我的脚指头！"

"别疯了，快上来睡觉，出什么洋相！"罗一楠笑着说。

当丈夫和自己交欢之后，罗一楠似乎感到了一种可怕的虚空。男人心满意足地睡成了一个"大"字，她还要回味一番。是啊！这些日子他们很少在一起了，适当的性行为、恰如其分的爱就可以让精神升华,让生活在爱恋与激情的小径上悠悠然、欣欣然。

罗一楠问第五健这些日子的感受，第五健说还不错。他问罗一楠愿意听笑话吗。罗一楠点头称是。第五健说从前有两个兄弟，智商都很低，老大跟老二说："爹听你的话哩，你给咱爹说，别把两个妹子嫁人了。"老二问："留下做啥呀？"老大说："给咱俩当媳妇嘛！"老二说："看你瓜的，自家人不能给自家人当媳妇。"老大说："那咱妈咋给咱爸当媳妇哩？"

"你个瞎尻，就知道讲这些荤笑话！"罗一楠笑呵呵地骂道，"你还有啥黄水？都倒出来。"

"我当然有了，几首歌谣。"

"你说呀，咱啥没见过？"

第五健显摆着把自己从《西府民俗》上鹦鹉学舌的几首歌谣唱给罗一楠听：

棒槌棒槌叮叮当，眼泪滴在石板上。
石板开花赛海棠，我给阿哥洗衣裳。
阿哥游学去他乡，离家骑的大红马。
回来坐上八抬轿，你看热闹不热闹？

羞羞羞，把脸抠，抠下渠渠种豌豆。
人家豌豆打一石，你的豌豆不见面。

什么有嘴不说话？什么无嘴道情怀？
什么有腿不走路？什么无腿遍地跑？
茶壶有嘴不说话；乐器无嘴道情怀；
板凳有腿不走路；钱财无腿遍地跑。

西山西，河水潮，潮得马上山雨来了。
西山太阳钻山林，大片片云朵出来了。
一沓沓纸钱一炷炷香，快给咱百姓降白汤。

……

柳条柳条一人高，抓住柳条过桥桥。
桥桥背后一树桃，哥哥担水妹妹浇。
结下桃儿咧嘴笑，卖下钱来娶嫂嫂。
娶下嫂嫂手不巧，三天上了个裤儿腰。
扯扯腿，拧拧腰，哥哥穿上妹妹笑。

哥哥气得捶嫂嫂，枕头捶得"嘭！嘭！嘭！"

嫂嫂笑得"吭！吭！吭！"

罗一楠问第五健还有吗，第五健说暂时没了。罗一楠拿起枕头就在第五健身上体验"嘭嘭嘭"的感觉。第五健赶忙下跪道歉说："我不是故意的啊，冤枉啊！我不知道可怜的罗一楠女士也不会做针线活呀！误会误会啊！我检讨——我第五健是提着碾盘子打月亮，不知天高地厚，连轻重都掂不来；我是光脚上皂角树，豁出去了；精尻子撵狼，胆大不知羞；吃饭不知饥饱，睡觉不知颠倒；得风扬碌碡，笨狗咬着石狮子哩！"

第五健信口开河地说着，罗一楠不禁乐了，她也说了两句歇后语："我看你是东风吹胀西风捏塌——两边倒；猪向前拱，鸡往后刨——各有去路！"

第五健哈哈大笑，说："厉害！青出于蓝而胜于蓝，帽辫子上拴辣子——抡红咧！"

这两口子疯狂斗嘴，说够了也玩够了之后就相互依偎着甜蜜地睡着了。

第二年年底，在陪同省委书记沈崇光慰问老干部的人员中有了第五健的身影，在省委机关团拜会上有了第五健的座位，电视新闻也闪了这个人的镜头，一位新任省委副秘书长——第五健引起了大家的兴趣。

这一人事变动，在夏州这片封闭的土地上已经是破天荒了，沈书记居然把一个基层县处级干部连升两级，直接提拔到省委副秘书长的重要岗位，其他人一辈子也爬不到那么高的位置。难怪有人把状都告到了京城，说沈崇光违反组织原则，大肆提拔重用亲信，编织自己的权力网络。

第二十九章

　　2008 年是一个特别的年份，这一年 10 月，第五健的人生又一次迎来了重大变化，省委沈崇光书记力排众议举荐他当了夏州省委秘书长。在这一轮的省级班子调整中还有几个亮点——曹新伟从京城空降夏州任省委副书记、代省长；罗一新离开了禹州，本来作为副省长热门人选的她却去了省人大，任省人大常委会副主任；林东市委书记范宏图任副省长；云中市委原书记闻达任省政府秘书长；罗一楠担任云中市委书记。沈崇光的年龄马上就到站了，他即将卸任省委书记，有人说李清明要回来主政。正在这个关头，夏州的有些老干部联名弹劾沈崇光任人唯亲、搞团团伙伙、利益输送等不正之风，这其中就有陈君梅的影子。

　　夏州少数干部状告沈崇光的材料里有这么一份特殊材料落在了罗一珉的手中。那份材料揭发沈崇光的儿子、女儿移居美国，沈崇光与妻子离异，他妻子与国外知名企业老板结婚。让罗一泯感到意外的是他妹妹罗一新也牵涉其中，罗一新的丈夫王天宇和女儿王方舟也移居海外，王天宇与加拿大女富商结婚。这份材料还透露沈崇光与罗一新是情人关系，而且维持时间已经很久了。地方官员临卸任的当口儿，总有墙倒众人推的情况发生，但以罗一泯对沈崇光的了解，他觉得沈崇光还是比较清廉的，他没有染指那些重大的事情。

这些日子沈崇光时不时就会想起云中的那个神秘女人——陈君梅，是她牵头组织老干部进京告他的黑状。这次对范宏图这个人物当副省长的忍让是沈崇光违心做出来的，他感觉自己论公论私都愧对罗一新，从她的工作成绩、个人素质、自身能力等方面综合来看，她才是副省长的首选之人，可是沈崇光还是拗不过上边的压力，他必须权衡各种可能情况。这也就是他非要坚持让第五健当上常委的原因，他想制衡这个范宏图，同时要让有正义感、有能力的人进班子。

沈崇光那天夜里还对第五健说了他的另一个想法。省军区有一位老干部反映了一件棘手的事情，当年地下党的一名女情报员，在给党组织送情报时不幸被捕，机智的她立即吞咽下去写有情报的字条，敌人严刑拷打，她宁死不屈，敌人把她的一根手指剁了，她依然不肯屈服，最后敌人没有法子就放了她。这个女人后来辗转多地寻找丈夫，也与组织失去了联系，以乞讨为生。不幸的是她的第一任丈夫——一名老红军团长，早已牺牲在战场上了，连遗骨都没有找到，他们生养了一双儿女。后来这个女人再婚了，与一个农民组织了家庭，又生育了三个孩子，日子过得很可怜。一个偶然的机会，当年的老干部中有人找到了她，并且呼吁为她解决问题。沈崇光问第五健这事怎么处理好呢。

"沈书记，如果咱想解决这个问题，你放心，这事我来处理。我会先核实情况，然后找有关方面协商。"

"另外，我想让你在西山蹲点，锻炼一段时间，然后去南方挂职，这样你就有基础了，不然会落下话柄。你要知道'如履薄冰，战战兢兢'这话的意思，要时刻惕厉。再一个就是陈君梅的事情我不放心，你也要当心这个女人。"

沈书记再次提到了陈君梅，说她不简单，说在夏州像这样的人还不少。第五健仿佛感觉到了什么问题，他知道沈书记似乎察觉到了陈君梅与自己前妻林洁，还有自己弟弟第五强的特殊关系，或者领导在权衡什么，也许还有投鼠忌器的意味。第五健知道自己扮演的角色，他要守住自己的底线。

在省委七号院，第五健的家里，罗一楠刚从云中回来，大家刚吃过饭，第五远就来了。

"阿姨，我爸呢？"

"一到晚上就不见人影，今天这个时候还不见回来。"

"我爸手机关机，打不通，你还有其他联系方式吗？"

"我问问办公厅。"罗一楠转身上楼了，她用座机联系第五健。

第五健其实就在三号院，沈崇光留他吃晚饭。

罗一楠忽然想起来，第五健说沈书记请他谈工作。她说："远儿，你爸在沈伯伯家。"

罗一楠又打电话催促第五健，沈崇光笑着说："有人约束你了，哈哈哈！"

第五健几分钟后就回来了，一见长子第五远来了，他很高兴。第五远说："爸，下月我和邢瑞娜结婚，请您和阿姨、明明，还有外爷外婆参加。"

"远儿，你们还需要什么跟姨说，姨给你准备。"

"都准备好了，你们来就行了。"

第五远在西京市政府工作，他媳妇邢瑞娜在工商银行上班。第五健对儿子说："你准备在什么酒店待客？多大规模？媳妇家来多少人？"

"爸，您不用操心这个，没那么复杂，"儿子说，"这些都是礼仪公司的事情。"

"臭小子，长大了。"第五健有些激动，"你爷爷奶奶知道了得多高兴呀！"

"这个您也不用管，爷爷奶奶那里我带着媳妇去请。"第五远说，"我强叔带老人过来，他有车队。"

"远儿，这是姨的一点心意。"罗一楠硬给第五远手里塞了一个大信封。

"那我爸就没有吗？您就代表您？呵呵！"

"哎，你看你爸还有啥给你准备的没有。"

"我就跟你讲几句话。"

"您能把沈伯伯请来吗？我想让他证婚。"

"我试试。不过你跟你妈说要尽量控制规模。"

"爸，这个您放心，我知道分寸。"

"时间上你不要急，再征求一下女方的意见。还有，我的意见是往后边推一推，春节后如何？"

"她们家不想推后，我媳妇有了。"

"哦？"

这爷儿俩正在说话，罗瑞生夫妇来了，他们拿出了一幅《盛世莲子图》。第五健知道这是岳父在全国获过美术银奖的原创作品，价值不菲，忙说："远儿，快谢过外爷外婆！"

"谢谢外爷外婆，远儿诚心请您二老参加我们的婚礼。"第五远接过了老人的精品力作，他感动得泪水直流，这是多么珍贵的礼物啊！

"外爷外婆高兴啊！我们孙子要成家立业啦，哈哈哈哈！"罗瑞生开怀大笑。

老人说了几句后就离开了，好让第五健父子继续他们的谈话。

第五健给儿子的婚礼定了几条原则："一是婚礼总体承办规模、水平保持不上不下居中为好，不要满世界张扬；亲戚象征性收些礼物，每家 10 元礼金，给被面、物料也行，机关干部 20 元礼金，在门厅设男方、女方两个收礼牌子。二是车队不能太扎眼，也不要进小区，不能拥堵道路；尽量用大巴、中巴接送客人。三是对老年人要有专人陪护，可请医生、护士以备不时之需；同时千万注意各种情况下的安全；饭菜要可口，卫生要安全，这个也要有专人管。四是仪式简化，时间缩短；对人一视同仁，把所有宾客都招呼好。五是设立接待室三个，中厅我亲自负责，其他两个一个给女方，一个是你妈的。"

在与儿子交谈中，第五健语重心长地对儿子说："有些事我还是要坚持说，给你一个明确信号。古语云：有志于功名者，必得功名；有志于富贵者，必得富贵。人各有志，就像树有根一样，什么蔓上结什么瓜，这是有根据的。立志之后就要谦虚谨慎、戒骄戒躁，不松懈地朝前走，处处事事严格要求自己，不为蝇头小利所动，不结交道德品行低劣的朋友。"

"爸，我知道的，我会努力的，像你上次说的，把人做正，把事情做好。"

"我可要看行动。当然有时候也要讲辩证法、讲策略，比如你不能在欢笑的人中哭泣，也不能在大家哭泣的场合嬉笑；不要在睡觉的人们中间醒着，或者在大家醒着的时候睡觉。"

"爸，我知道，你是说人不要从众人中间游离出去，不然就被孤立了。"

"对对，是的……另外我还要提醒你，即使我们上一辈能够给你留下一些家财，但也没有给你留下几个关键时刻可以帮助你的朋友那样有价值。"

"爸，您的十个儿子、十个朋友的故事我早就记住了。您说得对，钱财有用完的时候，朋友是无价的财富。"

第五健和儿子谈了几个小时，他把自己能考虑到的都叮嘱了，看他已经十分累了，第五远才起身告辞。

"不走行吗？要不就住咱家里，这么晚了。"罗一楠挽留第五远。

"不了，谢谢姨——妈，你们早点歇着。"

"哎！你路上小心。"

罗一楠第一次听到第五远管自己叫妈，她几乎不能相信自己的耳朵。这孩子一直嘴硬，此前一直管自己叫阿姨。罗一楠心里感觉到了丝丝的温暖，一种母性的情愫涌上了她的心头。

听说儿子要结婚了，儿媳妇还有喜了，第五健格外兴奋。罗一楠嘲笑说："掌柜的，好像你要当新人娶媳妇似的，喜不自禁呀！"

"哦，你也是长了一辈，呵呵！"

"是啊，你知道吗？今天远儿离开时叫我妈了。"

"是吧？孩子大了。"

夜里，第五健和妻子罗一楠在说话。

罗一楠询问第五健的情况，他说沈书记让他暂时沉下去，到西山锻炼，蹲点研究"三农"问题。第五健预感到沈崇光书记下台前要干件大事，看来有一场风暴将要来临。

第五健不由得想起了陈君梅这个风云人物，他知道政府要出手了，陈君梅作威作福的日子也该到头了。在第五健的脑海里浮现出许多陈君梅的故事,群众说没有陈君梅办不成的事情,足见她能量之大。

陈君梅的大手笔要数她的荆山"清河墓园",占地880多亩,吸引了西京、云中城的很多人,他们只要花费五六万元,就可以在那高高的山坡,在帝王的龙脉之地拥有一块坟地,每块坟地面积只有十几平方米,但统一设计、规划的石碑、绿地,草木茂盛,百花争艳,纵横交错的小径,成片的松柏林,形成一处独特的园林景观。整个陵园头枕荆山,脚临小清河,面向八百里秦川沃土,可以远观渭水、泾水,非常雄伟气派。

陈君梅修建整座墓园,她究竟花了多少人力物力,没有人确切知道;是什么因素促使她决定修建这一浩大工程的,也没有人知道。不过听说她发了一笔横财,故城白氏家族曾经很富有,清朝时期生意遍及长江流域,可能有好多没出世的地财,"清河墓园"就建设在白氏祖宗旧地,陈君梅是否已经得到了这些财宝?还是没有人知道。

罗一楠洗完了澡,用吹风机在呼呼地吹头发。第五健感觉今天罗一楠的吹风机声音异常大,就走过去说:"这机子咋了,今天声音这么大?"

"没有啊,你又大惊小怪的。"

"你知道陈君梅最近还有啥动静没有?"

"她呀,是个闲不住的人,隔三岔五地总要折腾出一些事情。"

第五健夫妇又说到了陈君梅以及她女儿女婿的事情。原来甄富兴要和任菲菲离婚了，陈君梅就这么一个女儿，她咽不下这口气，一直想找机会报复一下甄富兴。任菲菲性格和善，与人无争，一点都不像她的母亲。任菲菲默默地忍受着甄富兴的冷落和折磨，她都是为了她儿子。她儿子正上初三，已经很懂事了，她爱孩子，离不开孩子。

陈君梅自己也没想到，教训一下前女婿甄富兴的举动竟然会阴差阳错地折腾出这么一件大事情——有天晚上，甄富兴正和情妇许玲玲在桃园大酒店偷欢，陈君梅当即调兵遣将连夜出击，准备捉奸捉双。桃园大酒店灯光灰暗，偌大的一座建筑物在喧嚣了一天之后也似乎悄然无声地睡着了，值班的都睡得不知道东西南北了。这时一群彪形大汉，其中还有几个警察，他们气势汹汹地闯进了酒店，不由分说撞开了 201 房门，从被窝里拉出了一对赤条条的男女。

"打狗日的！不要脸的东西！"

"往死里整！"

"给他们照相——"

"咦？这根本就不是甄局长！"有人大声地惊呼道。

"我的神，弄错了！"

鬼知道这是怎么回事，只见那个男的，头上脸上还在流血。那个女人头发凌乱地蜷缩在屋子一角，她在瑟瑟发抖，两只手紧紧地捂着腹部。

这真是祸从天降，这是一对夫妇，南方商人，来故城县考察，准备投资 2.7 亿元创办一家大型电子企业。此事非同小可，惊动了省委省政府领导，沈崇光书记指示："一定要严惩肇事者！"省长曹新伟气愤地说："这是共产党的天下，不能让这伙恶霸无法无天！一定要维护招商环境，保护客商利益！"

飞扬跋扈的陈君梅及其同伙，很快就进入了公安机关的视野，省委政法委成立了专案组，立即着手处理这一重要案件。为了不打草惊蛇，一切都在秘密地进行着，表面上是就事论事，只追查打人凶手，给受害人——那对客商夫妇一个交代；实际上，一场血与火的战斗已经打响了。

那天晚上甄富兴确实正在和情妇许玲玲幽会，陈君梅做梦也想不到，那日半夜临时来了重要客人，酒店让甄富兴调换了房间。更为巧合的是，凌晨 2 时许，许玲玲的母亲突发急病，打 120 送到了县医院抢救，许玲玲、甄富兴两人急匆匆地奔赴医院，他们走后一个多小时就发生了那一幕，他们侥幸逃过了一劫。

许玲玲是县里数得上的美人，她的前夫洪啸天曾是前任重要领导的司机，凭借关系当上了民政局局长，上任后不久就和许玲玲离婚了。他们有一个 12 岁的女儿，叫洪小蕾，上小学五年级，孩子跟了许玲玲。洪局长的第二任妻子是个年轻貌美的大学生。后来洪局长因为贪污救灾款被撤职查办，可是不到一年，这个人竟然又神奇地开办了一家汽车修理厂。

第三十章

2009 年 1 月 31 日，第五健长子第五远的婚礼在省城的亚洲宾馆举办。

那一天，夏州省委省政府的头头脑脑们几乎都到了，夏州省委书记沈崇光参加了第五健儿子的婚礼，并为一对新人证婚；第五健的同学、岭南省委副书记李清明也从岭南赶来了，他代表所有的来宾致贺词，李清明和妻子白丽还为第五远和邢瑞娜准备了一对瑞士名表。李清明说："今天是我的干儿子第五远和邢瑞娜的婚礼，作为他的干爸干妈，我和妻子也没有什么更好的礼物，就送他们每人一块手表，希望孩子们珍惜时光，努力工作，珍爱一生，白头偕老。同时也希望孩子们常回家看看，尽一份孝心，留一点家愁，在人生的长河中过得更好、更幸福！"罗一楠的堂兄罗一珉也派夫人前来祝贺。在儿子的婚礼上，第五健本来准备了一番饱含深情的话，可到了临场发言，他却激动得一句话也说不出来，只是一遍遍地重复"谢谢大家""吃好喝好"之类的话语。

婚礼仪式完成后，进入敬酒环节。第五健不胜酒力，没喝多少就晕晕乎乎了，罗一楠赶紧让人把他弄走了，她跟客人解释："喝不下就算了，他还逞什么能！他有病不能多喝，上回都吐血了，胃出过毛病。"第五健不清楚后边的情况，一直在昏睡中，他醒来时不知道自己在什么地方。医生刚打完点滴，他父母、丈人、丈母娘四个老人在守着他，罗一楠、罗一新送走了最后一拨人，她们浑身像散了架。第五健一醒来就问："白丽、于小叶怎么没吃饭？"罗一楠笑而不答，罗一新答非所问地说："我的大英雄，还指望你当护花使者，你能干吗？像你——早就让人把花掐了！"

"哦，忘记告诉你了，不知是谁把你的老朋友'故城老门'带来了。他也喝醉了。"

"恓惶人啊，要善待他。"

"你放心，专车把他送回了故城县，大包小包地给他带了很多肉食，还有烟酒。"

一会儿第五强夫妇也来了，他们准备回北山县，顺便问问父母回家还是在西京住几天。罗一楠说："好不容易来了，就多住几天吧。"第五健的父亲第五波是个听话听音的人，他一听大儿媳妇的话就有些不高兴，但话到嘴边留了三分。本来老人想纠正一下概念：我是第五健的父亲，我儿子的家，难道不是我的家吗？这也是我家，所以这里也应该叫回家。但老人还是忍住了。他见第五健身体虚弱，也就不多事了，只是淡淡地说："我还是跟强儿回家，我在西京睡不着。"

父亲母亲到底还是跟着弟弟回北山了，第五健有些失落，也有点庆幸，毕竟城里比较喧闹，没有农村住着舒坦，父亲年龄大了，还是少生气为上。他现在老是疑神疑鬼，对什么事情都看不惯，对人对事比以前更加敏感、较真。临走，第五健的父亲没多说什么，他就问了长子几句话，他问第五健：席面是谁掏的钱，烟酒又是谁掏的钱？车队费用是多少，礼钱怎么处理的？第五健说："所有的费用都是咱出的。"

"那林洁不是说一切都是她的，她如何如何有钱嘛，怎么到最后啥都不管咧？"

"爸，您放心，反正也没多少。我们自己孩子办事，出这点花销，应该的。"

"你看你们这个事情办的，漂亮话让人家说了，风头也让人家出了。人家摆出去的话、承诺的事情根本就没有做，大头还是咱们拿的。唉，我这心里就是不痛快！"

第五健儿子结婚，他这里收礼的关口把得很紧，一律是几十元的明礼，大礼一律谢绝，这让很多人不舒服。刘刚元在第五健那里碰壁了，其他老板的巨额贺礼也都被一一谢绝；罗一楠根本就不理睬这些事情，她一直在外边招待客人，当她的家庭主妇角色。林洁那边的情况第五健一无所知，但他从侧面提醒过儿子，不能在这些事情上犯糊涂。

一个月后，老门走了，一个人安安静静地走了。人们说他是吃好东西太多撑死的，医生说他死于心脏病。对于一个孤独无助的人来说，人世间的一切已经没有意义了。第五健深深地自责，他本打算让老门住养老院。现在第五健唯一能做的就是把老门安排在云中市火葬场火化，然后把他安葬在公共墓地，并立了一块小小的石碑。老门的离世让第五健感到生命的无奈，他感觉老门其实并没有疯，他的意识始终是清醒的，也许他把很多秘密都带走了。

第三十一章

　　在去西山之前，第五健集中精力办好了省委书记沈崇光交办的一项光荣任务，他协调各有关方面，特事特办，终于把那位地下党革命老人的身份、待遇问题解决了。当时其他领导都说不敢干，上边没政策。第五健说："实事求是就是根据实际情况给人民群众解决实际问题，而不是找借口把小问题拖成大问题。这件事情多年来一直都得不到重视，真是让人寒心！"在事情搞清楚之后，第五健果断下令："这事就这么办，出了问题我承担，你们没有任何责任！"后来有关方面把那位老革命安置于一个基层街道办，按照副科级待遇直接办理退休手续，她可以领工资了，这样老人后半生就有保障了。第五健还特别告诉老人说，省委书记沈崇光非常重视她的事情，亲自过问她的生活情况，指示大家一定不能让革命者流血还流泪，他们应该得到妥善的照顾，应该享受相应的待遇。第五健把事情的处理情况向沈书记汇报，沈书记说："这件事情你处理得好！还有什么情况？"

"沈书记，通过这些天我对西京干休所、省机关干休所、南山干休所等老干部比较集中的地方摸底调查，我发现还有一个问题老干部们意见很大。"

"你说，是什么问题？"

"他们对这几年的招工招干、干部任用有意见。"

"你具体说说什么情况。"

"这几个地方的老干部中目前有 57 人后来续了弦。他们后面的老伴大部分都是农民，这些人纯朴、厚道，能够很好地照顾老干部。但这些妇女都有子女，他们的孩子按照现行政策招不了工。这娃解决不了工作，女同志就向老干部诉苦，老干部就感觉不舒服，就有意见。"

"哦，你说这还真是个事儿，不能不重视。你给想想辙儿，看如何处理。这件事也交给你了。"

第五健得了将令，他带着省老干局领导从省劳动人事厅要了指标，决定给老干部解决后顾之忧。五十几位老干部得知这是沈书记的关怀和照顾，非常感激党组织，感谢省委省政府。沈书记对第五健的工作大加赞赏，接着省委省政府出台了《关于加强和改进老干部工作的几点意见》，还提高了老干部的待遇，受到了全省老干部的赞誉。沈书记这几件事干得漂亮，他得到了广大老干部的认可，他们对沈书记的看法也改变了，他们还通过不同的渠道宣传沈书记爱护老干部、关心老干部的事迹。

按照省委的安排，第五健蹲点的地方是云中市西山县，这是云中最贫困的地方。罗一楠想给他在云中安排办公室，第五健说："没必要，我还是在西山县找个穷一点的村子，我就住在那里，与群众同吃同住同劳动。"

西山县给第五健选的村子是河口镇山东庄，这个村距离县城不远不近，是城关镇与河口镇交界地。这里是故城北部早已干涸的治水古河道，过去是一片沼泽地，后来改良盐碱滩才变成了可耕地，这里的居民基本上是山东移民。第五健在一户村民家里落脚了，他没有让陪同的市、县领导张扬，只说自己是省上派来下乡驻村的干部。第五健的房东张松林大叔是个老军属，曾在四野部队待过，当过班长，后来入朝作战，负伤后回后方，再后来就复员回乡劳动。前几年老伴去世，家里的三儿两女都已成家立业，老人与小儿子一起过活。村干部看第五健来时上面没有大动静，市、县、乡一把手都没有露脸，便以为是个小鱼小虾，或者是个犯了错误的干部，所以根本就没当回事。

有一天，省委宣传部牵头要在这里拍摄专题片，省、市、县相关领导都来了。夏州省委宣传部副部长肖彤率省电视台、《山东人在夏州》摄制组一行十几人，乘坐一辆中巴车，风尘仆仆地到乡下采风来了。云中市委宣传部副部长柳云芳，西山县委常委、宣传部部长温秀丽，河口乡的书记、乡长，山东庄村支书、村委会主任、村小学校长等人在村口迎候。少年儿童手捧鲜花，高呼："欢迎欢迎，热烈欢迎！"

山东庄不靠近国道省道，有一段泥土路是几个村子的公用路段，长期以来无人养护。靠近村庄有一段柏油路，村里的道路也已修好，这些都是村上自己出钱修的，但村口有两个粗壮的水泥墩，如同护村雄狮一样坚守在路口。这两个水泥墩分别宽一米左右，长数米，它们的间距恰好能过一辆小车，稍宽的车辆便无法通行。因为在修墩子时，村里的工匠动了脑筋，它的内槽并不平直，而是呈"S"形弯曲，群众叫三湾路口，不少技术不精进的司机会剐蹭车，甚至会把车卡死在那里无法动弹。地方上的人知道这个情况，车辆一般不会发生问题。面对两个硕大的石墩，这天省里来的司机不会开车了，他只好让地方司机开，他笑着说："你们这里哪是西山，是山西呀，阎锡山的铁路跟外边的不一样，别人想从你们这个村里跑出去不容易。"

第五健穿着朴素的衣服，正挑水走着，迎面村主任走过来了，对他说："喂，你也是省里人，算见过世面的。今天你也去帮帮忙，看看我乡里人的活动。"

"行，我马上就去，在村口还是在哪儿？"

"你就不去村口了，赶紧到村委会给领导们准备茶水，我给你一包'陕青'。快去！"

"好的，好的。"

热烈的欢迎仪式之后，领导们鱼贯而入，进入村上的大会议室，这是村一级最高规格的议事大厅。宾主坐定后，便一一介绍。忽然，柳云芳意外地发现了一张熟悉的脸，他正在给省、市电视台的记者们端茶递水。

"哎呀，不得了啦！省委秘书长第五健怎么在这里？"

柳云芳等人傻眼了。第五健很悄声地说："都不要声张，我就在这个村子驻队，刚好赶上这个活动了，所以我招呼大家，理所应当。"

"领导，您看他们也没说清楚，我不知道您在这村里。"

"你们继续抓紧时间工作，按照你们的安排进行，我就不打扰了。"

"第五领导，是我失职。我光听罗书记说您在西山蹲点，没想到这么巧，就在这个村子，呵呵！"

其实这时最难堪的是县、乡两级干部，他们的脸色一阵红一阵白。第五健笑着说："你们是在工作，没什么大事情，你们拍摄吧，我也见识见识。"

这一天，肖彤、柳云芳、温秀丽精心准备的联欢节目、学生文艺演出、乡镇干部致辞及省、市领导重要讲话都临时取消了，直接进入走村入户访谈环节。

省委宣传部副部长肖彤主动把本子拿来给第五健看了看，第五健与他交谈了一会儿，也借机了解了一些山东人在夏州的创业发展史。第五健知道，在中华民族的发展史上，曾有过多次较大的民族大迁徙，政权更迭、战争冲突、自然灾害等所造成的满目疮痍，总是需要人来医治、修复，于是移民、屯垦、军垦便成了必然选择。

　　这次拍摄对第五健来说是一个机会，他也可以更多地了解这个村子。不过见到了柳云芳让第五健吃惊不小，她不是老板吗？怎么摇身一变就成了云中市委宣传部副部长，简直太不可思议了！一天的拍摄紧张而引人注目，山东庄人说起自己的历史、创业和未来，眼睛里放射着灼人的光芒。第五健从心里喜欢上这个村子了，当然他更希望了解这里的人。

　　这个村里的人是清代同治年间从山东迁移而来的，他们来自山东淄博、菏泽、青州等地，关于他们为什么要来这里，这与清代一个山东籍的地方官焦云龙有关。清代同治年间，经过几年战乱后，渭北一带大片土地荒芜，百里无人烟，焦云龙上奏朝廷从山东迁移来上千户难民，在渭北的西山、北山、故城等县安家落户，开荒种地，当地人把迁来户称作"山东客"。村民回忆说，当时焦云龙写信给家乡人，宣传政府发放种子、耕牛，三年不征赋税的优惠政策，所以他们的先祖便拖家带口千里步行来到了渭北平原。在渭河两岸，有许多山东人村庄，他们移居夏州已有140多年历史，人数号称百万之众。这里的山东人，既会说山东话，也会说夏州话；既保留着百年前的山东风俗习惯，也融入一些当地文化。他们把父亲叫爷，把爷叫爷爷，把母亲叫娘，把奶奶叫娘娘，把外婆叫姥娘，把我叫俺，把土疙瘩叫坷垃。过去人穷，盖不起瓦房，山东人会用麦草盖房，因此过去他们大多住的是草房。

　　第五健在山东庄仅仅停留了一周，他就感到了这里与其他村子的明显差别。在山东庄小学，教师大多是当地人，所以上课讲本地话或讲普通话，学生也就跟着学说当地话、普通话，一下课孩子们就又说山东话。在山东庄是典型的姑娘不对外，西山的山东庄与北山、故城的山东庄相互通婚，山东人找对象结婚，喜欢找山东人。当地人看不起外地人，一般不喜欢娶山东媳妇，如果山东人与本地人结婚，这个家的孩子就同时说山东话和夏州话。

在第五健的印象中，山东人特别好，起码他感觉这个房东老头就特别好。老头没把他当外人，老人的女儿女婿给他拿的东西，他总要分一些给第五健，尽管有些都放得时间长了，但这是老人的一片心。第五健的伙食在房东家搭着，老头一家人再苦再累也要保证三顿饭，那时农村是两顿饭，第五健过意不去，也要和他们一样吃两顿饭，老人总还要让儿媳妇中午备一些零食，他怕第五健不习惯。山东人特别讲礼貌，为人很实在，办事很周到。为了方便第五健的生活起居，张松林老人还在自家后门外修了一个特别厕所，他说这里的人习惯在门前修厕所，但早上人多，上厕所紧张，不能让领导受委屈。张家人为什么要修这个厕所呢？这还得从第五健的一件窝囊事说起。一天早晨第五健起床了，他想上厕所，但张家的大门他怎么也打不开，那门扇死沉不说，他家的门闩有机关，一般人弄不开。一泡尿憋得第五健直想哭，实在没法子了，他憋不住啦，就尿在了张老汉院子内的树坑里。这事弄得真叫人哭笑不得。

每天夜里，张松林老人不点灯，他总是黑摸着，他说习惯了，知道啥地方有啥，用不着浪费电。第五健想了解他们山东人的年俗。老人说："大年三十晚上，山东人讲究守岁，不睡觉。初一这天早上，山东人往往起得很早，一大群一大群地串门，给长辈拜年、磕头。你再看看，夏州当地人初一早上起床比较晚，也给长辈拜年，但不像山东人那样成群结队，也不兴磕头，只是到家里坐坐而已。这也影响我们的娃娃，我经常骂他们不守规矩。这么多年了，我们的孩子都还是这样子，没变啥。过年如果时间许可，我们家总有人回一趟山东老家青州，给那里的亲友拜年，和他们聚会，红白喜事也一直来往不断。

"咱这村庄人很勤劳，都是一天到晚不歇气地找工作干，不劳动、好吃懒做，村里人骂他先人呢。我那时候，6点半起来给地里拉粪、拉土干活是常事，干完自己地里的活，还要上工地拉砖，当小工。咱只有勤劳、多下苦才能把日子过好，不像人家当地人，家里条件好，不用下苦力流汗。"

第五健问老人道："村里除了种地还有啥营生没有？"

"干建筑、下窑场、种瓜、种菜，都有人干。"

"听说你们村的'祥云建筑有限公司'在省城很有名气。"

"是啊，那是家大公司，总部在山东，咱这里是个分部，清一色的山东娃弄的。"

"现在蔬菜种植多吗？"

"也是老家引进的，有300亩吧。反正我这村子人都有事情做，日子好了。"

"大叔，你家的煎饼卷大葱很特别哦，很好吃。"

　　"呵呵，你不知道啊？当地的煎饼是烙的，我山东的和成面糊摊成的。"

　　与有山东文化背景的这个村庄人的交往，让第五健感觉很舒服。他似乎感觉到了——这个村子的山东人对子女教育很成功，他们让孩子知道"山东客"的逃难历程，他们勤劳俭朴，性格豪爽。这里很多人习武强身，他们的孩子大都比较懂事、听话，很少有人打架斗殴、做偷鸡摸狗的事情。他们说话不像夏州人生冷蹭倔，这些人说话比较温和，不说冲话、重话、赌气话，一般遇事都是先忍让，然而真的遇到难事，他们也不怕。他们喜欢抱团，一来一大群，为乡党们争说法时，就常常显示出了少有的凝聚力，非常齐心。

　　与房东张大叔接触多了，第五健感觉这位山东大叔有一肚子的故事。张大叔祖上兄弟二人张狗蛋、张二蛋在这一带小有名气，两人武艺高强。民国时夏州匪患严重，常常骚扰百姓，山东庄不足百户，却始终无人敢进村生事，原因是这个村大人小孩人人都有两下子。张狗蛋在西北军中当过刀术教官，张二蛋在军中服过役，抗战中牺牲在了中条山。这个村子人一般不惹事，但都是些练家子。第五健和大叔熟悉了，大叔慢慢也喜欢他了，就给他了一个药方，是健胃归脾之类的补药。张大叔说："第五，你这个身体呀，是有问题。你今年才多大岁数？刚到50岁的畔畔，你这么耗下去不行。你爱琢磨事，心思重，爱学习，但你的身体有太多亏损，你如果再不注意，事情干得再大也不顶啥。我给你的药你要坚持吃一段时间，然后我再教你一套健身操，你可以学学。"

按照大叔的指点，第五健坚持吃药，并每天习练老人传授的健身操。第五健感觉自己的精气神足了，吃饭也香了，睡觉也是倒头就睡。最让第五健惊奇的是张松林大叔夜间是坐地而眠的，他还能在树上睡大觉；他吃饭不多，但精神很好，年过七旬还能舞动刀剑。不过现在的张大叔喜欢静坐，还经常下地劳动。

山东庄支部书记焦明德、村主任孙友亮，自从那次接待活动后，对第五健有了新认识。他们跑到市委一打听，才知道第五健这人竟然是罗一楠书记的丈夫。他们感觉自己是抱着金饭碗不珍惜，闹了大笑话，后来就有事没事地往第五健住处跑。第五健给几个村级干部定了个规矩，以后有事说事，没事就离开。第五健一天到晚除了回省里开会，就是下地劳动、看书学习，跟着张大叔练练健身操，偶尔去附近村子转一转，了解一些民情，晚上写写感想之类的文字。在第五健不动声色的运作下，这个村的小学大楼盖起来了，村口的那两个水泥墩拆除了，所有的泥土路都铺上了柏油，街道两侧竖起了高高的路灯。村民敲锣打鼓要送锦旗给第五健，第五健说："点子是你们县、乡定的，事情是村里大家伙干的，资金是上级部门给的，你们应该感谢他们才对！我就是给大家出出主意、指指路子。"

张大叔到底见多识广，他建议立一块石碑于大路边记载这些大事，最后让第五健撰写碑文。村干部茅塞顿开，请求第五健出手相助，于是山东庄便有了乡村文化碑林墙的创意。第五健让省、市的书画家来山东庄采风，在这个僻静村子的墙壁上留下作品，还把很多精品刻石留存下来。就这样，一个西山县有名的特色文化体验村诞生了。

一天夜里，第五健又开始失眠了。他感觉可能是睡前自己在院子里练习健身操时间太久了，所以有些兴奋。他又一想，不对，可能是自己犯戒了。张大叔说自己的这套操要坚持三个月，而且房事方面要有所禁忌，他一直都做得很好。谁知那天他老婆罗一楠来了，她来西山检查工作，他们在西山宾馆吃完饭后休息了一个小时。第五健问起柳云芳的事情，罗一楠说她是闻达书记一手安排的，和闻达书记交情很深，她现在退出商界从政了。罗一楠也询问了第五健在下边的情况，夫妻俩在一起说了不少话。鬼使神差地，罗一楠一时兴起，她紧紧地抱住了第五健，第五健也是久旱逢甘霖，于是夫妻俩便快活了一回。

第五健事后有些懊恼，看来又得从头开始修炼了。他今天感觉浑身上下都似乎散架了，还有些头晕目眩、恶心想呕吐，他上厕所时还要扶墙而行，总感觉大地摇晃不停。第五健费了很大的劲儿，才小心翼翼地回到了房间。这时张大叔来了，他关心地询问第五健的情况。第五健说了自己的感觉，张大叔说："你动了气，体内气息乱窜。你躺下，我帮你理一理气。你放松……再放松……"张大叔按摩着第五健浑身的穴位，第五健感觉非常舒适、惬意。

第五健昏昏沉沉地睡去了，那夜他又做了一个梦。不知是在什么地方，也不知是在中学还是大学考场，第五健正在答卷，罗一新已经交卷，临走还扔给他了一个纸团。他没有来得及捡拾，监考老师来了，监考老师有意识地踩住了那个纸团，还把纸团踢向了远处。第五健气得想吐血。正在这时，于小叶从身边走过，有意识地用胳膊肘碰了碰他，又把一个纸团给了他，于小叶得意地朝第五健嫣然一笑。第五健抓紧时间誊抄，他的眉心、手心、脊背都冒汗了。这时监考老师又来了，他重重地咳嗽了一声，可能是对第五健的警告吧。第五健好不容易才把卷子写完，这时他发现监考老师衣服上有一只大大的蚂蚱，就喊："老师，蚂蚱！"惹得全班同学哄堂大笑。原来这位老师是美术系的，他在自己衣服上专门画了一只蚂蚱。第五健醒来了，发现原来是梦，不由得心生疑惑，他就给罗一新打电话，罗一新电话通了无人接听，他又给于小叶打电话，半晌一个男的接了电话，那人说他是于小叶的外甥，他姨让他暂时不要销这个号，说还有用。啊！原来于小叶癌症病情恶化，一周前就火化了，她不让大家看她最后的模样，她希望大家记住过去的自己。

闻听这一晴天霹雳，让第五健心境大乱，他哇地吐了一口血，就昏过去了。平时早早就起身锻炼的第五健，怎么今天睡懒觉了？张大叔一看不好，立即四处叫人，赶快把第五健送往西山县医院治疗。

罗一楠、罗一新姐妹几乎同时赶到了医院，医生说不要紧，就是受了什么刺激，发生昏厥。各种检查都做了，没有什么问题，还需留观一段时间。

在山东庄的驻村生活让第五健结识了他的忘年交张松林老人。第五健刚住院时张老汉探视过一次，临出院前一天，张老汉又来探望，他为第五健调配了新的中药方剂，并教授第五健调身调息调心打坐之法，他告诉第五健说每次三五分钟就行了，以后渐次增加时间。张老汉还给第五健抄写了一些劝慰性的文字："千古圣贤不能免生死，不能管后事。一身从无中来，却归无中去。谁是亲疏？谁能主宰……"

一直守候在病床前的西山县委书记自责地说："我们对领导照顾不周，让大姐受惊了。"

第五健说他做了一场噩梦，自己被梦吓坏了，好在都过去了。罗一楠知道那个可怕的梦，罗一新更知道人生的悲欢离合，生生灭灭多么无可奈何啊！

第三十二章

东方熹微，被风吹散的白云在蓝天上飘荡直至消失，逶迤起伏的秦岭像一幅绿色的画卷，在无边的天际徐徐舒展开来。蜿蜒曲折的泾河、渭河像两条银色的飘带，舞动着关中平原的浩瀚历史和美丽图景，欢快地奔向远方，奔向大海。

2012年7月，中央批准第五健同志为夏州省委常委，省委让他负责督查"陈君梅团伙殴打南方客商案"，而且要一查到底。他将在云中市指挥一场特别的战斗。正当省委准备彻底解决这个问题时，省电视台正在热播的电视连续剧《"夏州一号"大案》惹下了麻烦。这是根据真人真事拍摄的电视剧，电视剧中的虎娃就是故城籍人。他杀人潜逃，连续数省作案，最后终于被武警狙击手击毙于西部某山区。这部正义战胜邪恶的剧作，本身的价值导向是清晰的，但该剧对反面人物残忍嗜杀、射击、打斗、武艺高强等的渲染，在社会中造成了一定程度的恐慌。这部电视剧对夏州的外商投资企业影响较大，对社会产生了一定的负面影响。很多人看见故城人就害怕，开口闭口就说你该不是"虎娃"吧，"虎娃"来啦！有一段时间，出租车一听是故城人掉头就跑，他们怕遇到了"虎娃"。针对这些情况，省委宣传部当即叫停了这部剧，并妥善引导舆情，不让这种舆论继续发酵。但要消除不良影响需要较长的时间，一只老鼠坏一锅汤的现象值得人们警醒！

由于工作需要，第五健匆匆结束了下乡驻村工作，回到了省委。省委常委、省委政法委书记周大维同志因心脏病复发正在京城治疗，省委决定由第五健临时负责政法口，主持省委政法委工作。一天，第五健的警车刚要驶出省委机关大门，他看见有大量群众堵门，他们扶老携幼打着横幅——"还我集资款，还我土地，严惩不法开发商！"第五健正要让司机从侧门出去时，忽然他发现了一个熟悉的身影——张松林大叔。他怎么在大门口转悠？出了什么事情？第五健让司机过去了解情况，原来老人没有带身份证、介绍信，门卫不让他进来。第五健让司机领着老人去侧门口附近，待汽车出门后，他带着张松林老人一起去了南山，他知道这位老人肯定有什么事情，不然不会大老远跑过来。第五健对司机吩咐道："你跟办公室说一下，没有重要事情尽量不要打扰我。我今天有事情，你可以把车开回去，下午过来接我们回城。"

最近南山一个峪口开发了，全部是人行便道，一路的石台阶，还有舞榭歌台、回环廊道，新修了文清观、静虚庵、回龙观、演武堂等景观。第五健想请张松林老人一同观赏，他不知老人体力如何，就采取随意的方式，走到哪里算哪里，不苛求必须登顶，不苛求必须参观完所有景点。本来景点有专人负责解说，第五健没有雇解说员，他们想自由自在地观赏，无拘无束地思考。老人的体力很好，他稳健轻快的步履让第五健吃惊，第五健自己还赶不上呢。

"大侄子，我跟你说，山里的雾气、水汽就是山的精神，山如果不云遮雾罩，山如果缺水，就是旱龙一条，就不精神。"

"对，南山看起来就润泽，就生机勃勃。"

"我们下沟道，然后去后山，比走现在这条路好，可以看更多的树木、流水。"

"您老来过这里？"

"我师父以前在这里修道。"

"哦，您师父是世外高人？"

"是习武修道者。他很平和。"

"为什么修道必须在深山野林之中？"

"你知道的，智者乐水，仁者乐山。只有悟到了自然的灵魂，才能修通道心。我年轻时经常跟人比武，仗着一身武艺逞强，后来在西京城墙根遇到了师父，那时我刚获得一场比武胜利，意气风发，傲得很，把谁都没往眼里放。师父说，娃娃，你要能打着我三下我认输，你若打不住我任由我处置。我一看，哪里来的糟老头，骨瘦如柴的样子，还值得我动一根手指头吗？

但我一看他的目光就诧异了，这人的眼睛里有一种很特别的东西，让你捉摸不透，反正我说不上那是什么。他要和我打，我是费尽心机，用完招数都打不着他。"

"他真的那么厉害吗？"

"当然，我从小习练八卦掌、形意拳、戳脚，还练过少林硬功，修过气功，算得上是一个拳师吧，但在他跟前就什么也不是了。后来我就跟师父修道南山，在这条山谷里待了三年。我师父——我也不知道他的真名，同道中都叫他南山翁，我不知道自己是师父多少个徒弟之一，但从此我没有再见到过师父。他无门无派，无号无字。后来我去山里找过师父，不见踪迹。我师母在另一座山头修道，他俩遥遥相望，老死不相往来，同道称呼我师母为文师太，她的书法绘画堪称一绝，周易八卦修习达到炉火纯青的地步，但就是一点，她不肯正式收徒弟。她唯一的徒弟逍遥子现已 80 多岁了，他教了 10 个徒弟，虎娃算一个。"

第五健和张松林老人沿着那条溪流逆流而上，他们在溪流的导引下，一会儿左岸，一会儿右岸，在石头堆中穿行。流水潺潺作响，阳光细碎地从树缝隙筛过，留下了斑驳的暗影，春天的山谷到处都很清凉。第五健看见流水在浅的地方遇到了漆树、榆树、槐树、杨树根的障碍，于是拼命地冲击着树根，这时候潺潺流水的鸣响声似乎更加激烈了，仿佛它们在拼命地搏斗，树根像深情的妇人撕扯着流水，流水则竭力想要挣脱，于是哗哗啦啦的水声交织着响成了一片。你看着自然界的这些冤家，它们也难解难分，流水冲刷的树根底下冒出了白色的气泡，这些气泡一冒出来就迅速漂走，一部分随即很快就破灭，大部分则会漂向另一处障碍物，聚集成白花花一大片，老远就看到了这些家伙。流水就这样从山林中穿行，在石头缝隙里涌流，在跨越了一道道阻碍后，继续向前进发，这种情形就像运动会上的跨栏比赛。进山以后，特别是进入这种自然状态之后，第五健和张大叔都不说话了，他们生怕把心境中那粼粼涟漪、丝丝柔和赶走。他们沿着河床走着，第五健似乎一下明白了流水、小溪的情义，如果没有大大小小的障碍物，没有树根一样的深情挽留，没有团结一心、手拉手汇聚的磅礴力量，即使小溪可以一直奔流下去，那又能如何呢？它难道不会遭受风吹、干涸、阳光、蒸发的磨难吗？这样它能够到达大海吗？

"大侄儿，你想什么呢？"

"我在想这些细流，没有障碍会咋样？"

"能咋样？那就不是真正地活着！"

"对！"

"你信原罪吗？"

"不信。"

"你看这水，有源有流，你知道它的源头在哪里吗？"

"呵呵，我说不好。"

"我告诉你，虎娃没死！那是个假案。"

"您是指电视剧《大案》？"

"对，那是一个替身。"张松林老人淡淡地说，"从你住我家时我就感觉你不是仅仅下乡，你还有其他事情。这是天意啊！"

前面是一道小瀑布，有十几米高，底下是一个深潭，水绿汪汪的，潭边的石块很洁净，水洗过一样。有几株杨树被水流冲倒了，在水中平躺着，像沐浴的美人，溪水跳下了山岩，在这里稍微调整了一下，就又旋转着欢快地向山外奔去，奔去……

第五健他们在石头上休息，张松林老人继续讲述着他所知道的故事。原来虎娃是张老汉师母的再传弟子，这样论他也算虎娃的师父辈。这人本名叫刘虎娃，当兵复员后，托陈君梅安排在公安局下属派出所当干警。虎娃练过武，人活道，会说话，他认陈君梅当干娘，并给她当保镖挣外快。虎娃那时事情很顺，在小地方经营了一家小舞厅，从事色情活动，赚了不少皮肉钱、昧心钱。他谈了一个对象，是乡镇干部，不知什么原因他俩有矛盾了，女的死活不愿意，虎娃随口说："我看你是不想活了！"谁知那个女的真的就扑上去了，那天虎娃的枪偏偏子弹就上膛了，结果那女人死了，她肚子里还怀着虎娃的崽子。你说这不是报应吗？虎娃杀人后，仓皇出逃，临走又"劫持"了一名小学教师，在外省还抢了几家私人企业、一家储蓄所，杀了四人，重伤两人。后来大家才知道那个女人——小学教师，竟然是他的情人，那个女人白天踩点，晚上虎娃就去抢人家。在外边折腾了一年，虎娃又潜回故城，因为那个女人怀孕了不方便，他找到陈君梅帮忙。陈君梅找范宏图疏通关系，找了一个死刑犯假意放脱再击毙。之后，陈君梅托人购得江湖中的"易容药"使虎娃浑身青紫，面部麻点遍布，声音嘶哑，判若两人，虎娃还自伤其足——用刀砍去了一个脚指头，从此成了跛子。

"你看这几年陈君梅的司机。"张松林提醒。

"你说的就是那个麻脸跛子吗？"第五健明白了，事情真的不简单。张松林老人说自己也有罪，那些"易容药"是他的杰作，但他根本不知道给谁用了，直到最近的事情发生，电视剧的提醒，他才弄明白，他不愿意这样一个恶魔逍遥法外。第五健从内心里感谢张大叔——他的好师父——一个有良心的武人。

天色渐渐暗了下来，时间不早了。这一老一少踏上了归途，他们感觉分外轻松，一路上小溪陪伴着他俩，他们向前，溪流也向前。走着，走着，他们到了一片较为平缓的开阔地，小溪也从密林中流到了这里，还不住地朝他们打招呼，潺潺流水在夕阳的映照下，泛着五彩斑斓的光芒。这时候一只黑星黄蝴蝶，又大又鲜艳，在平静的水面翩翩起舞。哦，不止一只，那里还有一群，各种颜色的蝴蝶都有。这一个大水湾周围的浅水洼中，长满了花草，杨花柳絮毛茸茸地飘飞着，细毛毛落了一地。两个人陶醉了，他们仿佛进入了百花争艳的世界，与大自然更加亲近了。

这次重要的会面让第五健更加敬重张松林老人，张松林老人是个是非分明的人。第五健向沈崇光书记详细汇报了情况，省委专门开会研究如何解决这个棘手问题，省上的总体要求是：精心谋划，稳扎稳打，顺藤摸瓜，一网打尽。

第三十三章

2012 年 11 月，著名历史学家、原夏州师范大学校长伍东林先生突发心脏病在西京去世，享年 84 岁。在伍先生的葬礼上，人们看到了陈君梅。伍先生与任先生是莫逆之交，陈君梅是伍家的常客了，她一身玄青色套裙，胸前佩戴白花，静立一旁。

要说陈君梅这辈子最怕的人就两个，一个是丈夫任玉枫，另一个就是伍东林先生。一下子他们都没有了，她倒有了一种落寞、孤寂的感觉，甚至是特别绝望，因此她哭得格外伤心。任先生去世后，陈君梅果然没有如任先生所期望的——做一个平凡的人，而是打着任先生的旗号，风风火火地干了一番大事。她崇尚权力、地位，贪图钱财、享乐，她想建立自己的圈子，她有不可一世的野心。她不能忘记的是那一次，在赴乾陵考察的路上，伍先生说："梁山地势极佳，仿佛玉女侧卧，目视东南，梁山之中溪流淙淙，寓意子孙繁衍，福寿绵绵。"伍先生还意味深长地讲了唐太宗的失误："识之而不为，为之而不力，遗患无穷。"那天陈君梅有些不高兴，心口堵得慌，脸也有些发烫。过后陈君梅也细细品味了那些话，是啊，该收手了。不说退隐山林、吃斋念佛，起码今后再也不要插手那些狗屁荒唐事了。

伍先生到底是个什么人？有人说他一生与神秘世界接触太多，自己也神秘莫测了。信不信由你，据说在伍先生的地下室里，摆放着千军万马一样的石狮子兵团，还有各个朝代的青铜器、铁器、瓷器及金罍、兕觥等酒器。任玉枫先生的坟茔就是伍先生给选的，其地形构造恰恰合于风水中的"地母崇拜"和女阴象征，至于为什么这样，先生说天机不可泄露。陈君梅虽然心满意足地给丈夫与自己找到了理想的乐土，但她错就错在一个好大喜功，把一件秘而不宣的事情公开了，为自己种下了祸根。

伍先生晚年发现渭北商代大墓的成就与陈君梅有关，至少有她一半的功劳。她从先生口里得知荆山一带有龙脉、龙气，地下可能有埋藏的宝贝，观察似乎有五彩光环。说者无意听者有心，陈君梅胆大心细，在河东招募了7个盗墓高手，暗地里开始了她的计划，结果喜出望外，收获了数百件文物。为感谢伍先生，陈君梅送了几件文物给他，说从别人那里买的。伍先生感到有问题了，随即上报，并建议政府立即开挖，以免遭盗墓贼毁损和文物流失。渭北商代大墓发掘成功，千余件国宝级文物得以面世。

　　陈君梅盗墓团伙起内讧了，原来河东人要求更多分成，并威胁告发她，陈感到了威胁，决定清除后患。她谎称有一座唐陵很有可能还有不少东西，要河东人尽快动手。这次她答应了他们更多分成，5个河东人跟她继续合作，有两个还是走了。与此同时，她安排刘虎娃、赵铁蛋、车小军、蔡清波、张俊杰等骨干，赵铁蛋、车小军负责结果盗墓的5人，蔡清波、张俊杰立即追杀逃跑者。几个盗墓的刚进入墓门，就听轰隆隆的一声巨响，随着乱石纷飞，他们的灵魂和肉体都飞上了天，那两个逃跑者一人死亡，一人残废。那些文物被陈君梅等人偷运到香港，再转运美国、欧洲，他们赚了七八千万元，后来这些国宝的绝大多数在巴黎、纽约国际文物竞卖市场被爱国华侨发现，花费数亿元赎回，少数文物不知所终。在实施这一罪恶计划的过程中，陈君梅等曾经打通了上下关节，有少数文物流落民间，他们的贿赂款也悄然进了一些官员的口袋。

　　葬埋了伍先生，陈君梅顿感整个世界坍塌了，她的心里空荡荡的。她顾不得什么禁忌，迫不及待地看了先生的偈语：隆冬时节，暮色苍茫，白雪皑皑，寒光闪闪。陈君梅是聪明人，她马上意会了四个字——血光之灾！正如先生预言的，宾馆打人事件推倒了陈君梅整个游戏的多米诺骨牌，这就像小时候玩的那种游戏，等距离的一排排砖块，只要朝最边上的一块轻轻地一推，一个压一个地就都倒了，"覆巢无完卵"啊！

　　冬季来临了，天气格外冷，这一年的气候很反常，达到了零下 12 摄氏度。热力公司的暖气早已供上了，陈君梅的房间里还生着大铁炉。尽管与房子的整体风格不协调，但她还是坚持那样做了，炉子上的水壶咝咝地冒着热气，她喜欢听那种声音，这时任菲菲和她的孩子已经在睡梦中了。屋外，纷纷扬扬的雪依然下着，雪花在风中纷乱地飘荡，随意地自由地跳舞，是华尔兹、探戈、伦巴、拉丁舞，还是陕北秧歌、东北秧歌之类的"中国迪斯科"？谁也分不清，管他是什么哩，有兴致你就看吧。雪几乎下了一天一夜，把古老的夏州大地变成了银色的海洋，外边的一切喧嚣都暂时藏匿了。冬季的夜晚是漫长的，她想起了故乡的事情，想起了父亲与母亲离婚，想起了继父的折磨，想起了寄人篱下的岁月，想起了母亲苦难时期的那个小屋，那里有跳蚤、虱子，有老鼠在干扰你的睡眠。但那时是幸福的、开心的，每天晚上妈妈不止一次地推开门进来给她盖被子。

在省城，欧洲风格的别墅，圆圆的造型，尖尖的屋顶就像南极冰盖上的小丘。这时朔风更紧了，雪也更大了，到了伍先生说的那个时候了，万念俱灰的陈君梅想到了死亡，想到了生命的终结。

在这座别墅的另一间屋子里，陈君梅的干儿子虎娃正在和他的女人交欢，这个浑尿就知道弄那事。陈君梅的耳朵很灵，她仿佛把琐琐碎碎的一切都听到了，虎娃的这个女人太不像样子了！

　　"虎娃上呀，上呀！"她粗声野气地呼喊着，虎娃不顾一切地扑上她的身子。

　　尽管年轻的骚动、不安分的激情在整个屋子里回荡着，陈君梅却在翻看丈夫生前的笔记本，她的泪水滴答滴答地打湿了纸面。她又一次想到了自己一生一世都敬重的先生，他的话语犹在耳畔：与世无争，一切皆看自然；多行善积德，少招惹是非；一要有羞耻心，二要有畏惧心，三要从严要求。

　　此时陈君梅下意识地看了看自己卧室的墙壁上，伍先生蝇头小楷手书的《曾国藩家书》，只见那些诗句格外醒目，似乎还放射着五彩的光芒："善莫大于恕，德莫凶于妒……知足天地宽，贪得宇宙隘……于世少所求，俯仰有余快……"陈君梅边看着这些内容边观想着自身的命运，她感觉自己已经回不去了，很多事情已经没有退路了。她找范宏图说事，范宏图自身不保；她跟罗家人低头——不，她就要跟罗家人斗个高低！可惜，自己战败了——不，自己是英雄，女英雄！荆轲刺秦虽失手也不失英雄气概。林洁不是第五健的前妻吗？她脱不了干系。第五健这小子，小人得志，我要让他生不如死，要他也下地狱！但这就把范宏图也害了，自己的女儿菲菲他们也没有什么指望了。不，我还是把自己这边的事情处理好，不留后患。于是陈君梅当天夜里就安排虎娃去干一件大事，虎娃带人把公司的会计室门撬开了，保险柜也打开了，烧毁了账务，还把档案资料室的全部资料销毁了。不仅如此，他们又去故城百货大楼放了一把火，把一座废弃的仓库也烧了。

看着熊熊燃烧的大火，呼喊救火的人群，呜呜呜叫的消防车，虎娃这帮人狞笑着逃回了省城。

陈君梅向几个小喽啰施舍了小钱，让他们独自逍遥去了。支开了众人，陈君梅这才与虎娃等人一起开怀畅饮。

第二天，人们发现陈君梅、虎娃等人已经于昨天深夜一命呜呼了。

专案组经过两年多的努力，纵横千里，从村镇到城市，历尽艰辛，多方取证，陈君梅团伙案终于水落石出。陈君梅贪污、行贿、受贿金额高达2亿多元；组织、包庇、怂恿黑恶势力杀人越货、欺压百姓，无恶不作；诈骗、绑架、非法拘禁，包揽词讼，草菅人命，无法无天；扰乱经济秩序、非法占有国家资产，横行乡里；策划组织盗挖坟墓、走私贩卖价值数亿元的文物，致使大量国宝级文物流落海外。罪大恶极的陈君梅团伙受到了应有的法律惩罚，陈君梅、刘虎娃已经畏罪自杀，赵铁蛋、张俊杰、蔡清波等骨干已被执行枪决，车小军畏罪逃跑死于车祸，涉及此案的领导及相关干部、警察达30多人。这是夏州自新中国成立以来，影响恶劣的最大案件，全国轰动。"陈霸天"们走了，有了他们自己的归宿，笼罩在夏州天空的乌云消散了，夏州的天空更加晴朗了，人们开心地笑了。

一团沉重的乌云，被强劲的西风卷去。融化了土地，润湿了草木，大自然的芬芳气息，令人神清气爽。2014年年底，省内外闹得沸沸扬扬的陈君梅团伙案件终于告破。在省委常委会上，省委书记沈崇光充分肯定了政法系统广大干警的工作，指示要对本次案件侦破中涌现的先进集体和个人进行嘉奖。这时省委常委、政法委书记周大维同志已经上班，这件事由他负责；第五健接到了新的任务，组织上安排他去国家级大都市——东海市挂职锻炼。

第五健临行前，沈崇光书记、曹新伟省长都和他进行了交谈，并对他挂职期间的工作提出了希望和要求。第五健也谈了自己的一些认识，他就陈君梅案件的后续工作谈了看法，建议双管齐下，一方面在全省开展廉政教育，用好这个反面教材；另一方面继续肃清陈君梅案件涉案人员，彻底清除毒瘤，净化夏州的政治环境、经济发展环境。两位领导要求第五健放开眼界学真经，为夏州发展探路子，第五健表示决不辜负领导期望，一定虚心学习，不辱使命。

其实，第五健走之前早就预感到陈君梅事件不是孤立的，它仅仅是个序幕，后面还牵扯很多人，会引发更大的连锁反应。陈君梅何许人也？短短20多年时间，她折腾出了一家"荆山商贸集团有限责任公司"，涉足机械加工、建筑工程、农业开发、房地产业、餐饮服务业、古玩字画交易等多个领域，建立了一个跨界的商业帝国、一个地方财团。她是这个财团的实际掌控者，或者是掌控者之一。这个财团发迹于故城，发展于云中，业务逐渐延伸至省内多个城市，这个财团垮台后将引起金融及相关企业的连锁反应，将有数以万计职工的利益受损。沈书记让周大维上手也是有考虑的，他知道陈君梅与范宏图的关系，也知道林洁很可能脱不了干系，甚至第五强都不能幸免。这对第五健来说，无疑是巨大的打击，他如何能承受得起呢？

前些日子，举着"还我集资款，还我土地，严惩不法开发商！"横幅，在省委省政府上访的数百名群众，是林东市的。他们集体上访反映林东市文化局将位于市区中心的林东市戏曲艺术学校、市文化局招待所，沿街大约108亩土地搞综合开发，严重侵害了群众利益。

林东市引入国际先进运营理念，在市戏曲艺术学校、市文化局招待所旧址，投资10亿元打造集商贸展示、仓储物流、酒店餐饮、文化交流、创业家园、智能小区等于一体的专业化、多业态、多功能、一站式的国际化"城市综合体"。此项目将成为林东新的地标性建筑，由文化局牵头招商引资，向社会筹资建设。土地是国家调拨置换，将市戏曲艺术学校、文化局招待所迁移至市属一个废弃的市郊工厂，面积约为132.7亩土地。鉴于戏曲学校已经名存实亡，不再重新建设，所有教职员工转交市教育局统一安排工作。在文化局招待所基础上，投资1.2亿元新建园林化、生态化、体验式"林东芙蓉大酒店"，由文化局牵头招商引资，并向社会筹资建设。

这两大林东市级重点工程都是范宏图当市长时就拍板实施的，文化局具体落实，局长林洁负责亲自抓。林洁采用"政府要一点，银行贷一点，个人筹一点"的办法，建设"林东芙蓉大酒店"。这项工程由第五强等人的"北山县建筑公司第五工程队"承建，花了 7000 万元，总算把酒店主体盖起来了，但装修、园林绿化等后续建设没有钱搞了，就撂下不动了，所以一直是项未完成工程。这项工程基本没有多大问题，因为第五强的原则是给钱就干，给多少干多少，不给钱就停工，所以他的建筑队基本不受损失，后来第五强就和林洁他们断了生意上的来往。

问题比较多的是"城市综合体"工程，先是陈君梅的"荆山商贸集团建筑公司"招标成功，已经投入 1 亿元之后，陈君梅又转手让给了"云中市建筑公司第二工程队"，获得 1.5 亿元回报，净赚 5000 万元，这以后因为银行所贷资金迟迟不到位，"云中市建筑公司"只好停工。为了筹集建设资金，林洁铤而走险，她在香港注册成立"丽人投资有限责任公司"，组建"美嘉消费者联盟"团队，群众把这两个组织戏称为"贪官会所""情人俱乐部"。老百姓的眼睛是雪亮的，因为在这里出入的高层人员座驾以奔驰、宝马居多，还有路虎、林肯、法拉利等车辆，奥迪、霸道、大众、皇冠是一般工作人员的车辆。林洁集资的办法既原始又简单，不认识人的不合作，利息 10% 按时兑现，存取自由，但必须存半年以上。林洁等人把目标锁定在县处级以上干部家属身上，她们有的是钱，哪一个没有千万、百万的闲钱？林洁知道这些人的心理，钱放在银行里不踏实，所以为她们的钱生钱找门路，走地下通道。由于是会员制加熟人介绍再加财产保值等等利好，所以一些人就感觉既安全回报又高。

　　林东市文化局局长林洁等人在 2007 年 8 月至 2011 年 11 月，组织"丽人投资有限责任公司""美嘉消费者联盟"，以给付高额利息为诱饵，采取隐瞒先期资金来源真相、虚假宣传工程状况、虚构投资项目前景等手段，先后非法向社会公众集资 5.36 亿元。他们获得的资金大部分用于弥补项目建设亏空，从事高风险性盈利活动，购买房产、汽车供个人享受，造成 1.08 亿元的巨大损失。

　　陈君梅案件之后，林洁就预感到自己命运不妙，她已经迅速处理了身后的事情，也做了最坏的打算——她给第五强的山庄绿化工程投资了 3000 万元，又给省扶贫基金会捐赠了 680 万元，给省妇联捐赠了妇女创业基金 300 多万元，还给身边亲信高管分了他们所谓应得的 1000 万元红利，并裁撤、遣散了大部分工作人员。在群众连续上访、媒体频频曝光等各方面的压力不断增大的情况下，林东市文化局局长林洁终于去市检察院自首了，她希望以这种方式来弥补这无可挽回的错误。

　　林洁出事了！这女人早就是外籍人士了，她加入了新加坡国籍，这一消息将夏州这潭死水又搅起来了。老百姓有一种很复杂的情绪，喜忧参半吧，喜之死水搅动了，忧之清理不净。而很多官员惶惶不可终日，他们很怕换汤换药。他们已经习惯了这种死寂与沉静，习惯了彼此的活动方式，固化了既得的利益分配。于是各种猜测和谣言四起，什么几大常委都有事情，夏州班子大换血，沈崇光将下台，中央将对夏州做"外科手术"。远在东海的第五健也知道了这些情况，因为前妻犯事，他自然要夹着尾巴做人。好在第五健心里坦然，他自身刚邦硬正的，用老家北山话说就是十字口走路端南正北。当然，没有一点惊惧是不可能的。第五健现在唯一担心的就是家属，是儿子、弟弟、妹妹他们，这些人与林洁的牵扯大不大？到了什么程度？这个第五强最让他不放心，没深浅，不知进退，讲了多少次都听不进去，搅和搅和就捅娄子咧。罗一楠是可以免检的，她这人有原则，与林洁本来就不对付。儿子的情况第五健也有些不放心，他不清楚儿子结婚时林洁收礼了没有？他自己没有收，怪道父亲提醒他"礼钱"。啊！这事可能有些名堂。

第三十四章

早上9点，罗一楠来电话了，她告诉第五健，闻达进去了，被双规，他老婆告发的，说他与陈君梅、林洁关系密切，是死党，并提供了重要证据。

"咋回事？"第五健问。

"还能咋回事？他要和老婆离婚，老婆不愿意离，就告他了。他和柳云芳打得火热，听说柳云芳怀了闻达的娃，是男娃。闻达老婆生了两个女儿，他一直想要一个男娃，这不，就杠上劲了。结果是闻达进去了，柳云芳也被免职，事情还在处理之中。"罗一楠解释着。

"你们云中处于风口浪尖，你要注意啊！"第五健提醒妻子，并嘱咐她注意着强儿的动静，让他见好就收，别逗强，争什么争？

"晚了！他带着你父亲、我公爹，几次三番对外面说，我是你们家媳妇。唉，最近我刚提了强儿，他现在是北山县岳家桥镇副书记，身份还没变，仍然是农民。他负责乡企业办工作，主要抓招商引资、办企业之类的事情。"

"先这么悬着，但要约束他一下，别这时候还一味瞎撞，糊涂！对，暂时身份不变，不要打破干部管理制度，他那就是个临时闲职，乡政府下个文聘用就行了。呵呵，这小子，处处都想露一手。"

第五健从弟弟的事情开头，他设想了更多更远的情况。是啊！故城的干部队伍，云中乃至夏州的干部队伍，都要更新换代啊，不然就会落后于这个时代。不能继续沉浸在过去的僵化思维和你争我斗的环境中，要跳出来看问题，要跟全国比较，要不断发展壮大自身。没有发展一切都无从谈起，科学发展，和谐发展，绿色发展，发展是硬道理。

上午 10 点，第五健参加了东海市开发区工商界座谈会。企业家们对政府工作提出了一些改进意见，他们要求政府缩短办证时间，提高工作效率，并希望政府支持创新科技，引进人才。下午第五健拜访了东海大学经济管理学院的几位著名教授，向他们求教在不发达地区如何发展工业、提振经济。他像饥饿的孩子一样贪婪地吮吸着知识的乳汁，汲取着智慧的营养。他从书本上，从实际考察中，从广泛接触的人群中获得智慧的火花。他也仿佛理解了作为一个求道者的心路历程，诚心、信心、真心，这自古是仁人志士的修为。东海市，近代不过是一个海边鱼滩，一个江河汉口，但这里却是对外开放较早的地方，近代资本主义的技术、管理经验都在这里有所实践，现在这里是中国经济最发达的地区之一，是令人仰慕的国际化大都市。

　　林洁非法集资大案有了进展，有消息说林洁掌握了重要信息。第五健忧心忡忡，他知道林洁上了陈君梅、范宏图他们的贼船，不好回头了，或许她的生命还有危险。这时候只有儿子第五远能够去见一见林洁，于是第五远去探视他母亲。

　　在公安机关的临时关押点，第五远见到了母亲。林洁做梦也想不到自己在小说中读到的二六七号牢房、庞克拉茨监狱会在自己身边发生。看着儿子，林洁忍不住了，她的泪水夺眶而出，她的内心翻江倒海，但她干裂的嘴唇紧闭，一语不发，只是冷冷地看着自己的亲人。儿子能感受到表面阴冷而内心滚烫的母亲心底的波澜，知母莫若子，儿子知道妈妈心中有万语千言。"妈妈啊，你说话呀！"第五远跪倒在母亲面前，看着眼前的一切。面无表情的林洁嘴里喃喃地说："我是罪人啊！你好好做人，好好生活，像你的爸爸那样，忘了妈妈吧！远儿，你的妈妈有罪啊！你妈妈太争强好胜啦，你妈妈生性爱虚荣，以致酿成大错。可能在你走后，你的妈妈就要走了，去一个你们再也见不到的地方。你忘记妈妈吧！我是个十足的罪人，十恶不赦，我要去遥远的地方赎罪，我要去巴黎圣母院！去哪里呀？去能让我的灵魂安放的地方。对，还是去巴黎圣母院，听绞刑架下的报告。你的爸爸啊，我的好男人，是我不好，我对不住他。孩子，走错一步就很被动了，我没有办法。我有罪，我只求速死！我不要律师，不要辩护，我对自己的罪行供认不讳，我全都承认，这些都是我干的，我干的！我的孩子啊，你千万不要为我伤心、难过，也不要找什么人，就当我已经转世投胎，我知足了。你们就把我埋葬在林东的山地里，我没有脸面回故城、回北山，我已经不是你们第五家的人了。啊，我的孩子，我已经非常非常累了，就让我睡会儿吧！"

说完林洁头也不回地走了。

"妈妈——妈妈——"第五远撕心裂肺地哭号着。

第五远离开后，林洁两眼痴呆地注视着天花板，她若有所思，又似乎十分绝望。这时候她的脑子一片空白，她不知道自己是谁，究竟干了什么，为什么会落到这种地步？她只感到心口好像压着一块大磨石，只见她脸色涨红，双手抖动不已，呼吸也似乎很困难。她直挺挺地躺在地上，一动不动，她潜意识的河流还在默默流动着，似乎已经进入了休眠状态。这时候她忽而又想起了第五健，想起了自己与这个男人以及其他人的故事，同时她也感到了无限的恐惧和哀伤，她觉得自己这辈子完了。

人生就像一场戏，林洁一直处心积虑地经营着自己的人生，从山区到平川，从县城到市区，由普通教师到机关干部，由科级到处级，在浮世喧哗中，她似乎登上了人生的巅峰，权力、地位、名声、财富、美貌，在许多方面她都获得了别人可望而不可即的荣誉。但同时她也感觉自己的一切都是枉然，特别是她的爱情婚姻，她的情感世界的天平已经失去了准星，她的前路茫茫、布满荆棘，她不知道自己的明天在哪里，自己还有没有明天。

第五远第一时间把自己与母亲见面的情况告诉了父亲。第五健知道林洁已经抱定了死心，她准备把一切都扛下来。第五健知道林洁的事情或许另有隐情，她可能有重要情况汇报，他就让儿子去找沈崇光书记。沈书记很重视这个情况，当即指示纪委书记亲自负责提审林洁。就在纪委准备提审的时候，发生了一件大事——林洁割腕自杀未遂，正在全力抢救之中。沈书记预感到了问题的复杂性——有人想杀人灭口！必须采取严密措施，保护好嫌疑人，否则后果不可设想。沈书记同时让人尽快查清楚最近有什么人去了关押地点。这一重大事故发生的当晚，省委常委、省委政法委书记周大维就来找沈书记了。

"我正要请你过来呢。"

"沈书记，我是来负荆请罪的，这件事情我有责任。"

"没那么严重，把情况搞清楚了吗？"

"清楚了，是我的错，我擅自做主放范宏图的人进去了。"

"老周，你……会上不是三令五申，本来范宏图就是嫌疑人之一，我们不可大意！"

"你说说，为什么关键时候掉链子了？你呀！"

"我收了范宏图的钱……"

"老周，我说你这人糊涂！你赶紧把钱如数交给纪委，人家这是下水前还要拉一个垫背的，你个糊涂虫，丢人！"

"你想想，林洁一死，死无对证，谁高兴？是范宏图！他，你不知道啊？上级不知道啊？他想当常委都想疯了，有事没事就向上蹿，那也要自身过硬！"

"我跟你说，林洁不死，你给我戴罪立功，不追究；若是林洁死了，你自己看着办，你个没脑子的！"

沈崇光大发雷霆，本意是保护周大维，如果这个时候他头脑发热犯浑那就一同跳崖去吧！周大维汗流浃背，吓得大气都不敢出。

2016 年 10 月，就在夏州上下人心惶惶之际，中央调整了夏州的领导班子。沈崇光同志不再担任夏州省委书记、常委、委员，曹新伟同志任夏州省委书记，第五健同志任省委常委、省政府党组副书记、副省长，原省委常委、副省长退休，原省纪委书记、省委政法委书记分别被任命为省人大常委会副主任、省政协副主席，同时给夏州空降了两位省委常委，分别任省纪委书记、省委政法委书记。

林洁经抢救性命无忧，活下来了。她提供了陈君梅荆山商贸集团的财务往来账目，她在集团内部安插了自己的眼线，或者叫卧底，这人在陈君梅财务室工作，同时也给林洁打工，领双份工资，这人最初是范宏图的线人，后被林洁利用。所以林洁获取了陈君梅多年来对高官贿赂、分红、孩子留学资助的细目；同时她自己也记载了范宏图与高官来往的财务收支细目，以及范宏图私藏枪支、收受贿赂的部分证据和线索。

至此，范宏图、陈君梅、林洁团伙贪腐大案水落石出。涉及省部级官员 4 人，厅局级干部 12 人，县处级干部 37 人。此案主犯陈君梅畏罪自杀，范宏图、林洁将被判刑。此前，组织、人事部门已经对范宏图、林洁二人做出了开除党籍、开除公职处分。

第三十五章

　　那天晚上，第五健横竖睡不着觉。睡觉前他似乎没有在意天气，到了半夜时分，天下起了雨，大概是中雨吧，雨水随着风向的变化，一阵阵奋力地拍打着窗户，屋外的树枝在风雨的摇撼中，发出了凄惨的求救声。第五健感觉此地并非此地，而好像到了故乡北山县，到了山庄自己的老屋老庄基，他听到了山坡上一排排槐树在风雨中摇曳的沙沙声，听到了风声雨声，感受到了它们行进的路途。还有那棵百年大树，立于第五健庄子后边的高大的皂荚树，夏季像一把巨伞遮天蔽日，冬季像一个大将军独自抵挡北风的肆虐。还有老家后坡一带的枣树、柿树、杨树，也像忠诚的卫士一样守护着家园。最让第五健感到自豪的是，他们家的祖坟在北山两座小山的峡谷出山口附近，那里山水俱阳，一簇簇蓊蓊郁郁的灌木，一抹抹绿色的烟雾，还有一大片醉人的草地，开放着各种色彩的鲜花，让人感觉这是一方多么迷人的故土啊！山有了水就如同人有了眼睛，那条清澈的溪流就从那里环绕而过。

　　站在半山腰，举目远眺，大平原尽收眼底。远处的村镇、遥远的城市都成了瞭望者视野之内的风景。第五健知道，在东南方向，是有着雁塔钟声的佛音之地，是八水环抱的古都圣地，那众水簇拥的城市，那涵容着数千年风流的地方，仿佛一位绝佳女子坐着八抬大轿，雍容华贵地出行，在巍峨南山的映衬下显得风姿绰约、清丽妩媚。在西南方向，是刚家寨渡口，1949年初夏解放军渡河就是从那里开始的。那会儿，刚家寨的寨主"薛老八"是一个有眼光的人。当地童谣说："薛老八，笑哈哈，脚一蹬来手一扒，各路好汉都服他。薛老八，笑哈哈，双手握着枪把把，谁要过河找老八。"这个薛老八呀，他把自家河滩的大树伐了数百棵支持革命事业，还征集各村大户的数十辆硬轱辘大车搭建便桥，使解放军顺利过河。你知道这薛老八何许人也？他就是惠英妹的老外爷。

　　在信马由缰的思绪中，第五健盘点了自己的生活，自己的工作，自己遭遇的那些是非曲直——在他的人生中似乎有着太多的忧烦。林洁的事情是大事，惠英妹是范宏图的前妻，这些自己生命中的人物，他能绕过去吗？这种糟糕的情绪持续了好几天，以至于他吃不下饭、睡不好觉。就这样，第五健的神经衰弱病又犯了，夜里一直做梦，有时候鬼哭狼嚎的，吓得罗一楠晚上也常常惊醒。

罗一楠早早就打招呼说她晚上不回来了，第五健便思谋着他自己一天的安排。他本来打算上午下去走一走基层，到禹州看一看，哪怕晚上就住在禹州。

上午，秘书说范宏图心脏病突发死于监狱，第五健半天没有反应过来。对于这个死有余辜的人，第五健的情绪极为复杂，他不知道该说什么，但他的思绪里仿佛有了如许的声音，那个声音说——谢谢灾难，谢谢痛苦，谢谢朋友，也要谢谢敌人；灾难让你强大，痛苦让你珍惜，朋友让你温暖，敌人使你警觉。进而第五健联想到了鲇鱼效应，没有冲撞的圈子，没有火花的世界是静寂的，是"熵"的平衡，是圆寂一样的毁灭。所以有的人走了，有的人来了，有的人出山，有的人进山，这就是世界的轮回转换，新陈代谢是宇宙不可逆转的规律。

第五健正在胡思乱想时，省委书记曹新伟请他过去研究问题。在曹书记办公室里，几位省委常委都在，曹书记说能否派一个代表团到西部重要城市看看，知己知彼嘛，具体了解蜀州、巴州、荆州、甘州等地的发展情况，组织人员参观学习，要对口学习，不要遍地开花，这件事情请第五副省长具体负责安排落实。几位领导议论了一些细节，会议很快就结束，之后曹书记就去中央党校培训了。第五健又召集办公厅干部开会，让秘书长立即落实此项工作，并要求代表团下周一出发。

这个事刚有眉目，已经差一刻12点钟，罗一新早就催促了，她电话里说"我们"请你吃铁锅羊肉。其实罗一新与第五健早就约好了，罗一新不过是再次提醒他。第五健很快处理了几个要紧事项，就驱车去了沈书记家里。罗一新的手艺大有长进，她现在热爱厨艺，变着花样学习烹饪，今天是她的铁锅羊肉菜品鉴。呵呵，这个女人！第五健心里想着，罗家的女子没一个是省油的灯。

"第五大省长驾到！"罗一新一听见脚步声就故意大声说。

"哎，注意影响！"第五健低声说。

"哎什么？不会叫声姐姐吗？我妹呢？"

"明知故问，她命苦，在底下工作呢。"

"你可不要耍花花肠子，听说你这家伙挺念旧的，我妹说的。"

"说什么呀，老了不中用了！"

"坏蛋！"

第五健经常在老书记家里蹭饭吃，因为罗一新这层关系，他们走得更近了。罗一新已经和沈崇光领了结婚证，他们是正儿八经的夫妻了。不过他们没有办宴席请客，都老了，不像年轻人，就是图个相互照应，让"夕阳"更灿烂、更有意义。

吃饭间，罗一新问起第五健母亲的病情，第五健爸爸的情况，第五健说他母亲恢复得不错，视力也挺好，父亲还是老样子，老愤青一个，经常愤世嫉俗，看不惯很多事情，不愿意和我们在一起，不喜欢罗一楠的洁癖。老人总是说住到一起不方便，他上厕所喜欢蹲坑，不喜欢坐便器，而且他上厕所时间比较长，别人肯定受不了；还有他夏季喜欢穿宽松大裤衩，随意惯了，他怕儿媳妇看不惯自己。总之，老人家有一万个理由不来跟第五健他们一起住。

罗一新把第五健的筷子夺下来，她圆睁着双眼说："你爸爸不来住都是我妹妹的错吗？你个没良心的，看我不收拾你！"

"我不是那个意思。"

"那你什么意思？"

沈崇光书记诙谐地说："你们这两个人一见面就这样，三天不见就说想了。呵呵，你们啊，就像红楼梦里的贾宝玉、林黛玉，有一笔算不清的情债，哈哈哈！"

此言一出，第五健感觉自己说错话了，罗一新现在是老书记的妻子，自己跟罗一新不能还这样。他忙说："对不起，失礼了！"

晚上回到家里，第五健看到罗一楠不在家里冷清了不少。儿子做完作业就去睡了，保姆把楼上楼下都收拾干净后也睡了。第五健独自在书房里来来回回走着，而且一遍遍数着从门到窗子的距离，后来累了，他就坐在沙发上打盹。第五健本来正在翻阅一本世界历史书，他刚好阅读到"丝绸之路"一节。自文明伊始，亚洲的中心就是帝国的摇篮。公元前 206 年至公元 220 年，在亚洲的东部，在中华的土地上，汉朝统治了 400 余年。公元前 6 世纪，波斯帝国在伊朗高原崛起。公元前 4 世纪，希腊亚历山大大帝东征，这一意义非凡的东征让古希腊文明与波斯、印度、中国几大文明交汇融合。汉帝国与草原匈奴的战争，丝绸之路的开辟，丝绸、瓷器等中国货物西向……与此同时，匈奴人西迁，阿提拉对罗马帝国命运的挑战，还有佛教的东来……在第五健的脑海里忽然有了这样的句子：如斯的厚土，如斯的草原，圣洁的莲花，通衢的大道，星月的光辉，伴随着开拔的步伐。是啊，在东西方交会的十字路口，无论东方还是西方，无论肤色的深浅，身材的高低、胖瘦，各种人物悉数登场，各样的货物财富来来往往，络绎不绝，千奇百怪的思想文化交融、吸收、摩擦、变幻，琐罗亚斯德教、犹太教、佛教、印度教、摩尼教、基督教等众多宗教在这一区域争夺地盘，太平洋、印度洋、亚欧大陆、非洲大陆，显得异常拥挤不堪。这是多么热闹的圣地呀，开放、包容、开发、战争、征服、信仰……似乎一切都可能，也都不可思议。也许很多人不知道汗血马与金币、金币与信仰的价值究竟在哪里，但这毕竟是一个大舞台，世界因此而天翻地覆，人类因此而异彩纷呈，这是一段既辉煌又血腥的历史。第五健在想眼花缭乱的世界画卷的时候，他的耳鼓里又仿佛回荡起了碗碗腔柔美、清丽、婉转的女高音："啦咿呀……"后来这种音乐渐渐转成了苍凉、缓慢、浑厚的男中声。在这种音乐的陪伴下，一会儿第五健就迷糊了，仿佛又去了另一个遥远的世界遨游。

失眠是一种痛苦的享受，时间跨过了零点，凌晨已经降临，万物就跨入了新的节点。有人说不要在别人睡觉的时候思考，或者清醒着，也不要在别人清醒的时刻睡觉。第五健以为那是一般正常的情况，其实偶尔客串一下角色，游走一番天空，也是一种人生体验。

也许是受白天事件的刺激，第五健又一次感觉到凄凉。范宏图走了，死在了监狱，林洁还在监狱里。林洁一下子从呼风唤雨的商界"女王"、炙手可热的权贵沦为"阶下囚"，这种落差简直无法想象。她为什么会发生那么大的变化呢？难道这仅仅是林洁个人的悲剧吗？这就像高挂云天的大瀑布一样，壮美中有凄楚，风光中有堕落。瓜伊雷瀑布，多么壮阔啊！它最后不也消失了吗？其中原因或许很多，但第五健心想，不管是多么大的瀑布群，如果失去了生存的自然环境，它的消亡、消失就无法避免了。其实人这一生也像瀑布一样，要源远流长就必须呵护自己成长的环境，要保卫自己的河流，让它不要断流，不要枯竭，不要被某种不可抗拒的东西或者人为的东西摧折。世界上曾经消失了多少道瀑布，天空中曾经熄灭了多少盏天灯，人世间曾经毁灭了多少个生命？第五健真想建设一座祭坛，让后世的人们记住——生命的瀑布需要爱惜啊！

2016 年 11 月初稿于泾阳

2022 年 5 月修改于泾阳

跋

　　我很欣慰，自己的又一个长篇面世了，因为这本写起来并不轻松、并不顺手的书，曾经久久地折磨过我。这本新书脱胎于十多年前的一部中篇旧作，为了使它成为一本像模像样的长篇小说，我先后花费了很多时间，2016 年有了一个新本子，后来我断断续续地修改了 6 稿，才成了现在这个样子。

　　写作是一个逐梦的过程。每一本书都有它的特殊使命，都是围绕一些人物的命运展开的，是社会生活的反映。日常生活中，我认识了一个个鲜活的生命，采集了一个个动人心扉的故事，这是生活的馈赠，是我梦寐以求的精神花朵。在这本书的创作中，我的心情是复杂的，我不知道在文学的道路上能够走多远，但我始终怀揣着一个梦想——为底层人塑像，为生活在艰苦环境中的奋斗者讴歌。

　　在这里我想说，一本书也是一个生命，如同一个孩子，总有一些不可思议的机缘。几年前，县作协主席、著名诗人迟骋老师带着我们参观了礼泉县东黄小镇、烽火旅游景区。虽然东黄小镇有些冷清，游人也不多，但在那里的"石岗书院"，我听了著名作家、省作协原副主席高建群老师所做的关于中国文化的讲座，使我对儒释道有了新的体悟、新的思考，回来以后，我将自己的学习体会直接写入作品，变成了自己的小说元素。

写作是愚人的事业，来不得半点虚假，非得下苦功夫不可。我的这本书，反反复复修改了多次，其结构框架、故事情节、主人公姓名也翻来覆去改过几回。比如初稿中男主人公姓欧阳，女主人公姓方，后来我接受了著名作家、中国鲁迅文学院原常务副院长白描老师的建议，用了泾阳、礼泉、渭城一带比较特别的姓氏，如"第五""叱干"等，以进一步增强地域特色。我忘不了在泾阳县宾馆与白老师促膝谈心的经历，本来他要去机场了，大家正在帮他搬运行李。

"白老师，你要赶飞机……"

"没事，等会儿，我们聊二十分钟，来得及。"

白老师在沙发上坐下来了，他边翻阅我的书稿，边询问我的创作情况，并嘱咐我千万不能把人物写绝对了、脸谱化了，人物形象一定要生动鲜活，有血有肉，要有细节支撑。与白老师交流的时间虽然很短暂，但我不得不佩服他的眼光，他对我标点符号的使用提出了修改意见，指出我在文本中使用了很多省略号，也许很多都不需要，这是我以前没有意识到的瑕疵。之后，我按照白老师的指导意见，重新修改了一番，然后将书稿电子版发给白老师审阅。对这个修改稿，白老师提出了新的要求，寄予了新的希望，他让我不要着急，用心再打磨一下，力争有所突破。

人生得遇良师是幸福的。我的这本书不说别的，单是名字就折腾了好多次，先前曾叫过几个名字，但总觉得不妥当，后来得到白老师的指点才定名为"苍烟"。春天若梦，醒了百花，绿了大地，在故乡的土地上，我是幸运的，感念上苍，使我得遇白描老师，并深受教益。岁月如歌，醉了人间，美了原野，在文学的阳光下，我是自豪的，感念厚土，使我结识著名作家、省作协副主席王海老师，在王老师的引荐下，我认识了很多咸阳的文朋诗友。特别值得一提的是，近年来，王海老师组织了好多次文学社团活动，我有幸聆听茅盾文学奖、鲁迅文学奖得主，著名作家王蒙、阎纲、贾平凹、陈彦、王干、彭学明等老师的讲座，感受了一次次头脑风暴和理念冲击。

衷心感谢著名作家、文学评论家、陕西文学院原院长常智奇老师对我的诚恳指导和热情帮助，他在百忙之中抽时间为本书作序，对我是莫大的鼓励和鞭策。非常感谢成都书点文化传播有限公司和太白文艺出版社申亚妮、蔡晶晶、葛晓帅等编辑老师的慧眼和成全，感谢老师们的辛勤付出和卓越工作，是他们让"丑小鸭"插上翅膀，有了飞向明天的希望。

著名作家冯日乾、文源等老师，泾河文化研究会成存义、薛文涛、常新民、张瑜、王冰、樊哲、岳连义、宋彦毅等朋友，清水湾诗社社长侯保绵、文化人士郭峰等老师，都为我无私奉献了他们所掌握的素材，提供了可贵的支持和帮助，在此一并深表谢忱！

"文章千古事，得失寸心知。"虽然我的书写完了，但我的主人公的故事也许还在继续。如果单纯就写作而言，我不知道我的这种结构和表现方式，我的叙事风格和故事情节，亲爱的读者们会怎么看，他们是否认可。不管怎样，自由是他们的，选择也是他们的，喜欢或者不喜欢，思考还是不思考，都是他们的事情。不过我可以负责任地说我努力了，至于限于自己的能力和水平，以及无法避免的缺点和不足所造成的不完美，敬请大家指正并谅解。

2022 年 5 月 17 日于泾阳